MEMÓRIA DA PEDRA

A marca FSC® é a garantia de que a madeira utilizada na fabricação do papel deste livro provém de florestas que foram gerenciadas de maneira ambientalmente correta, socialmente justa e economicamente viável, além de outras fontes de origem controlada.

MAURICIO LYRIO

Memória da pedra

Romance

COMPANHIA DAS LETRAS

Copyright © 2013 by Mauricio Lyrio

Grafia atualizada segundo o Acordo Ortográfico da Língua Portuguesa de 1990, que entrou em vigor no Brasil em 2009.

Capa
warrakloureiro

Foto de capa
© Elliott Erwitt/ Magnum Photos/ Latinstock

Preparação
Alexandre Boide

Revisão
Huendel Viana
Luciane Helena Gomide

Os personagens e as situações desta obra são reais apenas no universo da ficção; não se referem a pessoas e fatos concretos, e sobre eles não emitem opinião.

Dados Internacionais de Catalogação na Publicação (CIP)
(Câmara Brasileira do Livro, SP, Brasil)

Lyrio, Mauricio
Memória da pedra: romance / Mauricio Lyrio. — 1ª ed. —
São Paulo : Companhia das Letras, 2013.

ISBN 978-85-359-2249-3

1. Ficção brasileira I. Título.

13-01578   CDD-869.93

Índice para catálogo sistemático:
1. Ficção : Literatura brasileira 869.93

[2013]
Todos os direitos desta edição reservados à
EDITORA SCHWARCZ S.A.
Rua Bandeira Paulista, 702, cj. 32
04532-002 — São Paulo — SP
Telefone: (11) 3707-3500
Fax: (11) 3707-3501
www.companhiadasletras.com.br
www.blogdacompanhia.com.br

O lugar incerto entre o acaso
e a determinação

Não, o professor pensou, com as sobrancelhas franzidas, sempre altas na testa, como se quisessem distância do par de olhos tristes. Tentava dobrar os punhos da camisa enquanto trancava a porta de casa, mas os imprevistos no ritual de ida à universidade — a demora para arrumar-se, o engarrafamento, o pedido de desculpas à turma — repetiam-se quase toda semana. Preso no trânsito, já não parecia preocupado com a hora. Procurava afastar as imagens da noite em claro e recordava a passagem de um livro. Os alunos prestavam atenção quando ele deixava de falar dos textos dos filósofos e discutia suas ideias citando trechos de romances. Personagens imateriais, histórias arbitrárias, nascendo do nada, tinham mais apelo que a linguagem austera da filosofia.

Da pista entre o Estádio da Gávea e o Jóquei subia o calor do começo da tarde. Ele olhava o sinal aberto, os carros sem perspectiva de avançar para o engarrafamento seguinte, na Lagoa. A ansiedade alheia o acalmava.

Os garotos circulavam entre os carros. Havia dias em que se prostravam, esticados na grama do canteiro. Agora ziguezaguea-

7

vam descalços pelo asfalto quente, com as pequenas caixas de tampas recortadas, onde exibiam balas e chicletes. Entre os dedos, prendiam notas dobradas ao comprido, como borboletas de papel estranguladas no dorso das mãos.

À esquerda do professor, um dos garotos gesticulava para uma senhora no banco de trás de um sedã luxuoso. Tinha a altura do carro e uma cicatriz no peito, na forma de uma caneta, que descia da base do pescoço em direção ao braço esquerdo. Usava um calção largo, com o cadarço pendente. Os cabelos eriçavam-se para trás, como que arrepiados por um jato d'água. Apesar das janelas fechadas, da calma do motorista, a senhora parecia insegura. Voltava o rosto para a janela oposta, como se buscasse algo nos muros do Jóquei.

— Me arruma um trocado, tia... Minhirmã tá com febre, num para de vomitar. Fica chorando direto.

O menino batia de leve no vidro, com a cabeça inclinada e a caixa de balas no colo. As pernas voltavam-se para dentro, o corpo torcido parecia mais frágil. Não devia ter mais de doze ou treze anos.

— Meu pai largou a gente, tia... Bateu muito na minha mãe e se mandou. Ela nem anda direito. Tá torta de tanto apanhar. Ele só aparece pra bater. Minha mãe cuida de nós seis, eu é que levo comida pra casa. Minhirmã vai morrer. Num para de vomitar.

Ela já não fingia ignorá-lo. Olhava-o de lado, enquanto ajeitava o lenço que protegia os ombros. Os olhos ganhavam tons claros quando o rosto penetrava a faixa de sol que dividia o carro ao meio. Tinham uma melancolia envergonhada.

O garoto contraía o rosto como num choro, deixando ver as gengivas salientes. Os dedos sujos esfregavam o fundo da caixa de balas, descascavam as bordas sem cor, como um pequeno roedor nervoso.

— Vai, tia, fala comigo. Minhirmã vai morrer. Num consigo olhar pra ela. Meu pai diz que ela num serve pra nada, que minha mãe tem que jogar ela fora. Eu disse pra minha mãe que meu pai é um merda, e ela me deu um tapa na boca. Vou salvar minhirmã, tia, me ajuda.

Ele se agachou ao lado do carro, deixou cair a caixa de balas e se encolheu, como se quisesse proteger-se de algo. Abraçou as pernas e apoiou a cabeça sobre os joelhos. Assim ficou, sem levantar o rosto.

A senhora esticou o pescoço devagar, procurou ver onde ele estava. Disse algo ao motorista, que abriu a janela à direita e estendeu uma nota de dez. O garoto recolheu a caixa, enxugou os olhos nos ombros estreitos e enfiou a nota entre o calção e a cintura. Ao levantar-se, girou um pouco o corpo e notou que o professor o observava. Desviou o olhar e, com os dentes trincados, mostrou-lhe o dedo médio em riste, sem encará-lo de novo. Saiu andando, no sentido contrário ao dos carros.

Ao aproximar-se de outro garoto, que estava de costas, prendeu a caixa de balas entre o braço esquerdo e o peito e, bem perto de seu ouvido, esticou a nota nova num estalo, com as duas mãos, como se rompesse um barbante. O outro virou-se de susto e tentou correr atrás dele. O garoto já tinha fugido em direção à calçada, abanando a nota na mão direita.

O professor conhecia de vista a maioria dos garotos que trabalhavam no sinal. Via-os quase todas as tardes, reconhecia um estilo. Não era a primeira comemoração a que assistia, mas, dessa vez, quando o sinal reabriu e os carros enfim começaram a andar, ele arrancou com a sensação de que talvez não tivesse compreendido o que acabara de ver.

Subiu a escadaria de madeira de dois em dois degraus, a mão agarrando o corrimão como se puxasse uma corda. Àquela hora, vinte minutos depois do começo previsto da aula, quase

9

todos os alunos estariam presentes, mas ele encontrou a sala vazia. A luz oblíqua, atravessando as janelas altas ao fundo, iluminava as partículas de poeira no ar e fazia refletir a fórmica das cadeiras, o mapa descolorido na parede, de um mundo que já não existia. O silêncio da sala e dos corredores o incomodou. Podia ouvir o movimento das ruas que cercavam a faculdade do Largo de São Francisco. Ao dar aulas, abstraía-se das imagens de um centro tão próximo e tão distante e que agora, enquanto voltava a respirar normalmente, vinham a ele como caricaturas de outra cidade, de outro tempo — os ônibus em fila, sitiados pelo emaranhado de guarda-chuvas, os pombos e panfletos debatendo-se contra o espelho negro do arranha-céu, as sombras retangulares, monumentais, sobre os homens à paisana, na frente das casas de câmbio e de massagem.

Percebeu o aviso no quadro, as letras arredondadas, colegiais. Os alunos estão dispensados das aulas de hoje, sexta-feira. A Chefia do Departamento. Da palavra "dispensados" saía uma seta, que percorria o quadro comprido, fazia duas piruetas no meio do caminho e levava ao canto esquerdo, onde se via o desenho de uma menina com o rosto pintado à maneira dos índios. Um rosto redondo e sorridente.

O escritório do professor no departamento só não parecia mais apertado porque o pé-direito alto, intocado pelas divisórias de meia altura, desafogava a visão. Esticava os braços e quase podia tocar as paredes. Além da mesa e das três cadeiras, mantinha ali o que não atravancava o espaço: duas gravuras de Laura, que ela dizia renegar, uma pequena prateleira de parede, onde deixava os trabalhos do semestre, e um porta-casacos com um guarda-chuva pendurado, que seu antecessor deixara para trás. Não se lembrava da existência nem de um nem de outro, nem mesmo nas tardes em que escutava o barulho da chuva no pátio e antecipava que chegaria encharcado ao estacionamento.

Tinha acabado de sentar, quando a moça entrou, cumprimentou-o de modo discreto e entregou-lhe um envelope grande. O nome dele estava escrito na frente, a letra arredondada e colegial mais uma vez.

— Por que eles foram dispensados?

— Pediram para ir ao comício na Cinelândia. Já vieram de preto, com a cara pintada.

— Da próxima vez põe o que chegar direto no escaninho, ou na mesa mesmo. Não preciso do envelope.

Ela concordou com a cabeça, um ar prestativo, sem reverência. Ele não entendia por que ela estava vestida de maneira formal, mas o vestido amarelo caía bem sobre a pele negra. Ela saía, quando o chefe do departamento apareceu.

— Já se conhecem? — Tadeu tinha uma dicção perfeita, pausada, como se fosse uma perda deixar de compreendê-lo. O professor não desgostava dele, admirava o zelo e a dedicação, embora se cansasse com o tom didático, a lapiseira perfeitamente ereta no bolso da camisa bem passada. Tadeu o emulava de uma maneira ou de outra, invejava sua reputação como filósofo, mas não entendia como inteligência e dispersão podiam conciliar-se.

— Deixa eu te apresentar a Anita. Chegou ontem. Vai ajudar nos arquivos e matrículas. É bibliotecária, muito competente. Mais do que a gente precisa, na verdade.

O professor estendeu a mão.

— Sobre a aula de hoje, não pude te avisar porque tomei a decisão na hora. Esperei um pouco, mas os alunos estavam aflitos. Nenhum professor se opôs. Dispensei com a condição de que as aulas sejam repostas ainda este mês.

— Bom que eles foram — disse o professor, enquanto esvaziava o envelope.

11

Não teve vontade de ir. Não se recriminava mais por não se envolver — abaixo-assinados, greves, eleições, comícios. Talvez por afinidade, talvez para compensar a omissão, apoiava a tudo, não participando de nada. De todo modo, não se sentia bem naquela tarde. Tomava-o certo torpor, uma inércia que retardava o pensamento. Tinha o sono em falta e uma sensação de incongruência, de algo fora do lugar. Passou a mão sobre a mesa limpa, lentamente, como se confirmasse o alinho da superfície, o acerto do metal. Os dedos magros do garoto, arranhando o papelão da caixa de balas como um pequeno roedor, vinham-lhe à cabeça como fragmentos de um sonho estranho.

Foi à Cinemateca do MAM, o filme lhe parecia bom, o Aterro lhe fazia bem. Logo nas primeiras cenas percebeu algo familiar, o garoto com a lata de cones de amendoim correndo atrás da lagartixa Catarina, que fugia pela Quinta da Boa Vista. Não sabia se revia o filme ou se voltava para casa. Acabou cochilando e acordou perto do final, que lhe pareceu inteiramente distinto do que imaginava ter visto um dia.

Laura dormia na cama escura, o corpo tímido depois do sexo. Sobre a poltrona alta, a bolsa que trazia toda semana, com as roupas lavadas, os iogurtes naturais, as revistas de arte.

Quase sempre era ele quem adormecia primeiro, sem forças para vestir-se. Estava agora na sala, fumando no sofá, os pés sobre o vidro frio da mesa de centro. Não acendeu a luz; apenas ouvia o barulho dos carros deslizando sobre o chão molhado, a calma da chuva da madrugada. Pouco antes viu os olhos de Laura cintilarem no escuro, enquanto ele a sondava sem palavras, procurava ler seus pensamentos futuros. Não costumava conversar depois de transar. Estranhava aquele desejo súbito de descrever uma imagem.

Apoiou a cabeça precocemente grisalha sobre a almofada. Teve vontade de preparar uma bebida, mas não se animou a levantar-se.

* * *

Eduardo não conseguia imaginar-se fazendo outra coisa senão ensinar filosofia, embora já não lembrasse o que o levou à escolha — a cabeça reluzente de Foucault no auditório repleto da PUC, os tomos azuis de capa dura nas bancas de jornais, o charme dos romances de Sartre e Camus. Logo cedo sofreu e herdou o suficiente para que a decisão sobre uma carreira não tivesse tanta importância.

Do colégio na Gávea saiu para a Faculdade de Filosofia no Largo de São Francisco, onde fez a graduação, o mestrado, o doutorado e se tornou professor. Ignorou conselhos e convites para estudar em outros países, como a França de Merleau-Ponty. Nunca pensou em deixar o Rio, não tanto pelo apego à cidade, mas por não querer largar o apartamento onde sempre viveu, o elemento de permanência em uma vida desde cedo marcada pela quebra. Estaria sempre ali, no oitavo andar da Marquês de São Vicente, onde passou a infância com os pais e, após a morte dos dois, parte da adolescência com a avó, Mina. Nem ela o convenceria a mudar-se, segura de que estariam melhor ao lado dos tios, em Teresópolis. Permaneceu no Rio para cuidar do neto, sem suspeitar que era ela quem mais precisava de cuidados. Com sua morte, quando ele acabava de completar dezesseis anos, Eduardo passou a morar sozinho, indiferente aos apelos pouco entusiasmados dos parentes que restavam e, mais de dez anos depois, às insinuações de Laura.

Por ter sido um momento sem peso, sem ausências, sua infância mais remota parecia a memória de um estranho. Recordava-se de Caio, seu pai, sentado na sala, com os papéis no colo sob a luz forte e o ar de uma cumplicidade benigna, estendendo a mão que segurava a sua por trás da poltrona, enquanto ele, agachado e mudo, se escondia de quem o chamava para o banho. Lembrava-se daquela voz seca da mãe, Leila, que se abrandava ao ler os nomes dos remédios espalhados na cama grande. Já duvidava da imagem dos dois sorrindo enquanto ele lia em voz alta um trecho dos cadernos de viagem do avô que não conheceu. Não chegou a encontrar os cadernos e passou a admitir que eram, tanto quanto as viagens daquele personagem sem rosto, fantasias de adolescência. Mais confiável era aquele meio-silêncio que o acompanhava desde a infância, o ruído de fundo que subia da Marquês de São Vicente e chegava antigo ao oitavo andar.

As lembranças vinham com esforço, aos pedaços, um tom de voz, a textura de uma palma da mão, um gesto isolado, uma sensação vaga de conforto e segurança. Perdera a inteireza do passado, a impressão de que, aos trinta e três anos, pudesse ser o desdobramento da criança que parecia tão protegida até os nove e que de repente se viu só, conformada à ignorância sobre o que teria acontecido aos pais, sobre que viagem súbita tiveram de fazer, como lhe diziam todos com o ar circunspecto e evitando detalhes que ele mesmo, impressionado com o zelo em torno de si, preferia não conhecer. A infância o abandonava à medida que as imagens dos pais — suas fisionomias e corpos — desapareciam da memória, como se vivesse uma segunda orfandade, indolor mas definitiva.

O caminho de retorno mais direto eram as lembranças do desaparecimento.

Recordava-se da última conversa, em seu próprio quarto. Caio à janela, de pé, e ele sentado na cama, os olhos cravados na medalha sobre a colcha. Não sabia o que dizer, não queria mentir alegando que a encontrou na rua ou que a ganhou do amigo. O embaraço ao ver o pai entrar no quarto já dizia o essencial. Caio limitou-se a pedir que a devolvesse ao dono. Não alterou a voz, e quando Leila o chamou da sala, avisando que estavam atrasados, ele veio à cama beijar-lhe a cabeça com o sorriso terno de sempre.

Quando, na manhã seguinte, acordou e percebeu Vicente, seu tio, sentado ao pé da cama, a primeira reação foi fingir que dormia. Tinha medo de que soubessem que era ele, por sua falta indizível, o responsável pelo que tinha acontecido, fosse o que fosse. Mais tarde, na cozinha, Vicente iria dizer-lhe, com o rosto escondido e o copo de leite suado entre as mãos, que passariam uns dias em Teresópolis, Caio e Leila não voltariam logo para casa. Eduardo não disse uma palavra, e na serra fechou-se no quarto por uma semana, recusando a comida que Mina, de preto, insistia em trazer.

Passaram-se muitos anos até que ele começasse a compreender que o impulso de apanhar a medalha do amigo e o acidente de carro que envolveu os pais não guardavam outra relação senão o fato de terem acontecido no mesmo dia. Viveu momentos em que a culpa deu lugar à indignação, quando condenava o pai por ter reagido de maneira magnânima. Nunca conseguiu desfazer-se, no entanto, da sensação de que, naquele dia, ele rompeu um equilíbrio.

O interesse pelas circunstâncias da morte dos pais se extinguiria aos poucos, como um capricho, não tivesse ele — já então um professor em começo de carreira — encontrado por acaso antigos exames médicos do pai. Aconteceu quando olhava documentos de família, em busca das fotografias e dos cadernos do avô. Os papéis e as caixas estavam divididos entre muitas gavetas e prateleiras, sem ordem aparente, como o pai havia deixado. Eduardo revirava miudezas — cartões-postais, classificados, bilhetes de amigos, entradas de cinema. Não entendia por que Caio tinha acumulado tantos indícios de uma vida desimportante, guardando a chave de momentos e situações que jamais seriam recuperados da memória de outra maneira, espontaneamente. Entre os envelopes, sempre cortados à tesoura na parte de cima, encontrou um rasgado à mão. Tinha o timbre da Beneficência Portuguesa e o tamanho de um caderno pequeno. Dentro havia uma única folha, também timbrada do hospital, onde se liam o nome do pai, do médico e o parecer de um centro radiológico, que diagnosticava uma "lesão" de seis centímetros no pulmão esquerdo. Não havia referência a uma doença específica, apenas a menção àquele termo incomodamente impreciso. A data foi escrita à mão; não conseguiu identificar o dia, 14, 19, apenas o mês e o ano, setembro, 1968, dois meses antes do acidente de carro.

Gilberto, o oncologista que anos depois viria a tornar-se seu amigo mais próximo, recebeu-o com frieza, a voz seca, um aperto de mão que já o trazia para a cadeira.
— Como posso ajudar?
Sobre a camisa branca e a gravata, usava um jaleco comprido nas mangas, que quase avançavam sobre os dedos. Nas paredes, em lugar de diplomas médicos, havia fotos de carros esportivos.
— Preciso saber o que significa este exame. Também queria encontrar o médico que tratou do meu pai. — Esticou o braço com cuidado. O porta-retratos alto protegia a mesa.
— Onde está o seu pai?
— Já morreu.

— Quando?

— Há dezesseis anos. O médico lia o exame ticando as linhas, como tarefas cumpridas. Provocava em Eduardo um sentimento de posse do papel.

— Como é que ele se tratou?

— Acho que não se tratou. Não sei se não quis.

— Você só tem isso? — Virou a folha antes de devolvê-la, não havia nada no verso.

— Falei com o hospital. Disseram que não tinham registro do meu pai, nem desse médico que pediu o exame. Vocês devem ter acesso aos arquivos.

— Sem a radiografia não posso dizer nada. Nem com a chapa dá para ter certeza do que é. Não havia tomografia na época, não se fazia endoscopia decente. Sempre pode ser uma lesão inflamatória, sem malignidade. Pelo tamanho parece câncer.

— Em estágio avançado?

— Para chegar a seis centímetros costuma ser um longo caminho.

— O que você diria a ele?

— Faz diferença agora?

— Eu não teria vindo aqui.

— Não sei. Dependeria do tipo de câncer, a localização no pulmão, o estado geral do seu pai. Eu pediria outros exames. Talvez na época não pudessem fazer muita coisa. Ele tinha que ser operado.

— Não lembro que tenha passado um tempo fora de casa.

Eduardo pôs a mão no bolso. Tateou a película de plástico, o isqueiro dentro do maço. Irritou-se pelo constrangimento diante de um médico, um médico que não era seu, uma consulta que não era exatamente para si.

— Qual era a chance de sobrevivência com câncer de pulmão?

17

— Há quase vinte anos? Muito baixa, ainda pior que hoje. Sete em dez pacientes morrem até cinco anos depois da cirurgia. O diagnóstico é quase sempre tardio, os sintomas custam a aparecer. A metástase é frequente — linfática, sanguínea, por contiguidade. É dos piores tipos...
— Ele devia saber que tinha uma doença grave?
— A vida não é a mesma com um tumor desse tamanho. Deve ter emagrecido, devia tossir. Podia vomitar sangue se a lesão envolvesse os brônquios. Quantos anos ele tinha?
— Trinta e nove.
— Você não lembra como ele morreu? Não tem um laudo, o atestado de óbito?
— Foi um acidente de carro. Dois meses depois do exame.

O médico levantou os óculos, esfregou o rosto. Tinha os olhos salientes de peixe, o ar conscencioso de quem se preocupa mas não tem tempo. A boca não tinha cor, como o gomo ressecado de uma laranja.

— Como é que foi o acidente?
— Ele caiu da Niemeyer.
— Como assim, foi atropelado?
— Não. O carro despencou.
— Como é que um carro despenca da Niemeyer?
— Na época não havia mureta em todos os pontos.
— Tinha mais alguém no carro?

Eduardo reparou os sapatos brancos de couro em baixo da mesa, sobre a banqueta ortopédica. O branco asséptico que o abatia, nos sapatos, no jaleco, na luz mortiça. Atrás do médico, do outro lado da rua, uma senhora regava as plantas da varanda apertada, mexia no bolso largo do vestido como se abrigasse um pequeno animal.

— Por que você quer saber se ele tinha câncer?
— Só quero ter uma ideia do que se passava na cabeça dele.

— Você acha que ele se matou, é isso?

— Não acho nada.

O médico começou a arrumar os objetos sobre a mesa. Alinhou o porta-canetas à almofada do carimbo, manuais e catálogos à linha lateral. Tudo tinha seu lugar, uma simetria exata e inútil. Eram mãos compridas, calosas nas falanges, pareciam toscas demais para perceber os sinais do corpo.

— Quase toda semana eu tenho que dizer a pelo menos uma pessoa que a brincadeira acabou. É a parte mais difícil. O que espanta é que são poucos os que morrem longe da cama, caindo de um prédio, cortando os pulsos. Costumam ir até o fim.

— Mesmo com a dor...

— Mesmo com a dor do câncer. Pode ser brutal, mas não é a pior parte. Não é pior que o medo. E mesmo assim as pessoas vão adiante. Não têm coragem de se matar. Se agarram a qualquer esperança.

— Seus pacientes não pensam em suicídio?

— Não converso sobre isso.

Já não havia o que dizer. Não ouviria as respostas de que precisava.

— Como eu encontro esse médico que pediu o exame ao meu pai?

— Você não encontra — Gilberto guardou na gaveta o bloco de papel que tinha colocado à sua frente.

— Você não pode ajudar?

— Ele já morreu. Virgílio foi meu professor na UERJ. Um bom médico, uma bosta de professor.

— Qual era a especialidade dele?

— Na faculdade? Cito.

Eduardo franziu a testa.

— Citopatologia: patologia celular — disse o médico.

19

— Câncer?
— Principalmente.

Deprimia-o sentir que conhecia cada vez menos aqueles personagens que julgava ter amado e cuja ausência os magnificara a uma dimensão irreal. Talvez Caio sofresse de câncer e soubesse da gravidade de seu estado; talvez evitasse contar a Leila e desejasse pôr fim a tudo; talvez tivesse mesmo matado os dois, sabendo que era a única maneira de evitar o sofrimento de Leila, frágil em seu corpo anoréxico, dependente em seu amor incondicional.

Pode ter sido apenas uma palavra, ele atônito ou contrariado ao volante, enquanto ela, o bom senso de sempre, repetia que era preciso dizer algo àquele que ficou para trás, a gravidade do ato e a importância do pedido de desculpas, ou a gravidade da doença e a urgência de se preparar para o pior. Ou um lapso, um momento de abandono do corpo, que não tem como responder a uma vontade. Talvez não houvesse uma linha nítida entre o acaso e a deliberação.

Eduardo visitou os tios na mesma época do encontro com o médico.

Havia anos que não ia à casa de Teresópolis, tão presente ao longo da infância, mas que acabou associada ao silêncio da semana do acidente. Antes de entrar, pensando no que dizer, percorreu o pátio externo, a terra laranja e poeirenta sob as folhas grossas, que não se sustentavam no ar. Gostava das ligeiras ondulações do piso, onde via sua assinatura, que fizera com o dedo no cimento ainda fresco, ao lado das marcas dos pés miúdos, que lembravam saboneteiras de criança.

Berta o recebeu com um abraço masculino, amassando o avental plastificado que continuava a usar, mesmo tendo deixado de fazer suas peças de cerâmica havia tanto tempo. A sala pouco arejada e os passos de Berta sobre o piso de madeira que rangia como um convés faziam reviver uma estranha familiaridade. As paredes continuavam cobertas de vasos e pratos que ela produzira. Nunca se dispôs a vendê-los, por conterem sempre uma pequena imperfeição, que só ela identificava.

— Seu tio não vai te reconhecer. Você já está com cabelo branco dos lados, tão cedo, que nem o seu pai. Vinte e um ou vinte e dois?

— Vinte e cinco, Berta.

— Caio começou com essa idade. Aos trinta parecia um avô.

Procurava esconder a surpresa com as manchas no rosto de Berta, os olhos secos. Sempre foi a mais falante e extrovertida da família, tímida só quando lhe pediam que cantasse ou recitasse seus poemas. Nos tempos em que se reuniam, era quem organizava as brincadeiras das crianças e preparava o café da manhã. Era a excêntrica, a que pensava nos outros.

Eduardo sentiu a mão magra que vinha por trás, para apertar seu ombro. Berta sorriu ao ver Vicente ao lado do sobrinho.

— Duda, há quanto tempo... Não tem vergonha de esquecer os tios nesta casa?

Vicente beijou-o sem jeito, quase no pescoço, com a cabeça trêmula. Tinha marcas de travesseiro no rosto, o cabelo ralo e desalinhado. O tempo não mudara o estilo; havia sempre algo de inacabado no aspecto: um sapato desamarrado, o cabelo de quem acordou, o creme de barbear na ponta da orelha. Usava agora uma bengala, e não perdera o hábito de ajeitar, a todo momento, a camisa por dentro da calça, o que se tornava mais difícil com uma das mãos ocupadas.

Eduardo só conseguiu falar do acidente à tarde, depois que os três almoçaram. Tinha medo de quebrar a atmosfera afetuosa de uma visita que parecia motivada pela saudade.

21

— Por que você quer saber sobre aquele dia? Será que vale a pena falar sobre isso? — perguntou Vicente, enquanto olhava para Berta. Os três ainda estavam à mesa, os corpos relaxados pelo almoço longo.

— Não é nada importante. Só queria saber como eles morreram. Fiquei muito tempo sem querer ouvir o que aconteceu. O tom de voz era menos casual do que pretendia. Levou a xícara vazia à boca.

— Não sei se ficou algum registro do acidente. Testemunhas, nem pensar. Imagina o que era a Niemeyer nos anos sessenta.

— E outros carros envolvidos?

— Não se sabe de nada. Alguém deve ter feito uma barbeiragem e fugiu. O Caio dirigia bem. Meio morrinha, mas era seguro. Ele não fez besteira. — Vicente tentava reacender o charuto. Apertava o isqueiro com força, para disfarçar o tremor que se agravara com o tempo.

— Não acho que ele tenha feito nada de errado. Só quero ter uma ideia do que aconteceu.

— Não tem nada para saber.

— O que as pessoas disseram na época?

— Nada. Dizer o quê? O choque foi tão grande. Ninguém ficou pensando nisso.

— Não havia indícios no lugar do acidente? Marca de tinta de outro carro na lataria?

Berta começou a recolher com a faca as migalhas de pão sobre a toalha de mesa. Varria o linho devagar, com a cabeça inclinada. Vicente parecia incomodado com o silêncio.

— Não dava para saber se o carro tinha marcas. Ele bateu nas pedras antes de cair na água.

— Mas o carro foi recolhido, não?

— Junto com os corpos.

— Você chegou a ver o carro?

— Para que você quer saber isso?

Vicente levantou-se para apanhar a caixa de fósforos sobre a cristaleira. Fazia um grande esforço para mover o corpo. O hábito antigo de levantar de repente para remexer os bolsos talvez tivesse se tornado penoso demais.

— Você foi ao lugar do acidente? Havia marcas de pneu no chão, de freada? — Eduardo já não escondia a impaciência.

— A polícia disse que não tinha sinal de nada. Não dão importância para isso.

— Acharam estranho que não tinha marca de pneu?

— Eles não têm que achar nada. São todos uns incompetentes. Um tenentinho veio me dizer que achava que o Caio tinha dormido no volante, que tinha ido direto, sem fazer a curva.

Uma amoralidade mais retórica do que prática

Depois da primeira consulta, Eduardo e Gilberto passaram a se encontrar com frequência, já sem a frieza do começo. Gilberto ajudou-o a ter acesso às fichas médicas do pai e a interpretar o que significavam, que prováveis debilidades tivera, que dores e dilemas sofrera. Aos poucos, começaram a discutir a doença como um enigma em si mesmo, dissociado de qualquer vida em particular. A dúvida inicial de Eduardo diluía-se em uma curiosidade mais intelectual do que afetiva — a ação do câncer, a inação do corpo, o ânimo do doente terminal, o tratamento antigo e moderno. Gilberto alimentava o diálogo como quem admira o leigo que pensa a doença com o distanciamento do médico. Após anos de estudo sobre o câncer, numa convivência diária com outros oncologistas e pacientes, parecia surpreender-se com o olhar excêntrico de Eduardo, com suas frases e seus versos enigmáticos — "Cancer cells are those which have forgotten how to die" —, de cujos autores mal tinha ouvido falar.

Não foi o interesse comum pela doença, nem mesmo a dúvida sobre a morte de Caio, o que aproximou um do outro, mas algo menos evidente — certa semelhança de estilos, alguma aridez de sentimentos, uma admiração recíproca, que vinha da segurança de ambos em suas carreiras. A amizade consolidou-se quando os casais começaram a sair juntos, primeiro em jantares no Rio, logo em fins de semana em Búzios. Laura e Marina aproximaram Eduardo e Gilberto menos pelo desejo de um e de outro de exercer uma sedução branda sobre a mulher do amigo do que pelo orgulho de viverem ambos com mulheres atraentes e cultas. Nem o desaparecimento de Marina, havia mais de um ano, iria interromper o convívio; as circunstâncias de sua morte acabaram por criar um vínculo mais profundo e melancólico entre os dois.

Os tempos de Búzios foram para Eduardo um período de autodescoberta. Como aquele que desenvolve, à sua revelia, uma personalidade diferente no contato com o interlocutor inesperado, ele sentia que se desdobrava em um personagem distinto longe do Rio.

Ficavam em uma casa na praia de Geribá, no pequeno morro ao lado da praia de Tucuns, com o mar em frente e embaixo, como se navegassem da varanda. Gilberto sempre quis comprá-la, e os pais de Marina, que nunca a frequentavam, negavam-se a vendê-la. Diziam que os dois a herdariam um dia, e seria uma extravagância pagar pelo que se poderia ganhar com tempo e paciência. Gilberto alegava não se sentir à vontade para mexer na casa, não enquanto não fosse sua, mas o ambiente foi sendo transformado pela presença frequente dos quatro. Ao recordar a casa, Eduardo se lembraria da luz que entrava por todos os lados e o entorpecia à tarde, do cheiro do mar nas almofadas e no vime, da madeira jovem das traves que cruzavam o teto alto das salas e pareciam mover-se no fim da noite, ao ritmo da arrebentação.

Havia uma rotina da praia. Desciam no final da manhã, os pés queimando na terra e na pedra, e lá ficavam até o meio da tarde, quando a sombra das casuarinas avançava sobre a areia. Eduardo teria nadado de manhã cedo ou iria fazê-lo ao fim do dia, não para manter a forma — nunca a tivera — mas pelo prazer de deixar o corpo boiar para além das ondas, na surdez do mar. Gilberto correria sobre a areia batida, perfeitamente plana, indiferente às crianças com suas fôrmas de plástico e as pernas abertas para o refresco das ondas. Laura e Eduardo jogariam cartas sob o guarda-sol, enquanto Marina cochilaria de bruços. Eram raros os dias em que Eduardo e Gilberto saíam para mergulhar na praia do Forno ou da Tartaruga, com os pés de pato risíveis. Só a chuva quebraria o prazer fácil da praia.

Mas também a praia cansava no meio da tarde. Quando não comiam algo nas barracas de troncos e folhas — o filé de cação, os camarões —, subiam mais cedo. Gilberto iria para a churrasqueira, preparar o que fosse, os badejos, as lagostas, as lulas, as garoupas, o congro-rosa, a carne. Passariam horas comendo, bebendo e reclamando do ritmo de Gilberto, que fazia tudo aos poucos, cada animal a seu tempo, a cada espécie uma técnica, um condimento, fingindo sofrer a má sorte de passar horas em pé, em frente ao fogo, no fundo sua melhor distração.

Revigorada pelo sono da praia, e o conforto da primeira bebida, Marina estaria alerta. Contaria suas histórias, e nunca se sabia se eram situações vividas por seus pacientes de análise ou invenções baseadas em um caso ou outro. Quando não estava dormindo ou calada a um canto, Marina falaria ao embalo de si mesma, sem receio de parecer extravagante ou infantil. Dizia, como se estivesse no consultório, que só depois dos quarenta as pessoas desistem de esconder-se, mas ela mesma, que não chegaria aos trinta e cinco, sempre se comportou de maneira exageradamente espontânea, com sua imaginação vertiginosa, no limite da demência. Eduardo via graça e excesso no riso solto, nos comentários gratuitos, como no dia em que regateavam na peixaria, e Marina, sem mais nem menos, levou à altura dos olhos um caranguejo que ainda movia as patas e, como se lhe ensinasse algo, disse em voz alta que Gilberto se queixava de que os dois estavam transando pouco só para agradá-la, para fazê-la sentir-se amada, quando na verdade ele não dava a menor importância e reclamava por obrigação.

Marina dominava as tardes com seu humor cáustico, com uma ironia que — Eduardo não suspeitava — escondia um desespero. Orgulhava-se do raciocínio rápido, da convicção e destempero com que sentenciava. Animava-se principalmente quando redigia um livro novo, quase sempre livros populares e encomendados, sobre o amor, o casamento, a conquista. Escrevia sob um nome falso, para leitores que chamava de desvalidos emocionais — mulheres que esperavam reconquistar o marido, amantes que se iludiam, homens e mulheres que não encontraram o amor. Também editou uma antologia de cartas, bilhetes e poemas românticos, garimpando o poético em textos populares. Nas tardes longas de Búzios, testava algumas ideias e colhia outras. Não chegou a concluir o livro sobre primeiros encontros.

— Laura, a primeira frase no restaurante... — Marina estava apoiada na coluna de madeira, enquanto Gilberto dava um nó em sua rede, que tocava o chão.

— Mulher ou homem?

— Tanto faz.

— "Quer o pente ou o desodorante?"

Eduardo gostava do jeito como as duas riam das cenas que imaginavam juntas, os olhares em código, a coincidência dos tempos.

— Ela pode falar da cor da decoração do casamento — continuou Laura.

— Indireta para você — Gilberto apontou para Eduardo com o garfo longo de churrasco. Usava um avental sobre a sunga.

— *Dating* é coisa de americano. Aqui não funciona. O papo vem depois da transa, quando vem.

— Já tem Halloween em São João de Meriti — Marina olhava as anotações no caderno de espiral. Começou a ler em voz alta o que escrevia com o traço ríspido, que marcava as folhas seguintes:

"Nunca: a) esqueça a carteira... b) fale sobre o ex-namorado... c) brigue com o garçom... d) conte as fofocas do trabalho... e) dê moedas de gorjeta... f) complete as frases do outro..."

— g) pague com tíquete-refeição...

— Laura, você vai coassinar desta vez. "Sobretudo: não se deixe levar, não fale demais. E desconfie de quem quer dizer tudo sobre si mesmo nos primeiros cinco minutos. Onde passou as férias, como superou a depressão, o navio em que os avós chegaram ao Brasil."

— Poder de síntese. Te poupa de conversas adicionais.

— Poupa nada, Gilberto. Se fala sem parar, pode ser PMD em quadro de mania. Imagina se der corda — disse Marina.

— O que a pessoa quer saber no primeiro encontro é se sente atração. Não interessa o que o outro vai dizer.

— Isso é o que pensa a maioria misógina e chauvinista.

— A maioria misógina e chauvinista faz o churrasco, serve os pratos e prepara as bebidas. A minoria oprimida come deitada na rede.

— Tem razão. Eu devia escrever sem rodeios. O objetivo masculino no primeiro encontro é examinar o material. De preferência por trás, ao dar passagem para ela, para ver se vale a pena pagar a conta.

— O cavalheirismo instrumental — Gilberto balançava a cabeça, imerso na nuvem do churrasco.

— Vou incluir um capítulo sobre os critérios da escolha masculina. *Derrière*, cinquenta por cento. Peitos, vinte e cinco. Pernas, dez. Dinheiro, dez. Inteligência, um por cento.

— Noventa e seis. Não bate a conta, Marina. Soma quatro ao dinheiro, que você subestimou — Gilberto já não abanava a fumaça que o escondia.

— Laura, há duas certezas sobre os homens. A primeira é que são supervenientes em relação à mulher, que é uma espécie de estado-padrão da natureza, de *default* do ser. Homens nascem no atraso, com o aparecimento retardado do cromossomo Y, um mês depois. A segunda é que os homens têm maior propensão que as mulheres para seis coisas: matemática, autismo, dislexia, suicídio, câncer e violação das leis.

— Superveniente soa como um elogio — disse Gilberto.

— Uma evolução, você quer dizer?

— Um ajuste.

Laura sempre olhava para Eduardo quando achava que Gilberto e Marina perderiam o controle. Eduardo sabia que, na frente deles, havia um limite que nunca era ultrapassado.

— Sorte de vocês que a propensão à oligofrenia é a mesma — Marina deixou o caderno no chão, pegou o prato que Eduardo passava. — Meu último exemplo é uma paciente de cinco sessões. Tinha uma vida normal com o marido. Saíam todo ano para jantar no aniversário de casamento. Passavam o Natal com a família dela. Transavam uma ou duas vezes por mês. Tudo dentro do roteiro. Ele sempre no horário, ela sempre em casa. Mas ela começou a cismar que, por trás da aparência de normalidade, ele era um FDF compulsivo...

— FDP compulsivo...

— FDF, Gilberto. Um fedífrago. Adúltero, galinha... A mulher desconfiava, mas não encontrava nada. Nenhum indício de que ele tivesse casos. Ela fazia as perguntas cretinas. Ele desconversava. Teve então a ideia brilhante de fazer um teste. Pediu a uma amiga não muito atraente, que o marido não conhecia, para falar com ele no meio da rua. Falar qualquer coisa, para sentir se ele ia se insinuar, tentar dar em cima dela. Disse o lugar e o horário que ele saía do trabalho, no centro. Mostrou uma foto dele. A amiga não gostou. Resistiu no início, mas acabou topando. O que minha paciente não disse é que *ela* queria espiar os dois. Para ela mesma chegar a uma conclusão. Por uma semana ficou plantada em frente ao prédio. Ficava do outro lado da rua, no horário que ele saía. Não acontecia nada. Ele caminhava para o estacionamento e ia embora sozinho. Um dia, a amiga apareceu. Foi à recepção do prédio e conversou com o porteiro. Toda elegante, muito pintada. Um vestido azul com um laço enorme atrás. Uma Alice balzaca. Quando o marido desceu, a mulher apareceu na frente dele. Falou alguma coisa, e os dois foram a uma galeria comercial, que ficava ao lado. Ela seguiu os dois e viu quando entraram numa telefônica. Resolveu esperar do lado de fora. Os dois ficaram mais de vinte minutos lá dentro. Saíram, se despediram na rua de uma maneira normal, e o marido foi para o estacionamento sozinho.

— Não aconteceu nada — disse Gilberto.

— A mulher ficou esperando o telefonema da amiga. Nada. Dois dias depois, ela mesma ligou. A amiga disse que estava para falar com ela. Tinha encontrado sim o marido e não tinha acontecido nada de mais. Ele tinha sido gentil. Não deu em cima dela. Não fez nada de estranho. Ela pediu detalhes. A amiga disse a ele que tinha sido roubada e precisava fazer uma ligação para casa. Ele disse que os orelhões da rua não funcionavam e foi com ela até uma telefônica. Pagou a chamada e foi embora. Minha paciente perguntou se tinha levado muito tempo na telefônica. A amiga disse que não. Coisa rápida, um minutinho. Como é que você foi vestida? Normal, sem produção.

Gilberto apontava o prato de Marina, intocado. Ela tomou mais uma dose.

— Minha paciente estranhou a história. Primeiro, a outra não ligou logo. Segundo, disse que tinha sido rápido na telefônica. Terceiro, não mencionou que estava produzida. Também achou estranho o marido ir à telefônica. Podia dar um dinheiro e ir embora. Para que ir com ela? E como é que ele sabia que os orelhões da rua não funcionavam? Já tinha tentado usar para alguma chamada que não queria fazer do trabalho? Ficou com isso na cabeça por várias semanas. Ressentida com a amiga e desconfiada do marido. Uma noite, perguntou se ele costumava ajudar as pessoas na rua, quando pediam algo. Disse que não, de jeito nenhum. Tinha muito picareta por aí, tentando tirar dinheiro de quem trabalha. Nenhuma vez? Não. Ela ficou ainda mais desconfiada e começou a encher o saco do marido com mais perguntas. Não conseguia conviver com a dúvida de uma situação que ela mesma criou. Tanto infernizou a vida do marido, que ele não aguentou e resolveu se separar. O que ele disse quando foi embora?

Marina olhou para os três. Revolvia os pedaços de limão e gelo no fundo do copo, um ar de professora. Voltou-se para Laura:

— "Nunca traí você. Tive muito desejo, mas me controlei. O único caso foi com a porra da amiga feia que você mandou para me seduzir."

Laura e Gilberto riam do jeito teatral, do arremedo de voz masculina, o dedo acusador, molhado de caipirinha.

— Você devia escrever contos — disse Eduardo.

— Você acha que eu inventei?

— Parece piada dos livrinhos do *Pasquim*, com o rato Sig na capa.

— Senhor filósofo, o ser humano é assim mesmo. Patético e inverossímil. Entre um Agostinho e um Espinosa, você devia ensinar Nelson Rodrigues — Marina também ria.

— Roupa de *Alice no País das Maravilhas*, às seis da tarde, centro do Rio...

— Um detalhe. Adicionei para vocês visualizarem a moça. Minha paciente disse que a outra estava vestida como se fosse a um casamento. Tá anotado.

Sorria como se acreditasse no que dizia, apontava para a casa como se mostrasse os arquivos do consultório.

— Eduardo, para que vou escrever contos se ninguém lê mais? Só você gosta de coisa séria. Tenho dez vezes mais leitores com meus livros de *lifting* sentimental. Vendo numa semana o que você vendeu em cinco anos com teus livros sobre Merleau-Ponty. É mais fácil vender um cadáver que um livro decente.

— Você nunca gostou de dinheiro.

— Ando numa fase descaradamente mercenária. Penso até em ampliar essa área de consultoria amorosa. Vou montar uma agência de encontros. Não uma cafetinagem. Coisa séria para formar casais. Falta imaginação ao pessoal que faz isso. Os anúncios não excitam nem adolescente da Febem.

— Não dá certo — disse Laura. — As pessoas têm vergonha de dizer que se conheceram assim.

— Vergonha porque as agências são voltadas para a escória. Um serviço mais sofisticado faria sucesso. Eu faria um belo anúncio para você: "Laura, MS (morena solteira), artista plástica, 31, pernas irresistíveis de dançarina de tango, rosto perfeito, amante de livrarias, lagostas, Chablis, Cézanne, Iberê, Barcelona, *foot massage*, dona de risadas inesperadas, procura homem seguro, inteligente, grisalho, de preferência com especialização em Merleau-Ponty, disposto a relação séria". Quem resiste?

— Nunca fui a Barcelona — disse Laura.

— Você tem uma biblioteca inteira sobre Gaudí.

— Eduardo, se não casar logo, ela põe a Laura no mercado — disse Gilberto.

Agoniada com sua própria excitação, por sentir que se deixava levar e se consumia por um arrebatamento sem objeto, uma euforia sem prazer, Marina se recolheria dentro de casa, apoiaria o copo gelado sobre a madeira do piano e tocaria algo triste, para que a melancolia aliviasse o tremor das mãos, a palpitação no peito.

Eduardo e Laura conheceram Marina no Rio, quando os dois casais saíram para jantar pela primeira vez. Foi imediata a empatia entre Marina e Laura, assim como o afeto cerimonioso entre Laura e Gilberto. O desconforto entre Eduardo e Marina, que se dissipou com o tempo, mas nunca desapareceu por completo, estava já no primeiro momento, quando se cumprimentaram, no desencontro entre o aperto de mão, os dois beijos e o abraço.

— Não era Pascal quem se recusava a abraçar a mãe, para não atiçar o desejo pelo corpo feminino? — ela perguntou, rindo, enquanto se afastavam.

Embora sob a aparência de humor, havia entre os dois uma tensão recorrente, que se percebia na dificuldade de fixar o olhar, na entonação excessivamente afirmativa. Talvez Marina se exigisse demais na frente de Eduardo, o intelectual do grupo, dono da frieza e da erudição. Já Eduardo admirava e recriminava a excentricidade de Marina, a incontinência verbal, a amoralidade mais retórica do que prática. Como se fossem caprichos de uma personalidade exuberante, não a manifestação de um desequilíbrio que ela não seria capaz de suportar por muito tempo.

Marina era a geniosa dos quatro, Eduardo, o reservado, mas parte do desacerto entre os dois nasceu de comentários que ele fizera. Costumava falar pouco com os amigos e, quando o fazia, tinha a ilusão de buscar o essencial, o fundo das coisas, como se não fosse uma inconveniência. Com Marina, ele experimentava algo mais mundano e inconsequente, o desejo de desconcertá-la, num impulso destrutivo mal disfarçado pela cordialidade. Marina despertava em Eduardo o que ele julgava ter de pior, embora o pior lhe parecesse, naqueles momentos, mais vital que tudo. Diante dela, sentia-se ao mesmo tempo mesquinho e vivo. Anos mais tarde, Eduardo se perguntaria por que agira desta ou daquela maneira. Qual a razão para um dia ter perguntado se estava grávida, quando já desconfiava que Marina sofria com a dor de não ter filhos? Qual a razão para, duas semanas depois, nada comentar diante de uma Marina que tinha emagrecido ainda mais e o beijou no rosto com alguma rispidez, chocando maxilares, para que ele sentisse a face emaciada e óssea de uma mulher que poderia tudo, menos conceber? Eduardo lamentava ter compreendido mal o que se passava com Marina, ao confundir prepotência com segurança, exaltação com alegria.

Marina tinha a aparência, a sugestão da beleza. Parecia muito bonita à primeira vista, mas, à segunda e mais detida, os detalhes revelavam um rosto expressivo mas duro. Eduardo e Laura ficaram impressionados quando a viram pela primeira vez, na noite em que saíram para jantar e esperavam-nos na frente do restaurante. O casal caminhava pela Prudente de Moraes, aparecia e desaparecia na intermitência das luzes. Alta, atlética, com os cabelos curtos e claros, Marina conduzia Gilberto com o passo de modelo, a maneira ensaiada e geométrica de virar o corpo, segura de que concentrava as atenções.

Eduardo achava que não se sentia atraído por ela, mas não era indiferente ao charme estudado e à mistura de cheiros — o perfume pouco feminino, o hálito que respirava vinho e batom. Havia algo de familiar no rosto, como se já o tivesse visto em um quadro antigo, o nariz fino e alongado, os olhos olímpicos. Alguns anos passariam antes que as mãos elegantes que dedilhavam o piano começassem a inchar na base dos dedos, pelo cacoete de estalá-los, ou a esfregar a boca de modo aflito, quando não se escondiam nos bolsos pela vergonha do tremor. Custaria para que Eduardo passasse a olhá-la de modo profundo, longo, para disfarçar seu próprio desprezo diante daquele olhar ausente, que já era, embora ninguém percebesse ou admitisse, o olhar de vidro do suicida.

Como supor o dilaceramento da mulher que um dia, de um jeito adolescente, de psicóloga de biquíni e chapéu, posou para que Gilberto a fotografasse sobre a pedra arredondada de Búzios, contra o fundo brilhante do oceano, sob o olhar aprovador de todos? Como intuir a dor por trás da ironia militante, dos risos, dos cílios longos e muitos, que desciam sobre os olhos e davam um ar ligeiramente sonhador ao rosto, no mais um tanto severo? Por que não levar a sério o momento em que ela se recolhia, por que desconfiar de que não passava de um jogo de cena, mais uma entre tantas manias do estilo teatral de Marina, que se retirava mordiscando a corrente fina e dourada que carregava no pescoço?

Quando olhava para trás, Eduardo se arrependia da maneira como se permitiu mimetizar o comportamento de Marina, como se coubesse a ele ensinar algo, aplicando a ela o castigo que ela impunha a todos. Teria sido ele mesmo ou um Eduardo fora de si quem abandonou o jantar que Marina e Gilberto lhe ofereceram no apartamento da Lagoa, só porque ela, na excitação do momento, derrubou o copo de uísque em seu colo? Por que julgar que não foi um acidente e alegar a Laura, já no carro, que nada é casual, que a bebida ensopou a calça, a cueca, o dinheiro no bolso, o saco, os pentelhos, o caralho? Por que recusar a roupa oferecida por Gilberto para os quatro continuarem a noite que acabava de começar? Lembrava-se do rosto de Marina, cercado de fumaça e perplexo diante da reação dele, e pensava no erro de tratá-la como alguém que pisa o mesmo chão, com os pés fincados na realidade, quando, no fundo, ela já estava solta no ar, pronta para cair.

Com alguma sensibilidade, aquele rosto perplexo já podia ser percebido desde o começo. Já se via no casamento, meses

35

depois que os casais se conheceram. A pomba, presa na igreja, iludida pelos vitrais e pela luz do teto, desviava a atenção de todos, alheios ao que o padre dizia, mas era Marina quem se mostrava mais inquieta, como se aquilo fosse um presságio. Com o tempo, ela alimentaria os comentários de que tinha sido mais um de seus caprichos, de que somente ela, com sua extravagância e vaidade, era capaz de interromper seu casamento para correr atrás de uma pomba e salvá-la de espatifar-se nos vidros.

Foram sete anos em que os quatro estiveram sempre juntos, em encontros no Rio, temporadas em Búzios, telefonemas quase diários. Talvez tenham suspeitado, em alguns momentos, que só uma tragédia quebraria amizade tão assídua. Eduardo sabia, no entanto, que mesmo antes do suicídio de Marina algo se desfizera sem volta, e não havia como deixar de associá-lo àquela noite em que ele ultrapassou os limites do que Marina, ou a amizade, poderia tolerar.

— A inocência em estado puro parece tão maliciosa — disse ela, enquanto os quatro esperavam a mesa no bar de entrada do restaurante da rua das Pedras. Como se tentasse arrancá-la, uma menina de cinco ou seis anos mexia na folha de videira que cobria o corpo de um Zeus de gesso. Laura e Marina estavam sentadas nos bancos altos do bar, de costas para o balcão. Eduardo e Gilberto continuavam de pé, em frente às duas.

A menina tomou as mãos de Zeus, tentou puxá-lo para que fosse brincar com ela, mas voltou sozinha para a mesa dos pais.

Uma mulher com feições índias, que ficava no caixa, veio em direção aos quatro. Marina reconheceu o livro em sua mão. A moça pediu-lhe que assinasse.

— Você não precisa de um livro desses em Búzios. — No rosto de Marina, havia surpresa e orgulho por ter sido reconhecida. — Aqui tudo é fácil, até o amor.

— Moro longe. Sou de Caravelas.

— Belo nome para uma cidade.
— É um vila pobre perto da praia.
— Não se pode ter tudo.
Ela voltou para o caixa. Não parecia emocionada com o autógrafo de Marina.
— Meu pior livro. E o que vende mais.
— Por que você não dá a *Antologia*? — Eduardo perguntou.
— Para você, meu único livro decente é o que eu não escrevi.
— Você disse que retocou uns poemas.
— Eu disse que Yeats fez isso uma vez.
Marina fechou os olhos, encolheu os ombros.
— Não adiantou nada ter publicado com pseudônimo. Até aqui me reconheceram.
— Você é a primeira escritora a publicar com nome falso e foto verdadeira — disse Laura, rindo.
— Meu editor acha que livros com foto do autor vendem mais. Pedi para ele botar a foto da Nastassja Kinski...
— Dois meses para escolher uma foto — disse Gilberto. — Mais tempo do que para escrever o livro.
— Até você gostou da minha cara espalhada nas livrarias. Te vigiando para que pense duas vezes antes de dar em cima das vendedoras. A última vítima achava que Lima Barreto era nome de cachaça.
— Velho Barreto...
— Reconhecida por uma índia em Búzios... Eduardo, que escritor disse que era muito agradável chegar a um lugar precedido por sua reputação? Gide, Wilde? — A Marina erudita sempre se dirigia a Eduardo.
— Não sei.
— Sabe. Você que contou.
— Proust. Furioso porque já circulava em Cabourg o boato de que ele era gay.

— Cabourg?
— Búzios de Proust. Balbec na *Recherche*.
— Além de filosofia, você devia ensinar literatura francesa.
— *Fait divers* não interessa.

A mesa ficava no canto do restaurante, sob a luminária pendente, a uma altura que ensombrecia os olhos. Comentaram, sussurrando entre os cardápios altos de madeira, a beleza e o desleixo da mulher da mesa ao lado, a mecha que se desenroscava sobre o rosto angelical como uma serpentina, os pés delicados e sujos brincando com a sandália largada no chão. Laura e Marina acharam-na vulgar. Gilberto não conseguiu convencê-las de que o descaso e o excesso de confiança realçavam a beleza em estado puro, o encanto do desprendimento.

Ela olhou para os quatro, com olhos ternos e verdes. A arcada suave, que se afunilava para o queixo fino de criança, fazia sobressair o contorno do lábio adulto, o brilho transparente do batom retocado. Seu parceiro de mesa continuava a comer, velho e indiferente em sua inapetência. O cabelo seco e achatado sobre a orelha esquerda, como se usasse um grampo feminino, tornava-o mais frágil.

— Até a mulher mais feia tem o seu momento, o dia e o ângulo certo. Imagina essa menina no auge — disse Gilberto.

— Você adoraria levá-la ao auge, não é verdade? — Marina não tirava os olhos da outra mesa.

— Deve ser muito caro.

— Não desconversa, Gilberto. Falo de ter um caso. Não de pagar uma noite.

— Não tenho competência para isso.

Marina jogou a cabeça para trás, de leve, como se segurasse o riso forçado.

— O que te falta é ânimo para começar. Imaginar desculpas a cada dia. Você não tem imaginação para mentir para duas mulheres ao mesmo tempo. Ainda corre o risco de descobrir, depois de tudo, que o anjinho tem o cérebro menor que o clitóris. Você é como eu, não tolera a burrice.

Marina contou outra história, de um casal que dizia conhecer. Os dois desejavam ter um caso. Queriam revelar sua intenção, abrir seu casamento, mas temiam a reação do outro, e a reação de si mesmos, caso o parceiro aceitasse a ideia. Queriam que o outro estivesse aberto à proposta, embora temessem tanto sua indignação como seu entusiasmo. Um amigo comum sabia do desejo do marido, e resolveu sondar o que pensava a mulher, desconfiado de que ela sentisse o mesmo. Revelou a ambos o que o outro pensava e intermediou a proposta de que cada um tivesse um caso, somente um caso, discreto e curto. Assim fizeram. O marido gostou da relação que iniciou. Ela foi além, apaixonou-se. Ele percebeu aos poucos, atordoado, a desilusão da mulher. Acabaram por separar-se.

— Mais uma paciente divorciada? — perguntou Eduardo.

— Vai dizer que é outro conto que inventei.

— O que você quer dizer com essa história, Marina? — Gilberto perguntou com aparente desinteresse. — Que eu não tenho casos com medo de que você se apaixone por outra pessoa?

— Não quero dizer nada. Você não tem casos por falta de coragem.

Era conhecido o autocontrole de Gilberto. Eduardo sabia que ele era imune às armadilhas de Marina, às tentativas de humilhá-lo para que se traísse e deixasse escapar algo que guardava com disciplina.

— É a tutora austro-britânica ou o I Ching de sábado à tarde que te dá a impressão de conhecer as pessoas?

Foram os últimos a sair do restaurante. Descontraídos pelo vinho, caminharam pela orla, Laura e Marina à frente, Eduardo e Gilberto poucos passos atrás. Vendo o corpo atraente de Laura, o andar involuntariamente sensual, Eduardo não se constrangia pelo fascínio que ela devia exercer sobre Gilberto, mesmo com o jeans folgado, o suéter, a discrição de sempre. Gilberto parecia estudar o céu esbranquiçado, de nuvens ralas. Eduardo pensava em Marina. Olhava seu corpo à frente, sem cadeiras ou curvas, as pernas compridas sob a saia longa, e o que via era seu riso nervoso, seu mistério opaco como uma parede. Imaginava-a nua, não tanto pelo desejo de observar os seios pequenos e o ventre plano, que podia perceber durante o dia, na praia, mas pela vontade de descobrir uma Marina desarmada do sarcasmo e envergonhada da nudez. Queria saber para que lado tombava aquele desequilíbrio. Suspeitava de uma Marina dócil, capaz de se arrepender. Recordava seu rosto pacificado pelo sol, na rede do jardim, a sombra de uma folha na face, na forma de um cavalo--marinho. Aquele rosto, que talvez continuasse o mesmo por toda a vida — maduro aos vinte anos e jovem se alcançasse os cinquenta —, ali apareceu mais distendido e suave do que nunca, como se descansasse pela primeira vez.

Caminhava e pensava nos lábios espessos, que envolviam a abertura pequena da boca, quase circular, como de uma boneca. Pensava naquele corpo grande e esquálido ao mesmo tempo, que via nas manhãs, mal coberto pelo biquíni, em sua magreza angulosa que nunca o excitava, tão exposto e acessível. Recordava a única vez que se sentiu realmente atraído por ela, teve mesmo uma ereção, ao vê-la alegre com uma calça branca muito justa, colada ao púbis, e uma camiseta decotada, fazendo salientes os peitos pequenos e próximos, entre os quais se alojava a pedra escura que pendia de uma corrente de tecido. Marina riu como nunca aquela vez, surpresa, por um momento, com sua licenciosidade.

Eduardo nunca reavivou o sentimento daquele dia, mas passou a observar o corpo de Marina, como se devesse saber as inconsistências, as variações. Laura chamou a atenção de Eduardo para esse interesse repentino, desconfiada de que desejasse, e o resultado da queixa foi aumentar o desejo de ter o desejo.

— Meu casamento sobrevive? — perguntou Gilberto, com os olhos no caminho de terra. Búzios, àquela hora, parecia uma cidade evacuada.

— Por que não? — Eduardo não queria parecer sensibilizado com a preocupação de Gilberto.

— Pelas brigas.

— Pensei que era o que unia vocês.

— Você acha que a gente se diverte com isso?

— Não falei em diversão.

Já em casa, passaram ao conhaque, só Gilberto voltava ao uísque. Laura e Eduardo sentaram-se no sofá próximo à janela de vidro, que descia do teto até uma altura de meio metro do chão. Marina e Gilberto instalaram-se no divã em frente, separado do sofá pelo enorme quadrado de mogno da mesa baixa de centro. A sala era ampla, parecia vazia na luminosidade das manhãs, à noite era menor e acolhedora, com sua iluminação de canto, quente e amarela, que fazia desaparecer o pé-direito alto e a sala de jantar adjacente.

Marina levantou-se para colocar um CD no aparelho de som. Deteve-se no lado espelhado do disco, ao perceber o reflexo do rosto, o trabalho dos anos.

— Você não prefere tocar um pouco? — pediu Laura.

Marina levantou as mãos, como se mostrasse uma doença.

— Tive um sonho triste. Estava há horas no piano. Não conseguia produzir som nenhum. Apertava as teclas e não ouvia nada, nada se mexia. Tinha que tocar de uma maneira especial para tirar som do piano. Eu não conseguia descobrir, como se tivesse desaprendido a mexer os dedos. Toquei horas e horas em silêncio, sem ouvir uma nota. O piano às vezes me dá medo.

— Eu ajudo — disse Eduardo.

41

— Você não sabe tocar nem *Parabéns pra você*.

Eduardo deixou a taça de conhaque sobre a mesa e sentou-se numa metade do banco retangular do piano. Marina custou a ocupar a outra. Ele levantou a tampa, acendeu uma pequena luminária de pé, ao lado, e tirou o cálice da mão de Marina. Tomou sua mão esquerda pela palma e apoiou com cuidado os cinco dedos compridos sobre cinco teclas brancas, sem pressioná-las. Fez o mesmo com a mão direita. Marina obedecia, impassível, como se não respirasse. Tinha as pernas muito próximas, sem encostar nas de Eduardo, e as mãos subservientes, sem vontade. Sua timidez a seu lado, tão imediata e súbita, o surpreendia. Ele pressionou o indicador sobre o indicador de Marina, produzindo o som de uma nota.

— O que eu tenho que tocar? — Marina perguntou, sem tirar os olhos do piano.

— Laura escolhe.

Laura olhava para Eduardo, tentava disfarçar o desconforto.

— Vinicius. Em homenagem ao seu gesto.

Eduardo continuou ao lado de Marina ao longo da primeira música. Deu-lhe mais espaço no banco, virando-se um pouco para fora. Observava as mãos, hábeis e autônomas de novo, as pernas, que subiam e desciam no trabalho do pedal. Marina tocava com zelo, sempre concentrada, e era impossível dizer, apenas por sua expressão ou movimentos, se tocava algo triste ou alegre, expansivo ou neutro. Ouvia sua música de olhos fechados, sem deixar transparecer qualquer sentimento.

Eduardo voltou a sentar-se ao lado de Laura. Marina tocou duas músicas mais, quase no escuro, tendo apagado a luminária próxima ao piano.

— "... porque o samba é a tristeza que balança..." — Eduardo sussurrava para si. Ao ouvir certas músicas, em certos momentos, tinha a impressão de que, apesar da obscuridade dos objetos e dos seres, era possível experimentar um sentimento elegante e preciso, autossuficiente como uma circunferência exata. Um sentimento sem arestas, necessário e simples como o movimento de uma roda ou o desenho das mãos.

— Que mais devo fazer para os senhores? Jogar o tarô? Ensaiar a dança do ventre? — perguntou Marina.

— Você não tem barriga pra isso — disse Laura.

— Seu namorado não acha. Sempre pergunta se estou grávida.

— Uma vez. Perguntei uma vez. E não foi por causa da barriga, mas do teu rosto, que andava muito corado — disse Eduardo.

Marina levantou a blusa até a altura do estômago, e mostrou o ventre plano, bronzeado da manhã.

— Melhor procurar outra profissão — disse ele, sem desviar o olhar do umbigo, linear e raso como uma tatuagem.

— Gilberto, qual é a frase do dia? — perguntou Marina, ao voltar a sentar ao lado dele, recostada em seu ombro.

— O sonho de toda mulher é dançar, de barriga de fora, para um Maracanãzinho de homens. — Ao fim da noite, nas doses finais, Gilberto era dado a generalizações, sobre mulheres, cachorros, banqueiros. Gostava do poder do uísque de libertá-lo de sua inteligência, de corromper sua voz.

— Quase. O sonho de toda mulher é dançar para uma plateia de mulheres — disse Marina. — A de ontem era melhor.

— Falei alguma coisa ontem? Parece outro ano.

— "Não contextualize: você vai se deprimir."

— Eu disse isso? É inteligente demais para mim. Deve ser coisa do Eduardo.

Gilberto levantou o copo para um brinde consigo mesmo.

— Larga esse negócio. Deve ser de Ciudad del Este — Marina ria da maneira como ele se fingia de bêbado.

Laura deslizou o corpo pelo sofá e apoiou a cabeça na perna de Eduardo, como se fosse dormir. Ele acariciava suas costas, de modo terno.

— Vocês vão acabar dormindo na nossa frente — disse Marina. — Só não pode acordar no meio da madrugada com vontade de transar. A gente acaba imitando vocês. Seria moderno demais um casal transar na frente do outro.

— "... e eu hoje me embriagando, de uísque com guaraná... ouvi sua voz murmurando, são dois pra lá, dois pra cá..." — Gilberto cantarolava em voz baixa, olhando o teto. Tinha os olhos de choro, um ar de santidade nos braços semiabertos.

— Por que não trocamos de lugar? — disse Eduardo.
— O quê? — perguntou Marina.
— Eu e Gilberto. Trocamos de lugar esta noite.

A frase de Eduardo não teve o efeito imediato de um disparo. Foi sendo lentamente assimilada, como uma substância imperceptível, intuída aos poucos, à medida que começa a desencadear o incômodo físico, a perplexidade. Desfaz-se a atmosfera de leveza e humor, e começa uma transição incerta, um momento de insegurança sobre o futuro, em que já se percebe o mal-estar, primeiro sem objeto, logo com razões e convicções mais claras. Marina olhava para Eduardo, uma expressão que podia ser de desejo, orgulho ferido ou indignação. Podia ser o começo de um choro ou de um grito. Gilberto parecia despertar de sua embriaguez imaginária, com o rosto assustado, consciente de que algo importante acontecia, mas confuso sobre sua extensão e conveniência. Laura continuava de olhos fechados, a cabeça no colo de Eduardo, mas não podia fingir que estava dormindo; ele sentiu o corpo dela encolher-se um pouco mais, viu seu cenho franzir-se e concentrar toda a sua tristeza.

Eduardo olhava os três e não encontrava nada, nenhum sinal de que os conhecia. Atravessara um limite e estava só.

— Deixa o conhaque e vai dormir. Não tá te fazendo bem — disse Marina, seca como se estivesse ao piano.

Ele tentava entender de onde vinha o desejo de intimidade com aquela alma atormentada, e se perguntava se o tormento não estava nele mesmo, no capricho de resolver um enigma, quebrar uma casca. Não sabia o que sentia por Marina. Sabia apenas que queria tê-la nua à sua frente, aquela mulher que parecia trazer outras existências dentro de si, uma porta ou um abismo, o ser menos transparente, mais indevassável que conhecia.

Eduardo tinha errado mais uma vez. Superestimara e golpeara Marina mais uma vez. Nem a confissão indireta do desejo que sentia por ela podia aliviá-la. Ela não acreditava no desejo dele.

Marina levantou-se e subiu para o quarto. Eduardo foi para a varanda, para deitar-se na rede. Sempre se refugiava no sono. Era o melhor exílio de si mesmo.

Olhos tolos de Orfeu

Não sabia se os dois garotos tinham mentido — havia surpresa e escárnio no rosto de ambos, mas não tinha alternativa senão acreditar. O menino com a cicatriz no peito não aparecia no sinal havia uma semana, e Eduardo não conhecia ninguém mais a quem perguntar onde poderia encontrá-lo. Deixou o carro no pequeno estacionamento em frente ao cemitério São João Batista e caminhou em direção ao Túnel Velho. Passava por túneis quase todos os dias; não esperava atravessar um a pé. Das duas galerias de sentidos contrários, os garotos falaram da mais sombria e antiga, de entrada retangular, que parecia baixa quando ele passava de carro, vindo de Copacabana, mas agora crescia à sua frente, excessiva para quem caminhava.

Entrou pelo lado esquerdo, e logo estranhou a calçada estreita, pouco elevada em relação à pista, sem corrimão ou grade protetora. Do fundo escuro do túnel, os carros emergiam sem pausa, deslizando na curva final. Ele caminhava devagar, parava e olhava para trás. A luz que vinha de fora — o sol no reflexo dos para-brisas — feria seus olhos e escurecia ainda mais as paredes negras de fuligem, o teto cavernoso e úmido. Levou a mão à parede e sentiu o concreto áspero. A fumaça, o cheiro, o eco dos motores davam-lhe um pouco de vertigem, como se iniciasse a descida de um poço. Os carros agitavam a nuvem espessa, as luzes riscavam as paredes, tinha a impressão de que as carrocerias tocariam suas pernas. Nunca foi tão simples morrer atropelado, bastaria deixar-se levar pela trajetória dos faróis. Ele procurava algum sinal de vida no interior da galeria. Não conseguia ver como as pessoas se instalavam por trás das paredes, em que espaço dormiam. Talvez não passasse de uma brincadeira dos garotos. Notou pequenas reentrâncias cavadas no cimento, que poderiam servir de degraus. Tinha de haver alguma abertura por cima, um vão onde o concreto não alcançasse a pedra e permitisse a passagem de um corpo. Encostou o ouvido à parede, manteve-se assim por algum tempo. Do interior do morro não chegava som algum. Só ouvia o eco dos carros, zunindo como se caíssem.

Alguém se aproximou por trás, dos lados de Botafogo. Era uma senhora de lenço na cabeça, com duas sacolas cheias nos braços grossos de lavadeira. Encolheu-se para que ela passasse, os passos rápidos em direção a Copacabana, a cabeça sempre baixa, sem olhá-lo, uma sacola na frente, outra atrás, na medida do espaço estreito.

Ele voltou a caminhar. As pernas pesavam acima dos joelhos. Um cheiro ácido, de urina, misturava-se ao cheiro dos motores, o ar parecia fugir. Acostumara os olhos, mas estava cada vez mais escuro, já a uma altura onde a luz das entradas opostas parecia ter a mesma intensidade, um reflexo pálido atrás das curvas. Ele estava no meio do túnel, no centro vazio de uma montanha, inseguro de suas próprias razões.

Parou por um instante e pensou em atravessar para o outro lado. Teria de esperar o momento certo e correr entre os carros, cuidando para não baralhar distâncias e tropeçar nas falhas do asfalto. Seria inútil; olhava a extensão da galeria e não via nada, uma caixa, um pedaço de jornal, nada que indicasse uma presença. Talvez houvesse ali uma cidade inteira, subterrânea, adormecida dentro de uma caverna, mas ele não conseguia perceber sinal algum. Não sabia o que fazer, a quem chamar; não tinha o que dizer. Mesmo se soubesse o nome do garoto, não o chamaria. No fundo, esperava que alguém aparecesse por cima das paredes, viesse falar-lhe, pedir dinheiro, assaltá-lo; alguém que, de uma maneira ou de outra, se comunicasse com ele. Já no carro, no estacionamento, olhou de volta para o túnel, a fenda na pedra, olhos tolos de Orfeu.

— O que você tem? — perguntou Laura. Passava o creme nas mãos, devagar, como se calçasse luvas finíssimas.

— ... Um pouco de enjoo — Eduardo respondeu sem tirar os olhos do livro.

— Você é tão generoso com certos bares.

— Não almocei hoje.

— Então é isso. Preparo alguma...?

— Não precisa.

As mãos de Laura já estavam nos ombros e no pescoço, esfregando-os em câmera lenta. Eduardo gostava de observá-la untar-se de cremes transparentes, de vê-la fechar os olhos ao sentir o toque frio da umidade. Do sofá, onde estava agora estirado, via metade do rosto por trás da linha branda do abajur.

— Não comeu por quê? Tadeu segurou de novo?

— Não tive fome.

— O dia inteiro?

Laura fechou o pote de vidro, a bolsa onde o guardou, aspirou o perfume das mãos, recolocou o relógio, o colar com a pequena lua verde de jade, o anel que lembrava uma aliança.

— Está com uma cara de quem perdeu alguma coisa.
— Perdi nada, Laura.
— Vem comigo à casa da Nau?
Fazia mais de dez minutos que estava na mesma página, o livro apoiado sobre o peito.
— Perguntei se você vem comigo à casa da Nau.
— Vou. Só preciso tirar um cochilo.
— Você nunca dorme de dia.
— São oito da noite, Laura.

Na manhã seguinte, enquanto aguardava no engarrafamento do sinal da Lagoa, Eduardo ouviu três batidas rápidas na parte de trás do carro. Virou-se e, pelos vidros embaçados, viu-o aproximar-se. O garoto usava o mesmo calção colorido, nada sobre o tronco de criança, o cabelo eriçava-se para trás mais uma vez. Em volta do pescoço, apoiava um saco de limões enfileirados na rede amarela de nylon, que pendia sobre o peito como as pernas de um bebê na garupa. Parou ao lado de Eduardo e desajeitou o espelho lateral com a mão preta de graxa.
— Disseram que tu tava me procurando. Que que tá querendo, hein?
Era a mesma voz aguda, e o jeito de falar que pouco tinha de infantil.
— Conversar. Só queria conversar um pouco.
— Conversar é o caralho. Tu tava atrás de mim. Quer o quê?
Olhava por cima do carro, com os braços cruzados e o queixo à frente. Não o encarava.
— Você mora mesmo no túnel?
— Num é da tua conta, tá ligado?
A rispidez do tom, a rapidez da resposta contrastavam com o corpo esquálido, o rosto pré-adolescente. De perto, parecia menor,

com as costelas salientes no tórax, a cabeça e a barriga dando um pouco de lastro ao corpo. Não devia pesar mais que um cachorro.

— Passei no túnel ontem. Não vi ninguém. Não sei como vocês conseguem morar lá dentro.

O menino descruzou os braços, pôs a mão esquerda sobre o carro, a direita na cintura. Encostou a lateral do corpo na porta e olhou-o diretamente, metade da cabeça dentro do carro.

— Tu já dormiu na rua, na chuva, com medo dos Pê-Eme? Tu acha que alemão faz barulho quando aparece? Toca sirene, atira pra cima pra avisar que a porrada vai comer?

Eduardo encarou, por um tempo, o rosto magro a um palmo do seu. Não sabia como associar os traços toscos ao olhar excessivamente inteligente. Voltou-se para o sinal, continuava fechado. Alguns garotos observavam a conversa, sentados no canteiro à esquerda. Entre eles, os dois que tinham falado sobre o túnel. Olhou-o de novo, em busca do que dizer. O menino continuava na mesma posição, como se cobrasse uma dívida. A cicatriz no peito era uma boca fina.

— Quanto é o limão?

— Pra tu, cem. Aceito cheque.

Eduardo abriu o porta-luvas e pegou a carteira. Procurou uma caneta. Apoiou uma nota de cinco no centro do volante e escreveu o endereço de casa.

— É onde eu moro. Se precisar de alguma coisa, me procura. Fica atrás da PUC.

O garoto puxou a nota com força.

— Num tem noção, não, viado? Faço michê não. Num caio nessa de levar pra casa. Se liga, baitola. Já soquei um velho escroto.

— Só queria ajudar. Se precisar, me procura.

O motorista de trás buzinava, o sinal estava aberto.

— Não vai dar o limão que eu comprei?

— Cai fora. Pra viado é cem.

— O que você ensinou hoje, Eduardo?

Gabriel trabalhava no prédio havia mais de trinta anos. Apresentava-se como um "velho comunista chileno" e costumava dizer aos novos moradores, e relembrar aos antigos, que se converteria em democrata-cristão antes de morrer, *"para que se muera un hijo de puta"*. Sobre a camisa azul de porteiro usava uma gravata preta, por Allende. Todo dia, ao fim da tarde, desde o começo da década de 1960, colocava sua cadeira na frente do prédio, ao lado do portão, e com as pernas cruzadas e as mãos entrelaçadas sobre um livro aberto na altura do estômago, aguardava a chegada dos moradores. Cumprimentava a maioria, levantava-se para poucos. A Eduardo sempre acompanhou até o elevador, o órfão que chegava sozinho da escola e, muitos anos depois, o jovem professor de cabelo grisalho.

— Essência e contingência.

— Estupendo.

— E você, o que tem na mão hoje?

As histórias que reinventava sobre ex-moradores, os encontros fictícios com ícones da esquerda, a calma dos barcos de Valparaíso compunham já uma referência na vida de Eduardo. Quando adolescente, não chegou a projetar em Gabriel uma imagem paterna — era reverente demais para personificar alguma autoridade —, embora em certas ocasiões tenha percebido algo familiar na mão que consertava uma torneira ou pousava na cintura da faxineira que ele mesmo indicava. Com o tempo, Eduardo inventaria razões para chamá-lo, para fazer renovar no porteiro a ilusão de ser indispensável ao garoto sem família. Desenvolvera uma afeição por Gabriel, e a maneira de demonstrá-lo era deixar que Gabriel manifestasse a sua.

— Esse é magnífico. Conheci em Montevidéu. Ele gostava de passear pela Rambla, com um lenço no pescoço e o cachorro atrás. Você devia ler.

— Um dia.
Eduardo já tinha apertado o botão do oitavo andar. Gabriel, do lado de fora, segurava a porta do elevador com o pé e olhava para o teto como se recordasse algo.

— Já falei com dona Macbeth sobre a festa dos garotos. É pele e alma de jararaca.

— Outra não, Gabriel. Não vai se meter em outra.

— Já viu a velha roer unha? Tem veneno na ponta dos dedos. Cospe quando fala.

— Você pensa muito nela.

Tirou o pé da porta e fez o sinal da cruz, com um sorriso. Quando a porta interna se fechava, abriu a externa mais uma vez.

— Passou um moleque procurando você. Pivete com cara de milongueiro. Disse que você tinha falado com ele. Sabia até o número da placa. Falei que não tinha ninguém com esse carro no prédio.

Eduardo concordou com a cabeça.

— Fica de olho, professor. Ele tá por aí.

— Se aparecer de novo, diz para voltar no fim do dia, quando eu estiver em casa.

— Você conhece?

— Acho que sim.

Entre os dois, o vidro espesso e o ar úmido da tarde do Rio. Ela cavalgava; ele a observava. Não havia som por trás do vidro, só o movimento, cadenciado como uma onda, misturando-se ao reflexo incompleto de si mesmo: o brilho do aro metálico dos óculos, a linha circular dos botões sobre o fundo escuro do tecido, a imagem translúcida do corpo. Fechado em silêncio, o mundo parecia inviolável.

Sem que ela soubesse, Eduardo veio ao restaurante da

Hípica para espiá-la em seu passeio, para fazer reviver o momento primeiro em que a viu sobre o cavalo, o pescoço e as costas erguidas, a roupa justa, os seios e os ombros dilatando-se com o orgulho da volta perfeita, no transe do movimento. Oito anos antes, do mesmo ponto e ângulo, sobre a mesma poltrona, convenceu-se de que aquela visão alimentaria o desejo de uma vida inteira. Era possível apaixonar-se por um contorno, por uma maneira de elevar o corpo, como se caminhasse no ar, sem resistências? Havia limite para a sensualidade de um movimento, para a persistência de uma imagem?

Laura não tinha mudado. Ia com o mesmo encanto, o mesmo apelo do ser que se afasta. Como fixar o instante em que o corpo foi a fonte de uma transcendência que ele nunca experimentara?

O garoto voltou, uma semana depois.

Eduardo estava no quarto, saía do banho, enrolado na toalha.

Laura entrou com um ar de preocupação. Falava em voz baixa.

— Gabriel tá na porta com um menino de rua. Ele diz que conhece você.

— Deixa entrar.

— Como assim?

— Deixa o menino entrar. Eu o conheço.

— Não é perigoso? — Não havia agressividade na voz de Laura. Não queria soar preconceituosa.

— É uma criança. Deve ter uns doze anos.

Laura não se mexia. Olhava Eduardo desvirar a camisa, secar o corpo.

— Você conhece de onde?

— Do sinal.

— Que sinal?

— Da Lagoa. Do Jóquei... Por favor, Laura, manda ele entrar e diz que já vou.

Quando Eduardo apareceu na sala, o menino estava em pé, perto da janela. Espiava a vista pela fresta das cortinas, com a mão pequena e suja sobre o vidro e os pés descalços sobre os tacos de madeira. Usava uma camisa vermelha, com o desenho de um sorvete nas costas, o calção de sempre. Laura folheava e fingia ler o jornal sobre o sofá longo, de frente para a janela. Sobre a mesa de centro, havia um saco de limões.

O menino voltou-se para Eduardo. Olhou-o rapidamente na altura do pescoço, não ousava encará-lo.

— Taí o que eu devo. Vi tu na rua com ela. Pelo jeito num é viado.

Eduardo abriu as janelas de correr, escancarou as cortinas.

— Tem mané que vende uns galego pra enganar. Esse aí é bom.

A luz baixa, de fim de dia, alargava a sala. Uma pátina laranja e cinza cobria o céu atrás das montanhas. Do lado oposto, na direção do Jardim Botânico, escurecia por entre nuvens leves. Os apartamentos começavam a cintilar, ao ritmo da televisão. A nudez dos pés sob o corpo franzino, as marcas da rua nos caniços das pernas, a cabeça alongada para trás, como se abrigasse um seixo, tudo era mais patético à luz que entrava.

Eduardo recostou-se no braço alto da poltrona, a meia distância entre Laura e o garoto.

— Me chamo Eduardo. Ela é Laura. Laura é pintora. — Ele apontou para dois quadros grandes nas paredes. — Eu dou aula na universidade.

O menino virou um pouco o rosto, sem tempo de olhar as pinturas ou rever Laura. Voltou a concentrar-se na vista, com os braços esticados, as mãos apoiadas no parapeito como se fizesse uma flexão.

— Que parque é esse?
— É uma universidade.
Ele esticou o corpo, pôs a cabeça para fora, com o pescoço sobre a borda do mármore. A sola preta de sujeira parecia de um material próprio, inorgânico.
— Tu só atravessa?
— Não. Dou aula no centro.
O menino olhou para trás, na direção da mesa, as mãos ainda no parapeito.
— Vou pegar um...
Eduardo passou-lhe o saco de limões. O garoto trouxe o saco à boca e rasgou a rede amarela com os dentes laterais, moendo os fios de nylon com uma careta. Tirou um limão e pôs o resto numa cadeira encostada à parede. Laura tinha largado o jornal.

Sem desviar o rosto, o menino sacudiu o limão no punho fechado, como um objeto que queimasse, trouxe a mão para trás e, num átimo, arremessou-o com força, de baixo para cima. O ponto amarelo percorreu o fundo manchado do céu, fez um arco sobre a Marquês de São Vicente e, muito além da linha do muro da universidade, começou a cair, até penetrar a copa de uma árvore.

Laura levantou-se e saiu em direção ao quarto. Eduardo não a olhou, não queria reagir ao olhar de reprovação. Sentou-se na poltrona, à espera de uma nova decisão do menino.

À direita, o garoto podia ver a mata escura de onde emergia o Dois Irmãos, algumas poucas casas e torres de rádio e tevê perdidas no verde, o rosto sisudo da Pedra da Gávea. À frente, o campus arborizado da PUC, o solar de Montigny, os prédios acinzentados de cada centro, a vila de casas, as curvas do Minhocão. À esquerda, a pedra íngreme do Cristo ao fundo, a descida da Marquês de São Vicente, o fluxo dos ônibus que pareciam chocar-se na mão dupla e estreita.

— Tua namorada num gostou.

Eduardo olhava o desenho estilizado na camisa vermelha. Uma menina de olhos azuis como bolas de gude ria para um picolé com a forma de um foguete de três estágios, rosa, branco e marrom.

— Você queria que ela aplaudisse?

Ele esticava mais o corpo, os braços já para fora. Voltava a cabeça para baixo e para o alto do prédio, como se contasse os andares.

— Como é que tu dorme longe do chão?

Eduardo recolheu os limões.

— Vai lavar as mãos e a cara. A porta do banheiro é a do fundo. Vou fazer uma limonada. A gente chama a Laura.

Tomaram a limonada na cozinha, os três, na mesa redonda de madeira. Laura continuava calada, absorvida pelos gestos do menino. Eduardo preparou um sanduíche. O menino mastigava toscamente, enquanto andava pela cozinha, detendo-se nos desenhos descoloridos de frutas sobre os ladrilhos brancos.

— Você mora mesmo no túnel?

Já estavam de volta à sala, Eduardo e Laura no sofá comprido, o menino na poltrona. A pergunta de Eduardo quebrou o silêncio, que Laura disfarçava bebericando um gim-tônica.

— Tu se acostuma. Fede pra cacete. Marcinho manda cagar e mijar fora, na grama do São João. No aperto num dá tempo. Tu ia gostar de cagar pro lado do cemitério? Tem vez que num dá pra descer. Pleibói já passa de carro caindo de pau.

— E a polícia?

— Alemão num aparece nessa hora. Os plei vêm na boa, de carro preto, vidro escuro. Já chega de janela aberta, quebrando na porrada.

— Alguém tenta fazer alguma coisa?

— Deu pra detonar um vidro uma vez. Os puto vazaram.

Dia seguinte vieram com as torre em cima. Parecia ano-novo na praia. Pegaram a perna do velho Ernâni, do lado de lá.

Falava de maneira seca, os olhos no quadro em frente. Abria e fechava as pernas como uma tesoura, sem pausa, a consumir excessos. A poltrona onde estava parecia imensa, como se tivessem errado as medidas.

— Não aguentei a fumaça.

— Depois da meia-noite dá uma melhorada. Num dá pra ficar de bobeira de tarde. Tem gente que num vaza nunca.

— Não consegui ver onde vocês moram. Não vi ninguém, nenhuma entrada.

— É pra cima, perto do teto. Tem uns buraco desse tamanho.

— Abriu os braços, fez um triângulo com a lateral da mesa de centro. — Dá pra dormir. Tem gente que chia, deita de perna dobrada.

— Por onde vocês entram?

— Tem que trepar no furo da parede pra pular. Mulher e velho só na corda. Nego puxa de cima. Eu num preciso.

Eduardo levantou-se para preparar outra bebida no pequeno bar, no canto da sala. Laura esticou o braço e passou o copo vazio, com um gesto de que não queria mais.

— Os buracos eu vi. Não vi mais nada. Não ouvi nenhuma voz.

— Acharam que tu era do governo. Quando chega um de fora, nego num abre a boca. É pra roubar o buraco ou detonar geral. Gorda viu que tu tava na parede.

Eduardo apoiou o copo na mesa lateral, voltou a sentar-se no sofá. Reviu o túnel, os carros em queda, a luz dos faróis na fumaça. Não reconhecia presença alguma, a existência improvável no interior da montanha. Laura olhava a mesa de centro, com o rosto impassível, mais de uma hora sem dizer uma palavra. Pela janela, entrava uma brisa morna, o barulho distante dos carros que ainda circulavam pelo alto da Gávea.

— Vou vazar, tá na hora.
Eduardo não se levantou.
— É tarde. Tem um quarto sobrando. Você pode dormir aqui.

Laura não reagiu na frente do menino. Eduardo sabia que ela tinha todas as razões para sentir-se magoada. Não era tanto o medo de estar na presença de um desconhecido. Ela não soube da existência do garoto, não foi avisada de uma possível visita, não foi consultada sobre sua permanência, e era isso, a completa alienação, que a fazia sentir-se, mais uma vez, uma estranha ao lado de Eduardo. Ao ignorar sua presença, ele restabelecia a distância, relembrava-os de que não formavam um casal.

Podia pressentir a perplexidade de Laura ante a ironia de terem, no quarto ao lado, por iniciativa dele, uma criança, por mais destoante que fosse da imagem do filho que ela desejava para os dois. Como explicar o gesto senão como a manifestação de um sentimento paterno que ele sempre rejeitou, nas vezes que conversaram sobre a ideia, para ela óbvia, para ele excêntrica, de formar uma família? Por medo de privar o filho de um pai, como lhe aconteceu, ele dizia ser absurda a intenção de trazer uma criança ao mundo. Já não sabia se havia convencido a si mesmo ou se apenas encontrara a forma mais simples de evitar o tema. Foi útil na época em que Laura resolveu largar o anticoncepcional. Não durou muito, ela não custou a perceber que ele, indisciplinado para tudo, demonstrava um autocontrole para evitar a gravidez que só realçava a malícia e a inutilidade do gesto. Acabou por aceitar as razões de Eduardo como quem não tem o direito de tocar no tabu da paternidade na frente de um órfão.

Ele já tinha voltado do quarto onde deixou o garoto. Laura continuava no sofá, na mesma posição. Ficaram em silêncio por um tempo. Ele recolheu os copos, catou algo que levar para a cozinha, as cinzas, a água do gelo, voltou a sentar-se.

— Vai deixar ele aqui?

— Se ele quiser.

— Te conheço cada vez menos. — Era um tom de cansaço, mais do que de ressentimento. — Você nunca se comoveu com esse tipo de coisa.

— Ele me impressiona.

— Você não costuma se impressionar. Muito menos com uma criança.

Não sabia o que dizer. Puxou a mesa para perto da poltrona e apoiou as pernas. Olhava os elos das duas correntes, os losangos de cristal que fracionavam a luz amarela.

— Difícil ignorar a inteligência em estado bruto. Perdida no meio da rua. Não é um moleque qualquer.

Laura estirou-se no sofá. Deitou a face sobre as duas mãos juntas e deslizou os pés sob uma almofada.

— Você sabe que não é isso, Eduardo. Não entendo por que você não faz análise. Vai falar do teu pai, do trauma da perda... Vê lá o que você vai fazer. Vai mexer com a cabeça de um garoto de outro mundo.

— Ele não tem muito a perder. Se continuar na rua, não vai durar muito.

— Não tem muito a perder porque nunca ganhou nada. Ele pode se afeiçoar a você.

— É uma noite. Não quero discutir isso, Laura. Eu sei o que é perder.

Sempre se arrependia de fazer referências ao passado, sentia-se volúvel como um homem doente que se apega às verdades mais modestas.

59

— Por que você sempre toma as decisões sozinho?
Pensou em responder que sempre foi assim, desde o começo, quando era criança. Era mais uma resposta tola para si, para ninguém mais. Olhou para Laura sem arrependimento nem censura, como se houvesse gratidão.
— Qual é o nome do menino?
— Não tenho a menor ideia.

Do alto, do oitavo andar, a cidade era a sua abstração. Olhava-a sem surpresas, as mesmas luzes, os mesmos movimentos. Nunca seria como o viajante, que absorve e interpreta, encantado com o próprio arrebatamento. Precisava da distância provocada pela familiaridade, da vizinhança imediata e de sempre. Não que gostasse de cultivá-la; evitava o contato como quem não quer ouvir a primeira palavra para não se converter ao outro. Não lhe interessava o que se escondia por trás das paredes e janelas. Queria o sossego de cruzar as mesmas portas e ruas, a indiferença que a repetição proporciona.

Por um momento pensou em voltar atrás, dizer que houve um engano, restituir a ordem das coisas.

O garoto girou a maçaneta da janela do carro e sentou-se ao lado de Eduardo. Examinou os botões pretos do rádio, as muitas opções. Parecia outro, de banho tomado e com a camisa e os tênis de Laura, que o deixavam ainda mais magro. Gabriel abriu o portão de correr da garagem.
— Tu vai por onde? — perguntou o menino.
— Lagoa... Rebouças... Presidente Vargas...
Eduardo tinha de dar aula ao meio-dia. Não queria que ele partisse de vez, tampouco que ficasse a sós com Laura. Os dois

chegaram a trocar uma ou duas palavras na mesa do café, mas era óbvio o constrangimento.

Na altura da Visconde de Albuquerque, no primeiro sinal depois da descida da Marquês de São Vicente e da volta por baixo do viaduto, o garoto pediu a Eduardo que encostasse à direita.

— Me pega na praça. Já vou pra lá.
— Que praça?
— Onde era o parque. Depois do meu sinal.
— Te deixo lá. É caminho.
— Me pega lá. Tenho que resolver uma parada.

O garoto bateu a porta sem força, fechou-a com o quadril. Pelo retrovisor, Eduardo viu-o parado, à espera de que o carro se distanciasse. Logo já não o via mais, oculto no movimento da rua. Os carros seguiam ao ritmo de sempre, a intervalos. Na calçada à direita, contra os desenhos do muro pichado, uma baiana dobrava-se sobre o próprio corpo, montava uma pirâmide de laranjas. Os dois velhos que distribuíam pães para uma fila de pedintes ao lado da emergência do Miguel Couto discutiam algo, apontavam em direções opostas.

Levou quase dez minutos para cruzar os quatro sinais até a Praça dos Patins. O garoto esperava encostado ao pequeno poste azul e amarelo do correio.

Margearam a Lagoa, em direção ao Rebouças. A borda de Ipanema, do outro lado, sobressaía entre o espelho d'água e o céu limpo, uma represa de prédios brancos, compactos. Na faixa de ciclistas, sob as árvores, uma mulher ria de sua incapacidade de controlar o cachorro, que a arrastava pela coleira, atrás de um socó.

— Tinha que resolver uma parada — disse o garoto, enquanto arrancava com a unha um adesivo de oficina colado no interior do para-brisa.

Eduardo concordou com a cabeça. Ligou o rádio e mostrou como mudar de estação.

61

— Tinha que resolver porra nenhuma. Era pra ninguém ver eu aqui.
— O pessoal do sinal?
— Nego me sacaneou quando tu apareceu. Vão dizer que tô de michê, dando a bunda. Ainda mais com essa roupa.
— Podia ter falado. Eu teria ido pelo Jardim Botânico.

Eduardo teve vontade de rir da indignação simulada, das duas mãos apontadas para o tênis branco de Laura, que brilhava sob a perna encardida.

— São quantos no sinal?
— Cinco. Depende. Tem maluco que chega de esperto. O Marreco controla.
— Traz as coisas e vocês vendem.
— Traz tudo contado. A gente roda se perder ou comer.
— Você não é muito de vender. Prefere contar história.
— Só quando ele num tá na área. É melhor. O que entra é meu.

Já tinha arrancado o adesivo da concessionária. Pegou uma moeda no console e começou a raspar a cola. Havia método, alguma eficiência, mas eram os mesmos dedos recurvados que raspavam as bordas da caixa de balas, a mesma agonia que devia vir de uma imagem, um pensamento recorrente. As unhas emergiam da carne magra como o prolongamento de algo, pontas de ossos sujos. As mãos concentravam a tensão do corpo.

— Como é que eles te chamam?
— Romário.
— É teu nome mesmo, de certidão?
— Certidão? Num tem noção, não?

Ele riu com os ombros, o corpo mole como de um boneco velho. Tinha o riso de uma criança de cinco anos, um riso que parou de evoluir. Eduardo não demonstrou surpresa, não queria admitir a tolice da pergunta.

— Só o Rabo tem certidão. Diz que já morou numa casa, num era pivete.
O menino olhou para baixo, um ar de censura pelo barulho da marcha forçada. Eduardo engrenou a terceira, encarou-o como quem dispensa ajuda.
— Gorda diz que eu chamo Luís Alberto. Deve ter inventado essa porra. Romário é melhor.

O menino sentou-se ao fundo, entre uma aluna que escrevia no caderno, com os cabelos ruivos descendo sobre a caneta e o rosto, e dois rapazes que compartilhavam uma revista. Eram quase vinte alunos, dispersos na sala de formato quadrado, iluminada por dois janelões verticais. Ninguém parecia estranhar sua presença. Um ou outro o olhava, sem maior curiosidade. Eduardo escrevia algumas palavras no quadro.

"Questões de Filosofia Moral", três créditos, duas provas escritas, era a cadeira que Eduardo ensinava na graduação. Os professores do departamento preferiam dar cursos na pós. Para ele, não havia muita diferença. Os mestrandos afetavam um ar sério, com perguntas inteligentes que apenas disfarçavam as dúvidas. Já os graduandos eram joviais demais, com seus apetrechos e tédio, o gosto por professores medíocres, mas eram mais autênticos em sua ignorância. Achava que gostava deles, seus cursos tinham boa frequência, embora soubesse que a procura não tinha relação com a qualidade da aula, e sim com sua largueza na hora de corrigir as provas.

— ... o ponto mais importante nessa discussão é saber se o que fazemos é determinado por elementos externos, fora do nosso controle, ou se é algo livremente escolhido... — Costumava falar de pé, com os braços cruzados, o corpo encostado à parte da frente da mesa do professor. De vez em quando esticava o braço e apontava uma palavra no quadro, sem desviar o rosto — ... não estou falando da diferença óbvia entre o que fazemos porque decidimos sozinhos e o que alguém nos força a fazer, e sim da natureza mesma dessa decisão individual. Se nasce de uma escolha livre ou se é o resultado único e inevitável de um conjunto de condições anteriores... No começo da carreira, custou a dominar o tempo da aula. Divagava demais, sem uma noção clara de onde terminaria. Chegou a gostar da ideia de que cada aula tivesse um percurso próprio, que ganharia forma a partir de um ponto inicial que pouco revela do que virá. Prezava a originalidade do raciocínio, absorto em seu apelo. Foi descobrindo o silêncio da turma, o silêncio inédito de uma aula inteira, em que os olhares fugiam ao seu por medo da pergunta.

— ... para eles, a sucessão no tempo é uma sequência de relações de causalidade. Holbach, dos mais ortodoxos, dizia que os eventos do futuro são únicos e já estão predeterminados, sem alternativas. Não haveria acaso. Apenas ignorância de nossa parte. Também para Laplace, o estado do mundo em um dado momento determina um futuro único. E o conhecimento desse estado seria suficiente para uma inteligência superior prever o que vai acontecer. O futuro já estaria no passado, e a liberdade de escolha seria apenas aparente. Não haveria, portanto, a responsabilidade moral do indivíduo. Se não há alternativa à ação do homem, não há por que lhe atribuir intenção ou responsabilidade.

O sono discreto não o irritava mais. Tampouco o olhar congelado em um ponto fora da sala ou em seu rosto transparente. Eram anos e anos a observar as fisionomias, as variações da indiferença e da angústia. Não era difícil reconhecer a regularidade: o movimento da cabeça que concorda sem saber a razão; o apoio da face vermelha no punho fechado, da testa na parede crespa ou na fórmica fria; as formas do bocejo, da tosse, do engasgo, do espirro, da mão que assunta o corpo e para no lugar improvável; o esforço de compreensão nos olhos ingênuos, que o ajudavam a saber se seguia ou recuava; o outro olhar, mais agudo, que se comprazia com seu próprio comentário mental. Dava aula para meia dúzia de alunos espalhados nas três ou quatro turmas, uma pequena confraria de infiltrados, que, de ano para ano, mudavam apenas de rosto.

— ... como bom cartesiano, retomou a ideia da autonomia da consciência e da liberdade absoluta do homem. Para ele, o homem só não é livre para deixar de ser livre. A consciência é o nada, o vazio que não se sujeita a relações de causalidade, é um "vento soprando de lugar nenhum em direção ao mundo". O nada o obriga a ser algo sempre, a cada...

Visto da frente da sala, o garoto não destoava na desatenção, na maneira de sentar-se e apoiar o cotovelo sobre a pequena bancada da cadeira, o cabelo eriçado como se fosse uma escolha. Era muito jovem para o grupo e tinha a cerimônia do primeiro dia, mas poderia passar por um colegial precoce, que visita a universidade em busca do que virá adiante. Se fosse negro, chamaria mais a atenção. Calado em meio ao silêncio dos outros, faltava apenas um lápis ou um caderno que tornasse corriqueira a sua presença.

— ... qual seria então a diferença entre Smerdiakov e Ivan? Que responsabilidade pensam ter diante do que fizeram ou não fizeram? Há aqui dois extremos da ideia de responsabilidade moral. De um lado, Smerdiakov, que matou Fiodor, parece atribuir seu ato a fatores externos: a doença, o desejo de Ivan, uma espécie de imperativo moral, que ele não controla. Não reconhece a si mesmo como agente deliberado do crime, mas apenas como instrumento de forças que o transcendem. Já Ivan, que não cometeu crime algum, apenas manifestou o desejo momentâneo de ver o pai morto, delira como um doente pela culpa do crime e pela incriminação injusta de Dimitri. Chega a se atribuir a responsabilidade moral do que não praticou. Para ele, o mero desejo do crime...

O garoto deixou os alunos saírem da sala, antes de levantar-se. Parecia observar os movimentos, o caderno fechado com um gesto rápido, o corpo que se espreguiça, o reencontro de colegas. Eduardo enchia de pontos a chamada, quando ele se aproximou da mesa. Pegou um pedaço de giz da pequena caixa de madeira.

— Gostou de alguma coisa?
— A lourinha do meu lado. Tirou o espelho e ficou passando batom quando tu falava.

Eduardo sentia a garganta seca, como ao fim de toda aula em que ia direto para a sala, sem passar pelo departamento, onde buscava algo para beber. Os alunos se entreolhavam quando ele interrompia a aula para tomar, num gole só, de pé, no meio da sala, o refrigerante quente.

— Será que ela dá pra mim?
Riu da gravidade do menino.
— Você daria, se fosse ela?
— Pode ser otária.
— Semana que vem você pergunta.
— Sou moleque pra ela. Tu podia dizer que ela tem que sair comigo pra ganhar merenda.
— Universidade não tem merenda.
— Então tem que sair comigo pra passar de ano.
— Você já tem idade para isso?
— Já tirei o cabaço de duas no túnel.
— Não tinha lugar melhor?

Encontraram o corredor vazio, era hora do almoço. Do pátio interno, três andares abaixo, vinha o barulho do fim das aulas, o movimento da lanchonete. Do outro lado do prédio, que

se fechava num retângulo comprido, de peitoris baixos, as portas já estavam abertas, serventes circulavam de vassoura.
— Ivan é um babaca.
— Ivan não existe. É personagem de um livro. Mas não seria louco. Sofre muito a culpa da morte do pai.
— Num tem que ficar sofrendo. Num matou ninguém.
— Mas desejou que o pai morresse. Por isso se sente responsável quando ele é assassinado.
— Ninguém mata com pensamento — o menino fez um gesto rápido com a mão, que Eduardo não decifrou.

Algumas funcionárias almoçavam no salão de entrada, na mesa de reunião, com pratos sobre revistas abertas, que serviam de jogo americano. Não interromperam a conversa quando os dois atravessaram a sala.
— É que nem o buraco no túnel — disse o garoto, já no pequeno escritório de Eduardo.
— Ninguém precisa dormir aqui.
Sentaram-se um de frente para o outro, em torno da mesa estreita. O garoto observou as gravuras de Laura nas duas paredes laterais. Pegou uma folha de papel sobre a prateleira e começou a desenhar com o giz branco. Segurava o giz com as pontas dos cinco dedos, como se alimentasse um pequeno animal.
— Não é melhor um lápis?
— Num precisa.
Entre os envelopes sobre a mesa, Eduardo encontrou um pequeno pacote da *Archives de Philosophie*, com uma carta do editor, em que agradecia o texto e dizia encaminhar três exemplares. Havia apenas dois.
Eduardo publicou seu primeiro artigo quando estava no terceiro ano da faculdade, menos pelo interesse no tema da memória

em Bergson e Machado do que pela vontade de imitar seus estilos.
Já professor, lançou dois livros sobre Merleau-Ponty e perdeu o caderno ou a pasta onde guardou as resenhas enviadas pelo editor.
O menino levantou a folha até a altura da cabeça.
— Esse é o Chevette. Passou batido e embucetou o Opala. Quase pegou minha perna.
— E os riscos do lado? — Eduardo distinguia os traços de giz pela opacidade, em contraste com o brilho do papel.
— Baixo Gávea. Galera foi pra lá. Hora de vender.
Anita, a recém-contratada, apareceu à porta, perguntou se interrompia. Segurava um doce de abóbora, na forma de um coração prensado e torto. Na outra mão, a revista.
— Abri o pacote por engano. Pensei que fosse do departamento — ela disse.
Eduardo passou-lhe os outros dois exemplares. Abriu a gaveta e tirou um cartão.
— Manda dois para a biblioteca e pede para deixarem um nesse endereço.
— É um consultório médico...
— É para lá mesmo.
O garoto continuava a desenhar na mesma folha, era a vantagem do giz branco. Fazia círculos, treinava a mão, mais interessado no gesto do que no traço. De vez em quando, soprava o pó acumulado na direção da parede, enfiava o rosto na nuvem de giz. Anita não ousava perguntar quem era. Continuava em pé, com o pescoço alto à mostra, os olhos e os dentes muito brancos, destacados da pele negra. As mãos, ocupadas com as revistas e o doce, pareciam vulneráveis ao fio do papel. O garoto bateu de leve no assento da cadeira ao lado. Anita sentou-se e passou-lhe um pequeno lenço de renda, para que limpasse a mão e o rosto.

Eduardo tentava decifrar o texto de um ex-aluno, no verso de um cartão-postal. O rapaz tinha uma pousada em Arraial do Cabo e queria voltar ao Rio para dar aula de filosofia. Se gostasse de dar conselhos, Eduardo diria que era melhor continuar onde estava, formar um grupo de leitura, ler, reler. A praia parecia bonita.

— Você tem o quê, uns doze anos? — Anita perguntou, em voz baixa.

— Mais, porra.

— Mais quanto?

Ele cheirava o lenço, sem olhá-la.

— Num sei. É mais. Tem moleque no sinal que num viu a roda-gigante, no parque da Lagoa.

— Tivoli...?

— Ficava piscando de noite. Depois apagou geral. Só tinha peão. A carreta levou a roda inteirinha, em pé. Deu mó merda. A roda caiu na Lagoa e ficou rodando na água.

— Não dá para transportar uma roda-gigante sem desmontar.

— Vi a roda inteira, boiando na Lagoa, que nem uma ilha.

Uma luz simples, de retorno

Eduardo estacionou o carro na Nossa Senhora da Paz e caminhou em direção ao consultório. Dois garis cochilavam debaixo de uma amendoeira, sobre o piso de pedras portuguesas. A sala de espera estava vazia. De costas para o corredor, com a corrente dos óculos sobre o colo, Arminda tricotava pequenos quadrados. Tinha o ar benigno de sempre.

— Oi, professor. Ele está com uma pessoa. Já vai acabar. Coisa de última hora.

Gilberto recebeu-o com uma ponta de surpresa, como se não fosse o melhor momento. Parecia mais pálido que de costume.

— O que houve? Não tem mais pacientes? — perguntou Eduardo, com um sorriso.

— Um oncologista deve comemorar ou se deprimir quando os pacientes desaparecem?

— Depende de como eles desaparecem.

Sempre que o recebia, Gilberto vinha sentar-se a seu lado, numa das cadeiras na frente da mesa. Era a maneira de dizer que interrompia o trabalho para conversar sem pressa.

— Antecipei a volta. Não tinha ninguém marcado para hoje.
— E o congresso?
— Uma merda. Armadilha das farmacêuticas.
— E Florianópolis?
— Choveu no meu quarto.
— Pelo menos se divertiu com os colegas.
— Médico não tem senso de humor. Uma pesquisa em Nova York mostrou que nove em dez médicos não riem das gargalhadas dos pacientes.
— Medo de ser processado... Uma fortuna cada risada.

Gilberto acendeu um cigarro. Era a primeira vez que Eduardo o via fumar no consultório.

— Até amanhã o cheiro vai embora. — Abriu a janela que dava para a praça e abanou com as mãos. — Quatro mil substâncias químicas...

O tom não era escusatório nem irônico. Os números de Gilberto já não impressionavam. O que entristecia era a imagem, o gesto depressivo do antitabagista.

— A média aumentou. Agora são três por semana que eu mando largar. A maioria, mulheres. Fumam para não comer. Só você eu não convenço. Logo quem, um Kartagener.

— E a pesquisa?
— Vai mal. Comi a estagiária.

A morte de Marina e o fim de Búzios haviam tornado mais frequentes as visitas de Eduardo. O que mudou aos poucos foi o papel de cada um. Com a desilusão de Gilberto, era Eduardo quem quebrava o silêncio.

— Convidei o garoto para dormir lá em casa.
— Você viu o moleque na rua ou ele apareceu no apê?
— Apareceu semana passada. Dormiu duas noites.

A risada de Gilberto era nervosa, fora de proporção.

— E Laura?

— Acha que eu vou desestruturar a cabeça dele.
— Você sabe que não é isso... Você continua a ser um filho da puta com ela. Laura adotaria até o Pixote se você assumisse a relação.
— Vou trazer o garoto aqui.
— Lá em casa é melhor. A gente sai para comer.

Eduardo sabia quando Gilberto estava nas fases mais críticas. Suspirava de modo lento, como um convalescente.

— Acabei de receber um cara que atendi há onze anos. Adenocarcinoma no estômago, metástase óssea. Na época eu disse que ele talvez não tivesse seis meses. Desapareceu. Não fez o que eu mandei, nunca mais tive notícia. Depois de onze anos, ele volta. Bem mais velho, vivo... Com a mesma cara assustada. Tem um tumor no fígado do tamanho de uma bola de golfe. Não consegui dizer nada.

— Você devia parar.

— Como se fosse simples... Digo o quê? Que escolhi a doença errada, que eles não se cansam de morrer, vinte, trinta por cento antes de dois anos? Digo para falarem de coisas mais amenas? Mudar um pouco de assunto?

— Já tirou muita gente do buraco. Podia dar um tempo, seis meses, um ano.

— Sempre foi difícil. Escolher as palavras para dizer o que ninguém quer ouvir. Tinha medo de fraquejar. Fazia um esforço para não desviar os olhos. O desespero na minha frente, a um metro de distância. Existe um tipo de cansaço que não cede. Só se acumula, é como o tempo. Cada olhar assustado, cada nuance. O que assusta hoje é que é fácil dizer. Não tenho medo. Me impaciento quando não vou direto ao ponto. É simples dizer que a brincadeira acabou. Que o cara tem uma bomba dentro, vai estourar a qualquer hora.

— Por que você não disse nada a ele?

— Já sabia. Como soube há onze anos. Viveu onze anos achando que ia morrer. Deve ser um alívio saber que não há mais milagre.
— Você anda mais amargo que eu.
— Você não é amargo, Eduardo. Você é frio. Sempre foi. Quer distância das pessoas. Foi por isso que escolheu filosofia. Como podia ter escolhido astronomia ou botânica, qualquer coisa maior ou menor que o homem, nunca do tamanho do homem. Você não aguenta as pessoas. Não aceita que não haja algo mais profundo que essa natureza humana tão medíocre.
— Você já me disse isso. Vamos tomar um café lá embaixo.
Gilberto jogou a ponta do cigarro pela janela, sem apagar.
— Onde está o moleque?
— Almoçou comigo e desapareceu.

Eduardo encontrou as roupas de Laura no apartamento. Ela tinha ameaçado voltar para a casa dois pais, mas ele sabia que, quando Laura queria algo, não ameaçava.
Foi ao quarto usado pelo menino, o quarto de sua infância. Sobre a cama, encontrou duas camisas novas, uma escova de dentes na caixa de plástico, uma escova de cabelo, um relógio à prova d'água, um rádio de pilha, um mapa do Rio com a foto do Cristo na capa.
Abriu a janela, que dava para a subida da montanha, o verde em tantos tons que levaria ao limiar da pedra, as quatro árvores de troncos quase paralelos ao contorno do morro, quatro irmãs piedosas em ascensão. Com um salto ligeiro, sentou-se no parapeito frio de mármore, balançando, com as pernas para fora, o ar morno do crepúsculo, como costumava fazer quando os pais saíam.

* * *

Era um filme qualquer, no Bruni Ipanema. Bastava algo divertido, sem muita violência. Já havia passado o tempo dos filmes de criança.

Os três sentaram-se no meio do cinema, Romário entre Eduardo e Laura. O garoto olhou o teto alto, a tela branca, a repetição das poltronas, em todas as direções. As pernas estavam dobradas e recolhidas para cima, os braços em torno das pernas, a mão esquerda segurava o punho da mão direita. Quando alguém veio sentar-se na sua frente, ele esticou o corpo.

— O filme aparece no branco todo?
— Quase todo.
— Na loja não tem desse tamanho.
— É uma tela. Não é uma tevê.

Eduardo pôde perceber o espanto quando as luzes se apagaram, as primeiras imagens e sons encheram a sala, um estrépito de tambores e hélices de helicóptero. Romário esquadrinhava a tela de um lado a outro, como se não fosse possível captá-la inteira.

— Porra, já acabou?
— Era um trailer. Propaganda de outro filme.

Ao observar o garoto, pensava nos tempos em que se emocionava, quando os filmes tinham um encanto, mais do que uma qualidade intelectual. Perdeu o fascínio ao tentar escrever sobre cinema. O ensaio sobre Mário Peixoto e a vanguarda dos anos 1930 deu mais trabalho do que prazer, exigiu mais especulação do que rigor. Passou a ver no cinema um divertimento a mais, rotineiro como a caminhada na orla. Às vezes seguia as legendas, a correspondência espúria com o que se pensava dizer. Perdia-se no apelo das músicas reiterativas, na vertigem dos trailers, melhores que os filmes. Custava a identificar-se. Era uma fadiga de ficção.

— Como vocês sabem, o primeiro prêmio é um Cadillac Eldorado. Alguém se interessa pelo segundo? É um jogo de facas de churrasco. Terceiro prêmio: rua. Deu para entender? Vocês estão rindo? Vocês têm as dicas. Mitch and Murray pagaram uma nota. Peguem os nomes e vão à luta! Se não podem aproveitar as dicas, não podem fazer merda nenhuma. Vocês são uns merdas, peçam licença e desapareçam, porque vão rodar! Só uma coisa conta nesta vida. Façam eles assinarem na linha pontilhada! Vocês me ouviram, bichas de merda? S-F-N. S-Sempre F-Fechando N-Negócio. Sempre Fechando Negócio! Sempre Fechando Negócio! A-I-D-A. Atenção, Interesse, Decisão, Ação. Atenção: vocês estão prestando atenção no que eu digo? Interesse: vocês têm interesse? Eu sei que têm, porque é fechar ou dançar. Você fecha ou se fode! Decisão: vocês já tomaram uma decisão? Pelo amor de Deus! E ação? A-I-D-A; saiam já daqui!

Romário levantou-se e saiu em direção ao corredor, sem dar tempo para que as pessoas recolhessem as pernas. Eduardo o seguiu, até o salão iluminado da bilheteria.

— Num guentei. Achei que ia vomitar.

— O que te incomodou?

— A zoeira toda. Parecia que iam cair matando em cima de mim.

— Toma uma água e descansa. Não sabia que o filme era pesado.

Tinham combinado ir à casa de Gilberto, na Lagoa. Chegaram uma hora antes. Ele não estava, o porteiro deu a chave a Eduardo para que esperassem no apartamento.

Romário foi direto para a varanda. Via a Lagoa inteira, magnificada no ângulo de cima. Laura estava a seu lado, sorvia o vento brando do começo da noite. Eduardo observava os dois da sala, sentado na cadeira de balanço leve, que sempre testava com as mãos, com medo de que o arremessasse para trás.

— Você curte olhar a cidade do alto... — disse Laura. Os dois recurvavam-se sobre a grade de ferro, contra o fundo de luzes da margem oposta, Ipanema e Leblon.

— Dá pra ver muita rua. Os moleque no sinal.

Romário disse algo sobre o mapa. Devolveria a ela, não tinha como usar.

— Foi um presente para você. É bom para quem caminha e olha com calma.

— Nem turista dá mole.

Laura tinha o rosto voltado na direção do Cantagalo. Mantinha certa distância do corpo do garoto.

— Você chegou a morar num desses morros, que têm a vista do Rio?

— Já fui no Fubá, Alemão, Borel... Morro do Encontro. Num lembro da vista, nego num fica dando bobeira. Nunca morei no alto.

Ele pressionava a lajota, forçava o tênis na largura estreita entre as barras da grade. A mesma insistência nervosa, os dedos que comiam a caixa de papelão, as pernas que se abriam e fechavam na poltrona.

— Meu pai também não gostava de viver no alto, em apartamento. Moramos sempre na mesma casa. Ele chegava perto da janela de cima e reclamava de vertigem.

— Gorda diz que apartamento é favela. Tudo trepado em cima do outro. Porra nenhuma. Num sabe nada.

Laura esfregava os braços. Era o gesto que sempre fazia quando presenciava algo triste, a briga de cachorros, o velho caído na rua sem poder levantar.

— Você lembra da sua família?

— Apartamento num dá pra fazer gato... Tu num vê fio, vala...

Ele ficou em silêncio por um tempo. Acompanhava com o dedo o contorno da Lagoa, a moldura de luzes minúsculas que se moviam em torno do espelho negro.

— Num tem nada pra lembrar.

— Deve sentir falta deles.
— Num penso nessa porra.
— Você sabe onde eles moram?
— Num quero saber, entendeu?
— Quer que a gente fale com eles?
— Tem nada pra falar. Vão dizer que tu tem que pagar pra ficar comigo.

Eduardo a espiava uma vez mais, a imagem que ele gostava de espreitar, sem dizer. Via agora não o corpo ondulando no galope, mas a mansidão que acreditava na cura do mundo.

— Também foi um trauma minha primeira vez. Devia ter uns cinco anos. Tinha medo de escuro, chorei muito com a história. Os filmes de criança eram muito tristes. Um filhote de elefante era arrancado da mãe, presa numa grade de ferro. Um veadinho, que não conhecia o pai, ouvia o tiro que acertava...

— ... cinema num mete medo não. Eu só tava agoniado. A zoeira tocava aqui dentro. Num dava pra olhar.

— Você ainda é criança e já acha que não pode ter medo.

— Sempre dormi com medo. Medo dos Pê-Eme, chuva, pleibói. Num pode dar mole, tem que guentar pra dormir. Ficar frio e duro que nem o chão.

Gilberto abriu a porta. Usava uma jaqueta escura sobre a roupa branca. Tinha uma sacola de compras em uma das mãos e um molho de chaves na outra, chaves de uma cidade inteira.

— Para despistar os pacientes de supermercado? — Eduardo apontava para a jaqueta.

— Para dias de mau humor.

Gilberto viu o menino ao lado de Laura, ambos de costas, na varanda. Pousou a sacola na bancada da cozinha, pôs algo na geladeira, jogou as chaves no sofá do outro lado da sala e foi em direção aos dois. Abraçou Laura longamente e estendeu a mão a Romário.

— Vai gostar de mim. Vou te dar uma porrada de vacinas — disse ele, enquanto sacudia o braço magro e fingia escolher o lado em que as aplicaria.

— Ninguém me fura.

— Macho pra burro e tem medo de agulha. Já foi a um posto médico? Já tomou gotinha?

— Tenho cara de bebê?

Foram jantar no Leblon, na pizzaria. Romário quase não falou, intimidado pela desenvoltura das pessoas nas mesas ao redor, pela companhia de um médico. Olhava para baixo, para conferir o jeans novo, a textura que agarrava, enquanto ouvia as histórias sobre o passado dos três. Gilberto não falava de Búzios desde a morte de Marina. Passou a noite sem falar de outra coisa.

— Romário, teu amigo tem essa cara séria de professor, mas é o mais porra-louca. Quanto mais bebe, menos fala, mais inteiro fica e, de repente, faz uma cagada monumental. Uma vez a Laura gritou do banheiro de cima que tinha acabado o papel higiênico. Pediu para ele subir com um rolo. Ele foi ao banheiro de baixo com o copo na mão. Pegou a ponta do papel preso na parede e foi puxando até em cima, subindo a escada e desenrolando tudo, como um rabo branco. Chegou perto da porta do banheiro e parou, porque o papel tinha acabado.

— Disse que eu tinha que me lavar. O papel não ia chegar aonde eu estava — Laura ria, concordando com a cabeça.

— Vocês acreditam nas histórias que vocês inventam — Eduardo não conseguia fingir indignação.

— O bom bêbado não vomitava, não tropeçava. Só acumulava energia para barbaridade. Acordava às quatro da tarde dizendo que não tinha bebido.

Eduardo alegrava-se diante de um Gilberto risonho, como não via fazia muito tempo. As crises tinham abatido a personalidade, cada vez mais torturada. Gesticulava menos, aborrecia-se

sempre, calando de modo súbito. Era bom perceber a simpatia pelo garoto, alguém jovem, mais futuro que passado.
Quando se levantavam, Romário perguntou a hora.
— Meia-noite e quinze.
— Dá tempo. Me levaram no cinema. É minha vez de mostrar uma parada.

Nenhum dos três conhecia a Vila Cruzeiro, a Penha. Gilberto achava que havia tido uma faxineira que vinha de lá. Ou Ramos, talvez Rocha, outro nome curto, cinco letras. Romário não queria dizer o que iriam visitar.

Laura e Gilberto sentaram-se no banco de trás, o garoto na frente, ao lado de Eduardo, para indicar o caminho. Dizia conhecer o trajeto do 485, Copacabana-Penha, que partia da Nossa Senhora. O lugar não era distante, bastava uma linha de ônibus.

Até o começo da avenida Brasil, o trajeto pareceu familiar a Eduardo. Reconhecia o antigo caminho do aeroporto e do Fundão, o acesso à Ponte, o cemitério do Caju, que visitara anos antes, embora já não recordasse quem havia morrido. A partir dali, não tinha referências.

Deixaram a avenida Brasil e atravessaram um viaduto que costeava fábricas antigas, de galpões cinzentos como a pista. Passaram por uma área militar, de muros protegidos por cães, por lojas com portões verticais de ferro e por uma zona mais residencial, de ruas e casas modestas, já escuras para o sono do meio de semana. Quase não havia movimento, os poucos carros e pedestres não pareciam chegar ou partir, era tarde ou cedo demais.

Romário indicava a direção, os sinais a ignorar. Quando perdia uma entrada ou errava uma rua, corrigia-se logo.

Passaram por uma fábrica de couro, margearam uma favela, entraram num largo.

— Lá no alto dá pra ver a igreja da Penha, cheia de luz — Romário apontou. — O portuga bancou, pagando promessa. Tava caçando, apareceu um cobrão. Ele rezou pra Virgem, e ela mandou o lagarto cair matando na cobra. O cara vazou e fez a igreja no morro, pra todo mundo ver.

Gilberto pôs a mão no ombro do menino, com um sorriso:
— De onde você tirou essa história?
— Lugar nenhum.
— Você que inventou?

Romário balançou a cabeça. Voltou-se para Eduardo como quem interrompe algo sério para resolver um problema menor.
— Pega a rua que sobe. Onde tem o portão alto, do lado do parque. Dá pra parar no pé da escada. Num tem muito tempo. Tem que ser rápido antes de ir pra Boiada.

Subiram a rua larga, de paralelepípedos, começo do morro que se bifurcaria em direção às favelas em frente. A base da escadaria da igreja parecia abandonada, imersa na escuridão do verde. Havia somente uma carrocinha, com os vidros rachados, panelas toscas de alumínio iluminadas por um lampião. Da roda da carrocinha saía uma corrente de ferro, presa na outra ponta ao tornozelo de um velho de barbas amarelas, que dormia encolhido na calçada.

Romário desceu do carro. No alto, no meio do caminho negro de subida, percebia-se um pequeno vulto, que avançava lentamente, à luz de vela. O corpo miúdo anulava-se contra as centenas de degraus.

Romário começou a subir, com pressa. Eduardo passou o braço sobre os ombros de Laura e seguiu-o devagar. Gilberto adiantou-se e alcançou o menino.

Ao longo da subida, Eduardo e Laura pararam algumas vezes para olhar para trás. Viam o automóvel desaparecer na distância, o ponto de luz da carrocinha como referência do começo.

Era preciso adaptar o passo aos degraus curtos, um degrau por vez parecia pouco, dois, um pouco demais. A escada fora projetada para os corpos menores de um século anterior, para penitentes que se dobravam com os olhos na pedra. A meio caminho, chegaram a um platô, uma espécie de mirante, que se abria para um pátio, um pequeno coreto, outra igreja. Começavam a avistar a cidade, as luzes que se estendiam sem limites em direção ao norte e só se interrompiam à direita, com as águas da Baía de Guanabara. Retomaram a subida, aproximaram-se da senhora que avançava de joelhos, coberta de branco, com seus movimentos lentos e regulares. A vela na mão iluminava a pedra manchada de antigos círculos de cera. Na outra mão, carregava um terço. Tinha o contentamento dos que pagam e a fadiga nas linhas grossas do rosto. Cumprimentaram-na discretamente.

Flutuando no alto, iluminada nos contornos, nas linhas de portas e janelas, a igreja parecia um barco em romaria, desenhado por uma criança de bom humor. A fachada de trás, onde terminava a escada, tinha o aspecto de uma prefeitura de vilarejo, com sua simetria simples, de formas regulares. As pirâmides magras dos campanários da frente, que já se avistavam da escada, eram apêndices externos, uma ideia tardia. A lateral extensa, elegante com suas janelas e arcos, era baixa para a fachada principal, como um edifício de dimensões próprias, projetado por outro arquiteto, mais sóbrio. Romário e Gilberto esperavam sentados no último degrau da escadaria, com um ar de cobrança.

Romário não se comoveu com o pedido de pausa para descanso. Levou-os a uma porta lateral, à esquerda, de madeira pintada, um azul colonial contornado por um arco de pedra. Entrou sem forçá-la.

Observaram a nave estreita na penumbra da luz que vinha do exterior, filtrada pelos vitrais do teto, pelos frontões de vidro em semicírculo sobre as portas laterais. O abandono da nave dava a

Eduardo uma sensação de conforto que não costumava sentir em igrejas. Se fizesse sentido, talvez tivesse prazer em rezar.

Romário levou-os ao altar principal e apontou para o retábulo, de onde se destacava uma cena esculpida em médio-relevo. A santa, em manto branco e rosa, com o menino no colo, era adorada por um homem contrito, que rezava semi-ajoelhado, com roupas simples, a barba do colonizador. Embaixo, perto de seus pés descalços, uma cobra enroscava-se para o alto, na forma do número seis, pronta para atacá-lo. Atrás, um lagarto, com a aparência de um pequeno crocodilo, aproximava-se do corpo gordo da serpente. O estilo era ingênuo, a luz, pouca, mas a cena estava representada de modo claro e convincente.

Romário saiu da igreja sem dizer nada. Esperava-os apoiado nas grades sobre a mureta do fundo do adro, de frente para a sucessão de favelas do Complexo do Alemão.

— Num dá tempo de descer pra Boiada. Já vai rolar. Melhor ficar aqui.

— Onde é a Boiada? — perguntou Laura.

— Onde matava boi. É um campo pra pelada.

— Tem jogo a essa hora?

— De noite num dá.

Os pontos de luz da cidade cercavam o morro da igreja em toda a extensão. Espraiavam-se pelo pedaço de planície em direção ao norte e à baía, ondulavam-se sobre as montanhas para os lados do oeste e do sul, onde muito ao longe, como detalhes de fundo, se divisavam formas pequenas e familiares — o Pão de Açúcar, a Floresta da Tijuca, o Corcovado. As ruas dos bairros, demarcadas pelos prédios baixos, eram como ilhas entre os morros mais próximos; as poucas linhas retas mal se iniciavam e logo se fundiam aos caminhos sinuosos e à concentração de luzes das favelas. Não era possível estabelecer um limite. Os casebres e barracos sobrepunham-se em todas as direções, como dentes acavalados em uma boca infinita. Ainda havia espaços a ocupar, restos de matas no alto, manchas da pedra escura, uma questão de tempo. Era uma cidade em alto-relevo, tortuosa e curvilínea. Só a baía e o mar descansavam, horizontais.

Eduardo olhava uma pequena floresta à direita, um dos poucos pontos vazios de luz, quando foi tomado de um terror súbito, que pareceu esmagar o peito. À sua frente, envolto num halo amarelado e espesso, nascia, entre as árvores mais próximas, totalmente descolado do céu, um astro de proporções gigantescas, como uma lua à deriva.

— Taí! — Romário gritou, levantando-se com as mãos na cabeça. — Puta que pariu!

O horizonte era encoberto pelo objeto, que parecia subir movido por sua grandeza, o corpo redondo e inchado. Ao destacar-se lentamente das árvores e do morro, mostrava a forma inteira, um pião gordo e ereto, riscado de meridianos, que clareava tudo à volta, como se amanhecesse sobre o piso do adro. Devia ter mais de quarenta metros de comprimento e carregava milhares de luzes minúsculas, num mosaico dourado e bojudo, como a abóbada de um templo. Uma pequena fogueira o empurrava, deixava ver a estrutura invertebrada e translúcida. O fogo poderia consumi-lo num instante, tão próximo estava das paredes finas, que lembravam as lâminas de uma lanterna mágica.

O balão subia com uma lentidão sobrenatural, como se naufragasse no ar. Começava a mostrar a boca incandescente, o interior vazio. Eduardo não sabia dizer se era bonito ou feio; a beleza era uma qualidade menor. Era a grandeza que desnorteava, a gratuidade de um objeto daquele tamanho, que se desmancharia no vento, como o pequeno inseto de luz que nasce para uma tarde. A obra sem dono ou autor, trabalho de meses ou anos, subia para desaparecer, um monumento à destruição.

Romário apontou para baixo, na direção do painel que era alçado por cordas invisíveis. Também era gigantesco, feito das mesmas lanternas minúsculas, que pendiam no ar. Aos poucos perceberam o desenho de um rosto, os traços duros de um velho índio, com os olhos fechados e a boca arredondada como se soprasse. Nada estava escrito, nenhum símbolo ou assinatura, havia apenas o rosto.

— Deram uma sorte do caralho... Num é tão bonito da Boiada.

Laura e Eduardo entreolharam-se, mareados de tanta luz, no mosaico do balão, na cidade, na fachada da igreja. Precisavam de uma luz simples, de retorno — a vela da senhora que pagava a promessa, o lampião da carrocinha perto do automóvel. Gilberto não desviava os olhos do alto, cantarolava ao lado do garoto.

As pequenas mortes do
gozo e do sono

Laura tinha um apreço especial pelos começos. Cercava-os de expectativas, reservando datas importantes, a virada do ano, o aniversário, o dia 1º. Podia ser a retomada da acupuntura ou uma técnica nova de litografia. A solenidade favorecia o êxito, estimulava a assiduidade.

O começo da relação com Eduardo foi seco, inesperado, quase impróprio. Ela não acreditou que pudesse haver encanto ou futuro. Cedeu ao esforço dele de convencê-la de um sentimento que parecia despropositado. Havia algo de desprezo na declaração tão teórica e desapaixonada.

Eduardo não chegou a estranhar. Agiu de maneira direta, como costumava fazer. Impressionado pela imagem de Laura na pista, sobre o cavalo, esperou-a para dizer o que havia sentido, sem embaraço ou rodeio. Foi o tempo de terminar o almoço, levantar-se e aguardá-la no estacionamento. Quando ela apareceu, Eduardo apresentou-se, usou duas ou três palavras que soaram antigas — transcendência, ritmo, enlevo — e convidou-a para jantar. Laura não soube dizer não.

Ele sempre voltava ao momento primeiro. Buscava maneiras de compreender. Talvez fosse o mesmo encanto que experimentou diante da medalha, perdida entre os brinquedos velhos, como se algo único pudesse revelar-se de maneira fortuita, sob a aparência do acaso.

Não se enciumava ao notar que Laura, apesar da sobriedade, sempre despertava as atenções. Durante uma festa de réveillon, o primeiro que passaram juntos, um pintor de cabelos prateados, calça branca, tênis branco, gola rulê branca, um cacho de uvas verdes na mão e uma garrafa de uísque na outra, veio dizer-lhe que Laura tinha um "magnetismo natural" que ia além da beleza, como aquelas pessoas que atraem o olhar de quem fala, de um professor ou de um padre, que nelas encontram o rosto que compreende, para inveja dos demais. Eduardo tirou um lenço do bolso e assoou o nariz, impaciente com tolices.

Chegou a buscar imperfeições, com medo de que não pudesse livrar-se da dependência da imagem. Tinha que controlar a lembrança que sobrevivia ao tempo. Procurava a cicatriz, o gesto canhestro, a aspereza, e nada o desiludia. Queria o poder de esquecê-la, quando fosse preciso.

Laura assustou-se com a autossuficiência do sexo. Estranhava que aquilo ganhasse uma dimensão própria, independente do amor, do carinho, da cumplicidade do dia a dia. Não entendia como se deixava levar, movida por uma primazia do corpo que a distanciava da imagem de autodomínio.

Sempre remoía, na manhã seguinte, o despudor da véspera. Podia ser um gesto mais enérgico, uma sensibilidade desconhecida ou algo mais trivial, como sentir pela primeira vez o momento em que o outro corpo adormece sobre o seu. Não havia intimidade maior do que perceber o exato instante em que o outro desfalece e assume um corpo diferente. Era promíscuo sentir na própria carne o momento da ausência, nas pequenas mortes do gozo e do sono.

Nunca chegou a estar em paz com o corpo. Não o percebia como centro; era a continuação de si, que habitava e conduzia como uma entidade externa. Desde a infância, lutava contra o embaraço do movimento, na brincadeira, no esporte, mas foi sobretudo na puberdade que o desconforto deu lugar à vergonha. A sensualidade de seu corpo manifestava-se à sua revelia, como se fosse um convite aos olhares e ao sexo.

Quase não usava shorts ou bermudas, sapatos de salto ou sandálias de dedo, saias curtas ou biquínis cavados, nada que parecesse uma sugestão. Não pintava as unhas nem se maquiava, e usava perfumes porque abrandavam os cheiros do corpo. Quando ousava — o decote, a calça justa —, logo se arrependia, aflita com os olhares. Gostava da invisibilidade dos cremes.

Havia lugares em que se sentia à vontade, por força do hábito. Frequentava a piscina da Hípica desde pequena e podia admirar seu corpo na espreguiçadeira, sob o sol. Recordava-se da vez em que, ainda adolescente, estava em pé na borda da piscina, e um homem de costas tocou involuntariamente sua perna, causando o arrepio na pele, uma mistura de excitação e dor no centro do corpo. Como se o movimento impessoal e frio pudesse mais que o gesto malicioso.

A cerimônia com o corpo consumia-se aos poucos na relação com Eduardo. Aprendeu a deixar-se ver, as pernas, as costas, os dedos dos pés, a dormir nua no cansaço, com os seios e o púbis encostados ao lençol. Deixou-se ver no banheiro, de pé no banho, por trás do vidro e da nuvem de vapor, ou mesmo urinando, tentando parecer natural. Com o tempo, chegou a provocar Eduardo. Foi assim no período em que largou o anticoncepcional, ou em outras ocasiões em que quis confirmar seu poder. Descobriu que a sedução era mais do que um método; passou a

87

tirar prazer da imodéstia. Já caminhava pela praia de Búzios menos consciente de si, podia continuar de biquíni em casa, a tarde inteira, na conversa dos quatro, no balanço da rede, os pés de areia e sal sobre a cerâmica fresca da varanda.

Eduardo intrigava-se com a maneira como Laura estabelecia limites, mesmo para a vergonha ou o medo. Admirava a disciplina que ele mesmo não tinha, algo de uma desilusão, quase um preconceito, que também era seu, contra os arroubos e as paixões. Laura lhe contou dos namorados anteriores, das relações com os amigos e os pais. Havia sempre cálculo e reserva. Ele se identificava com aquela desconfiança ante os excessos do sentimento. Mais do que entusiasmo, o que os movia era uma mistura de melancolia e inércia, de ceticismo e dever. Ambos tinham o fastio de quem acha que viveu de tudo um pouco.

Uma vez Eduardo passou uma tarde a observar Laura em seu trabalho de montar um enorme quebra-cabeça, que formava um dos seus quadros preferidos, uma paisagem veneziana de Turner. Ele lia e fingia ler, recostado no sofá, enquanto ela desbastava a montanha de peças minúsculas. Ali, debruçada sobre a mesa de jantar, Laura atravessou a tarde fazendo os mesmos movimentos dos olhos e das mãos, com a boca imóvel, sem expirar. Por irrelevância, o mundo à volta havia terminado. Já escurecia quando ela encaixou a última peça. Levantou-se para observar a imagem sobre a mesa e foi à cozinha buscar um copo d'água. Voltou à sala e, enquanto bebericava, olhou seu trabalho mais uma vez, com um ou outro gesto do braço. Não passou um minuto, e Laura, sem hesitar, começou a desmanchar o quebra-cabeça. Com calma, com a mesma eficiência, desfez em poucos movimentos o que lhe custou a tarde inteira para construir. Atrás do livro, Eduardo admirou e temeu aquela desenvoltura.

Achava que a resignação de Laura era mais funda que a sua, porque derivava de um autocontrole que ele nunca teve. Era menos um cansaço do que um voto de desprendimento. Talvez nascesse de um trauma original, que a impelia a proteger-se. Laura contou muitas histórias de perdas, mas nada que o convencesse, como se aquela coleção de pequenos desastres fosse uma rede para encobrir o que convinha esquecer. Não se impressionou com a história do peixe, a dor do passeio de carro. Laura saíra com os pais e a irmã para a praia, duas meninas de maiô e trança no banco de trás. Ela insistiu em levar o peixe, para que não ficasse só e pudesse ver o mar. Seu pai resistiu com os argumentos possíveis: um peixe de rio não teria interesse em ver o mar salgado e, mesmo se quisesse, não veria nada, preso ao aquário. Ela amava o pequeno acará com os excessos de mãe, e tinha todas as respostas: o mar era o céu dos peixes, para onde corriam todos os rios; tinham de olhá-lo sempre, e bastava enfiar metade do aquário na água para que tudo se tornasse visível, uma piscina dentro de outra piscina. Laura carregou no colo o aquário em forma de abóbora, as mãos sobre a abertura circular, para que a água não respingasse. O pai dirigia com pressa e, na primeira curva fechada, o aquário virou. A água fria nas pernas fez que ela gritasse. Chorava e procurava o peixe no chão do carro, com medo de apoiar os pés e esmagá-lo. Olhava por baixo do banco da frente, a poça que se movia, e não encontrava vestígio algum. Seu pai não se comoveu com o apelo para que parassem o carro. As curvas da descida do Alto da Boa Vista não tinham fim. Sua mãe olhava o chão à frente, sua irmã vasculhava ao lado, ninguém o encontrava. Quando chegaram à praia, moveram o banco e viram o peixe seco e brilhante sobre a borracha preta do tapete. Laura pegou-o com cuidado, colocou-o na água que restava, e ele desceu direto para o fundo do aquário, sem movimento. Ela dizia lembrar da volta, da água rasa e suja no chão do carro.

89

Era na arte que Laura digeria o passado e preenchia os dias. Eduardo chegou a pensar que aquela era a única paixão de Laura. Ela tinha talento, boa técnica e uma autocrítica implacável, que a paralisava às vezes. Sabia o que procurava, aonde chegar, mas era tolhida pela sensação de que suas ideias eram excessivamente cerebrais, pouco intuitivas. Acreditava em gênio espontâneo e inspiração, e questionava o poder de uma obra baseada na deliberação e no juízo crítico.

Ele gostava dos quadros de Laura, do traço elegante, da exclusão de certas cores, das formas entre o abstrato e o figurativo. Gostava da maneira como Laura balançava a cabeça, com o sorriso irônico, desiludida por pintar algo suficientemente figurativo para que as pessoas ousassem dizer o que viam, mas suficientemente abstrato para que nada do que dissessem fizesse sentido. Eduardo sentia prazer ao reconhecer o traço de Laura quando ela buscava algo novo. Uma vez, pensando elogiá-la, definiu seu estilo como uma combinação de Tarsila e Matisse, algo entre as formas intumescidas de Tarsila e o traço econômico, otimista, de Matisse. Laura respondeu que ele entendia de filosofia da arte, pouco de arte, que suas referências eram clássicas demais, que suas ideias sobre vanguarda e renovação haviam parado no tempo. Ainda assim, buscava cada vez mais seus comentários, dependia de sua aprovação, como se passasse a produzir sobretudo para ele. Foi pelo entusiasmo que Laura demonstrava ao criar, e pela maneira como se alegrava ou se abatia com a reação dele, que Eduardo soube que ela o amava.

Laura soube antes. Estava já nas pequenas coisas, até no ódio e no ressentimento. Por que se indignar com ligeiras concessões que em circunstâncias normais nada teriam de degradantes? Laura não se surpreendeu quando passou a pintar pensando em Eduardo. O amor da arte havia se transformado em uma paixão derivada, contaminado pelo olhar que não era o seu.

Pintava agora para declarar em segredo o que temia dizer a ele de maneira crua e direta.

* * *

Eduardo saiu da confeitaria com a torta embrulhada em papelão e barbante, encomenda da véspera, e uma bisnaga de pão envolta em papel cinza, como um bombom tosco. O embrulho não pesava muito, mas a subida da Marquês de São Vicente era longa. Apoiou a bisnaga sobre a torta. Sentia-se jovial e tolo como o personagem de uma comédia.

Passou pelo shopping, pelo restaurante chinês, pela mercearia, quase foi atropelado na rua das Acácias. Passou pelo laboratório abandonado, a velha mangueira, a loja de ferragens, o quiosque do chaveiro, a escola municipal em frente ao portão dos fundos da PUC. Em tudo havia a languidez da manhã de sábado.

Eduardo observava os muros da universidade, as pichações sobre o fundo cinza, quando alguns garotos apareceram e o fizeram parar. Não notou de que lado vieram; estavam à sua frente, bloqueando o caminho. Eram três meninos sem camisa, com o peito magricelo de fora e os ossos colados à pele. O mais velho, e menos franzino, não tinha mais do que treze ou catorze anos. Era o único que estava calçado, quem comandava. Esforçavam-se por aparentar mais idade, com os cenhos franzidos e um semblante sério.

— Passa o bolo pra cá. É meu essa porra.

O garoto falava com a voz rouca, a saliva seca no canto dos lábios. Entre os dentes do meio, quebrados de modo simétrico, formava-se um triângulo perfeito. Olhava na direção de Eduardo, mas não o via. Não parecia nervoso, não era a primeira vez.

Eduardo custou a responder. Não sabia se cabia uma resposta. Talvez não devesse dizer nada a eles, cada um mais miserável que o outro, as mãos vazias, a convicção como arma. Era mais do que um pedido de trocado, mas não parecia um assalto de verdade.

— A torta não é sua nem minha. É aniversário da minha namorada.

— Num tá entendendo, bacana? Dá logo essa porra, se não a gente vai te detonar aqui mermo.

Um dos garotos menores estava com a mão atrás das costas, fingia carregar algo. Tinha pouco mais de um metro, o rosto bonito e o corpo deformado, um aspecto equino, as pernas muito finas, a barriga pontuda sob o tórax anão. Talvez não falasse direito, a mão atrás era tudo o que tinha.

— Encomendei a torta. Não tenho como conseguir outra. Vocês podem levar o pão. Também tenho uns trocados. — Eduardo falava de maneira calma, didática, enquanto protegia a torta no alto.

— Passa logo a porra do bolo! A gente vai te encher de porrada — disse o outro garoto, que abria os braços como se fosse atacá-lo.

Eduardo não se recordava de já ter brigado. Nunca bateu na carne, nos ossos de um adulto, muito menos de uma criança. Encher a mão e dar um murro no rosto esquálido, levantar a perna e chutar o peito raso, frágil como de um pássaro; não reconhecia a violência que estava no corpo. Pensou no irmão que não teve. Não temia a dor de apanhar; não a conhecia. Temia seus próprios impulsos, o gosto da violência. Deu-se conta de que estava com a bisnaga na mão direita, levantada por instinto, como uma arma risível, a torta na outra mão, recuada, para cima, espada e escudo de Quixote. Não pensou em correr. Seria ainda mais patético. A torta não chegaria inteira; tombaria na briga ou na fuga.

Deixou que os garotos a tomassem. Sentiu as mãos pequenas agarrando seus braços, a ansiedade e a crueza. Quando tentaram arrancar o pão, tirou o braço direito com força e mandou-os à merda, com uma ira mais deliberada que real. Retomou o caminho de casa, e logo virou-se para ver onde estavam. Procurou-os longe, mas eles continuavam no mesmo lugar. Não olharam para ele. Comiam a torta com as mãos, rindo, apoiados no muro.

Laura ainda estava na cama, com o rosto e as pernas descobertas. Eduardo sentou-se na poltrona e observou-a sem fazer barulho. Talvez a conhecesse o bastante para saber quando ela fingia dormir. Havia posições do corpo e maneiras de ressonar que não vinham do sono, mas da falsa expectativa sobre como se dorme.

— Por que madrugar no sábado, se não é para salvar o mundo? — disse ela, de olhos fechados, com o rosto mergulhado no travesseiro.

— Meio-dia e meia está mais para madrugada de domingo.

— Sempre mente para eu me sentir culpada... — Laura sorriu, abraçou o travesseiro devagar, como um filho que se desgarrou. — Hoje eu tenho direito à preguiça.

— Todo o direito, todos os dias. A inspiração é filha do sono.

— Quem foi o gênio que disse essa frase?

— Ninguém. Passa a ser sua.

Laura sempre se espreguiçava sem bocejar, um enigma.

— Que cara é essa? — ela perguntou.

— Pensei que você estivesse de olhos fechados.

— Você está com uma camisa que eu te dei.

As pálpebras, semicerradas, tremiam ligeiramente, como se olhasse um ponto distante.

— Ainda tenho alguma que você não tenha dado?

— Espero que não.

Uma camisa azul, como todas as outras. O azul lhe caía bem, dizia Laura, o mesmo azul que ele dizia inexistir, era só um efeito

93

de luz, uma ilusão de transparência, na atmosfera, no mar, na piscina. Não imaginou que uma cor pudesse ser assunto de conversa de um casal — o azul que não estava nos bichos, os tons de azul nas camisas perfiladas como uma palheta de tintas, as diferenças de azul entre o mirtilo, o cobalto e a safira, entre Cézanne e Picasso.

— Você também precisava de lençóis novos — disse ela. — Gostou desse?

Eduardo não tinha notado.

— São ótimos.

— Você é sempre tão espontâneo.

Ela acariciava a cama, a textura nova e macia. Estava de bruços, os cabelos pareciam mais longos e escuros sobre o travesseiro alto.

— Deve ter sido o sonho do ano — ele disse.

— Não lembro. Nem tento mais. Os iogues dizem que o sono saudável é aquele em que a pessoa esquece quem é. Sonha como se fosse outra pessoa.

Eduardo pensou nas tolices que costumavam ser ditas, sempre, mesmo pelos iogues, sábios em seu silêncio. Pensou nas tolices que ele se sentia tentado a dizer quando algo invadia sua vida, sua caminhada pela rua.

— Se eu contasse que encomendei uma torta ontem, fui buscar hoje cedo, e na volta me assaltaram e comeram a torta na minha frente, você acreditaria?

— Sem chance.

Laura já estava sentada, ainda na cama, pronta para o exercício que fazia quando despertava, uma posição que ele achava elegante, um nome em sânscrito que não sabia pronunciar. O braço direito buscava a ponta do pé esquerdo, o braço esquerdo segurava por trás das costas a outra perna, dobrada. As costas ficavam ao mesmo tempo eretas e retorcidas, davam a ideia de ascensão, uma espiral que se eleva. Ela continuava de olhos fechados;

tinha de fazer o exercício sem qualquer contaminação visual da vigília, os olhos puros do sonho. Já passara o tempo em que, com o tapa-olhos de uma companhia aérea, ela pedia que ele saísse do quarto, com vergonha de ser observada, ansiosa por abrir os olhos e ver se ele estava rindo.

— Assalto por uma torta é improvável. Mas hoje em dia... Difícil é acreditar que você lembrou do aniversário.

Eduardo já não tinha a imagem da ioga como algo que exigia um isolamento casto. Estranhava a maneira como Laura conversava enquanto executava seus ásanas, seus pranaiamas. Podia falar ao telefone com a mãe, podia negociar o preço de um quadro com o marchand.

— Eu não teria inventado o roubo de uma torta se não tivesse lembrado do aniversário.

— Pode ter inventado agora. Se deu conta quando falei que hoje eu tinha direito à preguiça.

— Tem razão.

Eduardo fechou um pouco a cortina, sem levantar-se da poltrona. Havia luz demais no dia claro, de praia. Gostava de ver o corpo de Laura à meia-tinta.

— Sou tão filho da puta assim? — Tinha a displicência de quem sabe a resposta.

— Você se orgulha disso — Laura ria. — Em oito anos, é a primeira vez que você lembra.

— Vinte e três não é um dia fácil de lembrar. Oito anos já?

— Bom que não parece.

Laura estava agora na posição menos natural, algo mais acrobático que elegante, a perna esquerda e o tronco para trás, a planta do pé para cima tocando de leve o alto da cabeça que se voltava para a cama. Ajudava a digestão e estimulava a humildade. Ele não acreditava quando ela dizia que tinha sido uma menina troncha.

— Seu álibi é que você não lembra nem do seu aniversário. Não é egoísmo, é mais grave. Como é que dizia o argentino, que você citou na festa da Marina, achando que ela não estava ouvindo?

— Os aniversários são os portões da estupidez.

— Quem era o idiota?

— Cortázar botou na boca de um neurastênico. Idiota fui eu.

— Marina não ouviu. Estava chateada por outro motivo.

— Sempre tinha outro motivo.

Tornou-se incômodo falar de Marina. Laura não se importava. Era ele quem mudava de assunto.

— Até que idade se comemora a decadência?

— Vou até os trinta e nove. Depois perco a conta.

— Quantos anos mais vou te torturar com a minha falta de consideração?

— Seriam seis. Mas vou te largar antes.

— É uma ameaça?

— Uma promessa.

Laura já estava deitada de novo. Era o momento de relaxar, esticar o corpo, sentir o ar entrando pelos pulmões, da cabeça à ponta dos pés, uma nuvem de cada vez, laranja primeiro, depois violeta, amarela...

— Que tipo de arma eles tinham?

— Nada. Nem um pedaço de pau.

— Por que você falou em assalto?

— Extorsão não fica bem.

— Eram quantos?

— Três crianças, duas menores que o Romário.

— Três meninos sem arma? Você devia ter brigado pela minha torta. Tinha que rolar no chão, chamar a polícia, acordar a vizinhança — Laura ria de novo, enquanto abria e esfregava os olhos. Sempre ficava mais sexy quando ironizava, sabia que nada o excitava mais que o senso de humor e a consciência de seu efeito. A maneira de virar o rosto — de olhar com o canto dos olhos enquanto sorria — era um artifício e um convite.

— Você não comeria nem um pedaço — ele disse.

— É o que menos importa no bolo de aniversário. Mas eu ia comer sim. Até saía da dieta. Comemorava a minha decadência e a tua memória.

Estavam os dois na cozinha, sentados à mesa, quando Romário chegou. O cabelo penteado, o relógio de corrida e as roupas novas contrastavam com o jeito da rua, davam-lhe a aparência de classe média quando visto de relance. Eduardo mal reparou que ele carregava um pacote embrulhado.

— É café ou já é almoço? — Romário espiou a comida.

— Pega um prato e escolhe — disse Laura, apontando o armário.

Romário pôs o pacote na frente de Laura, sobre a mesa. Ela sorriu e desembrulhou-o. A torta era menor que a de Eduardo, com mais cores e desenhos de chantili. Laura levantou-se e o abraçou, sem jeito. O garoto virou o rosto, as mãos tatearam as costas de leve, como se abraçasse uma mulher pela primeira vez.

— Vai, Eduardo, não fica com essa cara. Eu contei pro Romário.

— Que merda de namorado, hein? Ela não botava fé que tu ia lembrar. Tu é mó zemané.

— Ela nunca erra — Eduardo não desgostava da cumplicidade entre os dois. — Agora sei por que minha carteira acordou magra.

— Deixei grana pro café e cigarro — disse o garoto.

— Gentil da sua parte.

Laura partiu a torta com cuidado, quatro linhas perfeitas que passavam pelo mesmo ponto, oito fatias idênticas, como num diagrama. Cortou devagar, dando tempo a que dissessem algo ou cantassem parabéns. Os dois se limitaram a observá-la. Ela dependia da iniciativa de um menino que não sabia quando nasceu e de um namorado que perdeu o hábito do aniversário aos nove anos.

— Tivemos a mesma ideia — disse Eduardo, olhando Romário.

— Tu também bateu carteira? — Romário falava com a boca cheia.

— Comprei um bolo.

— Verdade, Laura?

Ela sorvia o cheiro da torta.

— Você conhece um garoto com os dentes da frente quebrados? Anda com dois moleques menores — Eduardo perguntou.

— Quebrado bem no meio, feito bandeira de festa junina?

— Deve ter tua idade.

— Pode ser o Asa. O escroto diz que já voou, desceu da Pedra, no saco da borboleta. Fica falando que afundou na areia, em São Conrado. Voou porra nenhuma.

— É teu colega do sinal?

— Tá sempre com os pivete. Cheira com eles. A gente fez um serviço junto. Né meu bróder não.

— Que serviço?

— Coisa limpa. Ele mexeu contigo?

— Tomou a torta que eu comprei.

Romário começou a rir, balançando os ombros. O riso infantil, de um sadismo mirim, que Eduardo já conhecia.

— Tu deixou o Asa levar o bolo com os pivete? — Romário abriu os braços, simulou um voo ondulante e lento. — Tu deu ou ele roubou mermo?

— Não faz diferença. Iam tentar arrancar à força.

— Força? Ó o teu braço. Pivete assim tem arma não.

— Você queria que eu brigasse com eles?

— A torta é tua, porra. Da Laura. Tu é um vacilão.

— Você fala como se eu pudesse bater numa criança do teu tamanho.

— Dá pra levar tudo no papo não, professor.

Romário falava e mastigava ao mesmo tempo. Estava na segunda fatia. Deixou o garfo sobre o prato e bebeu meio copo d'água.

Eduardo observou os dedos encardidos do garoto, as unhas comidas. Romário aparecia com uma torta horas depois que a dele tinha sido roubada por um menino que Romário dizia conhecer. Censurou-se por suspeitar que não fosse uma coincidência.

Dos basculantes da copa, das janelas da sala, vinha o apito metálico das cigarras. Eduardo não sabia por que aquele assobio estridente, a histeria animal, evocava uma vaga sensação de bem-estar.

O branco na pele e no papel

Eduardo havia faltado às duas reuniões anteriores. Não gostava de discutir os assuntos do departamento. Tadeu, o diretor, conformara-se com sua ausência; era menos incômoda do que vê-lo suspirar, levantar-se enquanto ele explicava as coisas. Pediu que não faltasse dessa vez; seriam tomadas decisões importantes.

As reuniões de professores aconteciam em uma das salas de aula, as cadeiras arrumadas em um círculo que se abria para o quadro-negro, na frente do qual havia um quadro branco à caneta, de pés de alumínio.

Eduardo sabia o que seria discutido. Tadeu antecipou que gostaria de aprovar critérios para avaliar o desempenho do departamento e distribuir bolsas e prêmios. Dizia ter examinado os sistemas de outras universidades, principalmente as norte-americanas, e chegado à conclusão de que era preciso adotar alguma fórmula para calcular a produtividade. Esperava ter o apoio de Eduardo, que considerava dos mais produtivos, pelo número de publicações.

Na sala ampla, clara, contavam-se doze professores. Era um bom grupo — alguns professores inteligentes, outros dedicados, somente um ou dois que não tinham o que ensinar. Se gostasse de grupos, sentisse o conforto de pertencer, aquela seria uma escolha natural. Simpatizava com alguns, tinha boas conversas de corredor entre uma aula e outra, até trocava ideias sobre autores, livros, horários, feriados, a decadência dos alunos e do ensino. Era pouco para que o considerassem um bom colega e deixassem de tomar como arrogância o que não era mais do que desinteresse.

O diretor escrevia no quadro branco, fazia um resumo do que pesquisara e do que propunha. Eduardo estava sentado do outro lado do círculo, com as pernas esticadas na direção do centro, os braços cruzados. Não devia ser confortável passar uma aula inteira sentado daquele jeito, a cadeira dura, coberta de fórmica, o apoio minúsculo para apenas um braço, onde mal cabia o caderno, a caneta podia precipitar-se ao chão a cada página virada. Talvez aprender fosse algo constrangedor, e houvesse que tolher o corpo como uma antena. Preferia as carteiras de seu tempo, a madeira escura, a mesa de bom tamanho, ligeiramente inclinada, onde podia apoiar os braços e o rosto. Havia um sulco para descansar o lápis, um buraco lateral sem razão aparente, tudo preso à cadeira por duas ripas sólidas onde apoiava os pés, como um trenó imóvel.

Tadeu falava de pé, o tom pausado de sempre, que dispensava as mãos, recolhidas atrás do corpo como um segredo. Deleitava-se com o papel de professor dos professores. Suas melhores ideias tinham algo de ordinário, adocicadas pelo enlevo com a própria voz e a menção constante ao nome do interlocutor. Desde que se conheceram, Eduardo fez um esforço para gostar dele. Chegou a ouvi-lo com atenção uma época, garimpando o que houvesse de original ou sensato, e sensatez não faltava. Conseguiu admirá-lo algumas vezes, como um roteiro de qualidades — o zelo, o compromisso, as boas intenções.

Não esqueceu o dia em que visitou sua sala pela primeira vez. Lembrava do mapa enorme na parede ao fundo, atrás da mesa, como uma moldura para seu busto empertigado, o azul dos oceanos envolvendo o rosto barbeado à perfeição, como uma calva definitiva. O mapa-múndi estava tomado de alfinetes de cabeças coloridas. Tadeu explicou-lhe que os alfinetes vermelhos indicavam os países onde ele havia publicado artigos. Os alfinetes verdes indicavam os países onde havia dado conferências. Em alguns casos, como dos Estados Unidos e da Inglaterra, decidiu usar os alfinetes em diferentes cidades, já que publicou artigos em revistas de mais de uma universidade, e era conveniente representar de modo mais ou menos fiel essa sutileza. Havia também quatro ou cinco alfinetes amarelos, Eduardo lembrava de algumas cidades — Brisbane, Joanesburgo, Amsterdã —, mas esqueceu o critério, ou não chegou a prestar atenção ao que o diretor falava, hipnotizado pelos pequenos balões coloridos que alçavam o mundo. Talvez tivesse dito que o amarelo representava artigos já submetidos e à espera de resposta. Devia haver um elemento de potencialidade no amarelo. Quando Eduardo voltou a ouvi-lo, ele dizia que comprava um mapa atualizado a cada começo de ano, para dar conta das mudanças políticas, criação de países, fusões, anexações, nomes novos, transferências de capitais, a fragmentação da Europa do Leste foi a apoteose dos cartógrafos, o ano passado foi excelente, mas muito ainda estava por acontecer, a África não sobreviveria às linhas retas do colonialismo, e Eduardo imaginava o diretor espetando os alfinetes coloridos a cada janeiro, o vodu de um cadáver que renascia ano após ano.

Eduardo ouvia seu nome, o diretor em pé, agora na frente do quadro branco, olhava para ele à espera de que falasse. Respondeu algo sensato. Era oportuno que se examinasse alguma fórmula para avaliar a produção dos professores, seria uma maneira de estimular a elaboração de textos. Havia o benefício adicional de elevar a qualificação do departamento junto às agências que dão bolsas. Mas era preciso ter cuidado, afinal a produção dos professores não podia ser medida somente pela quantidade de textos publicados, mesmo porque o ensino em sala de aula é a essência do trabalho, e seria injusto penalizar professores que melhor ensinam do que escrevem. Concluiu de modo razoável e construtivo, à altura do momento, dizendo que era necessário encontrar uma fórmula intermediária.

A reunião continuou em tom ameno, cada professor defendendo seu interesse, com argumentos elegantes e impessoais, como devia ser. Anita entrou na sala, entregou cópias de um documento a Angélica, que agradeceu com olhos escrutinadores. Angélica era uma antiga professora do departamento, kantiana, vestida de Oriente, com os dedos manchados de caneta e os cabelos grisalhos até o meio das costas. Era das colegas mais próximas de Eduardo, e quando os dois conversavam ela costumava olhar para um canto fixo, de onde parecia extrair as palavras. Havia poucas situações e objetos que aprumavam seus olhos, como a silhueta suave de Anita.

O último assunto foi a situação de uma funcionária. Descobriram que dona Marlene dormia em um colchonete na sala de reuniões nos dias de semana, para evitar os custos da volta diária para a Baixada. Angélica disse que isso explicava por que dona Marlene era a funcionária mais assídua e pontual. Não era uma piada, mas alguns riram. Tadeu perguntou se não seria o caso de corrigir o erro do passado e demiti-la. Decidiram que ela seria advertida e expressamente proibida de dormir no departamento.

Eduardo voltou para sua saleta. Romário conversava com Anita, falavam da Tijuca, do Andaraí, do Grajaú, que ambos conheciam. Falavam dos pontos do Rio de que mais gostavam, das ruas que enchiam com a chuva, dos sinais perigosos. Ela ensinou o jogo da velha. Ele explicou como andar de ônibus sem pagar.

— Deu pra impedir o dr. Ruskin de mandar a Marlene embora? — Anita perguntou.

— Ele não quer demiti-la — disse Eduardo. — É para implicar com a Angélica, que foi diretora. De onde vem o apelido?

— Os alunos picharam no corredor quando ele proibiu striptease no trote.

— Os alunos não sabem quem foi Ruskin.

— Estudaram em estética e filosofia da cultura. Com o professor Lampadinha.

Devia ser o Guilherme, filósofo da arte. Era baixo, magro, com uma cabeleira ruiva.

— Vocês fazem outra coisa além de inventar apelidos?

— Eu não invento nada. Só divulgo.

Eduardo também tinha um apelido. Uma vez lhe contaram, achando que faziam um favor. Era algo sem criatividade, tinha a ver com o cabelo grisalho.

— Ruskin foi um crítico sofisticado. E pedófilo. Não é o perfil do diretor — ele disse.

— A sofisticação ou a pedofilia?

— Nem uma nem outra.

— Pedófilo? — Romário desviou os olhos das duas gravuras ao lado da mesa.

— Quem se sente atraído por criança — disse Eduardo.

— Tu e Laura — disse Romário.

Anita começou a rir.

— Não é quem gosta de criança — disse Eduardo. — É quem quer transar com criança.

— Passar ferro nas garotinha? De madrugada chove filhadaputa.

— A fofoca não é por causa da pedofilia — disse Anita. — Os alunos dizem que Ruskin tomou um susto na lua de mel quando viu os pelos da mulher. Brincam que o diretor não quer striptease nem da dona Ruskin. Só se masturba.
— Tem muito filósofo masturbador. Rousseau é o patrono, mais que Ruskin.
— Masturbador? — perguntou Romário.
— Quem se excita com as próprias mãos — disse Eduardo.
— Como assim?
— Punheteiro — disse Anita.
A palavra saiu com naturalidade. Ela parecia informar o calendário do semestre.
— Sou gênio, então? — Romário examinava as próprias mãos.
— Você é um garoto, só isso.
Eduardo entregou uma pilha de provas corrigidas a Anita. Pediu que lançasse as notas. Perguntou sobre o cálculo de presenças.
— Você só fez chamada em cinco aulas. Encheu a folha de pontos o semestre inteiro. Dá pra aprovar até quem trancou matrícula.
— Ruskin não vai gostar disso.
— Ele não precisa saber.
— Ele sabe de tudo.
Eduardo começou a corrigir os trabalhos dos mestrandos. Já não se divertia nem se irritava com os erros de português. Anita deu um beijo em Romário e saiu.
O garoto parecia entediado na sala minúscula. Os dois ficaram em silêncio por um tempo.
— Por que tu num olha quando ela fala contigo? — Romário perguntou.
— Impressão sua.

— Tu num olha.
— Não reparei.

* * *

Romário resistiu de início. Achava a ideia de Eduardo absurda, nunca havia pensado em representar, era coisa de playboy, de artista. Um moleque de rua não poderia ser ator. Eduardo dizia que ele tinha jeito, lembrava o que aconteceu no sinal, a primeira vez que o viu. Romário custou a aceitar a proposta de que assistissem a uma peça juntos e, caso ele a achasse interessante, visitassem uma escola de teatro.

Eduardo escolheu uma peça que gostaria de rever, Rubens Corrêa encenando textos de Artaud, no porão do Teatro Ipanema. Laura balançou a cabeça quando soube; melhor seria assistir a algo leve, com um texto simples e divertido, vários atores, um palco grande, um cenário bonito.

Romário acabou gostando da experiência. Disse não ter entendido muita coisa, não era uma história, mas se emocionou com o rosto próximo daquele ator que se contorcia e salivava como um animal, xingava sem palavrões, enfiando-se por baixo da arquibancada de madeira, na sala mínima, que parecia uma jaula. Na rua havia outros assim, loucos de olhos muito abertos, com histórias estranhas do passado e do futuro.

Na manhã seguinte, foram ao Tablado.

Na calçada, ao lado do muro alto e colorido, a convicção de Romário já não era a mesma. Eduardo percebeu a dúvida pela cabeça baixa, pelo ar compenetrado. Não disseram nada, verificaram se o portão estava aberto, entraram.

Foram levados ao teatro da escola, onde uma professora orientava um pequeno grupo de adolescentes. Sentaram-se numa fila no meio do auditório, discretos, para não interromper

o que parecia ser a encenação de uma tourada, a menina como um touro feroz, três garotos como toureiros, todos calados e graves, volteando na ponta dos pés. Os movimentos eram estilizados, tinham algo de cinema mudo. A professora desceu do palco e veio conversar com os dois. Eduardo esperava um personagem dos anos 1960 — um vestido leve, um lenço na cabeça, uma sandália de couro. Na verdade, parecia uma diretora de colégio, de rosto redondo e brincos de pérola.
— Quantos anos você tem? — ela perguntou a Romário.
— Treze.
— Já fez teatro alguma vez?
— Já.
A professora levou-o ao palco e apresentou os meninos, todos suados e descalços. Pediu a Romário que fizesse algo de que gostasse, expressasse um sentimento por meio do corpo. Ele fechou os olhos e pensou por um tempo, sem se mover. Ela disse que ele poderia imitar um personagem do cinema ou da tevê, ou um conhecido seu. Romário olhou os colegas, absorto em sua escolha. Começou a fazer os movimentos de um guarda de trânsito, com as pernas fixas e os braços em código — a mão espalmada para parar, o braço aberto para seguir, o aceno rápido como uma palmada para acelerar. Levava o apito à boca e ajeitava o quepe na testa, o cassetete na cintura. Conseguia assobiar sem os dedos, dobrando os lábios para dentro, o som era agudo e uniforme. Os colegas juntaram-se a ele, arrancavam e freavam em respeito ao apito e às mãos, partiam e retornavam, aguardando na fila, de olho no guarda, no fluxo transversal. Moviam-se com o pescoço rígido e as mãos ao volante, inclinadas nas curvas abertas e longas. Romário agia com eficiência e o prazer de comandar, bem no centro do palco. Controlava o cruzamento, assumia um ar severo ante a ameaça de transgressão. Os meninos gravitavam em torno

de sua autoridade, da perfeita sincronia entre som e gesto. O assobio ganhou aos poucos um ritmo próprio, um ir e vir musical, mais acelerado que o dos carros. As pernas do guarda começaram a mover-se, o cruzamento se deslocava lentamente sobre o palco, os carros faziam curvas mais ruidosas e fechadas; o trânsito parecia mais fluido e arriscado, adquiria algo de burlesco. Não passou muito tempo e o apito já não descansava; disparava junto com o sinal de abrir e fechar, acompanhado da batida dos pés. Não havia distinção entre uma rua e outra, intervalo entre chegar e partir. A professora interrompeu o exercício quando o guarda e os carros começaram a sambar.

Improvisaram outras cenas, outras situações, por instrução da professora. Um temporal em um parque de diversões, uma partida de futebol sem bola, uma missa interrompida por um desmaio. Como padre, Romário repetia frases de Artaud.

Sentado no meio do auditório, com os braços descansados nas cadeiras ao lado, Eduardo admirava a desenvoltura dos garotos. Eram de uma espécie particular. Se estivesse no palco, estaria teso, imprestável em sua rigidez. Era autoconsciente demais para assumir a feição ou o gesto alheio. Talvez se levasse muito a sério, acostumado a tratar-se com distância. Se Gilberto estivesse ali, diria que ele nunca quis entrar na pele de ninguém. Representar o outro exigia humildade e afeto, mais do que gênio. Devia haver uma explicação menos inteligente. Talvez nunca tenha aprendido a brincar, ele que sempre achou que se divertia mais jogando com os pais do que brincando com os amigos. No fundo, não sabia a diferença entre brincar e jogar. Brincar exigia desprendimento, estar à vontade consigo ou no meio de um grupo grande, uma família teatral, em que não há centro nem tempo de imaginar-se único. Deixar de pensar em si era um aprendizado. Não conseguiria sair do círculo em que se meteu, incapaz de orbitar na periferia das coisas.

Eduardo olhou o rosto de Romário. Havia um pavor mudo, o branco do choque e da perplexidade. Romário estava diante de uma folha de papel, cada menino tinha diante de si uma folha e lia uma frase diferente, interpretava-a à sua maneira, de acordo com os sentimentos inspirados pelas palavras. Era a vez de Romário, e ele não dizia nada, abria a boca devagar como um animal que puxa o oxigênio e não acha. Não conseguia extrair um som sequer do papel, a trava na garganta, havia apenas o branco na pele e no papel, o silêncio aflito da professora e dos meninos. Aquilo não era teatro, não era representação, era mais real que a cadeira onde Eduardo estava sentado.

    Na volta, no carro, não havia o que dizer. Perguntava-se como podia ignorar o óbvio. Era difícil saber do outro, do que está encerrado no fundo da memória ou do sentimento como um quarto escuro. Mas havia algo que não era intimidade, não podia ser guardado como segredo, chegava a ser ostensivo como a cor e o movimento dos olhos, o tremor nas mãos, a cabeça baixa diante de um muro colorido.

    Pensava por profissão, pagavam-lhe para isso, para pensar e fazer os outros pensarem, tinha mesmo uma carteira e um título, e esse pensar talvez aniquilasse outros pensares, sensibilidades mais simples.

    — Tu dá prum pivete de merda uma nota de cinco com endereço e acha que ele vai entender tudo? Tu leva o pivete no cinema e acha que ele vai ler letra embaixo? Tu dá a porra do mapa e acha que ele vai ler nome de rua, caralho?

    — A gente vai te alfabetizar.

    Romário não disse mais. Continuou com os olhos grudados na pista, a raiva com que desceu do palco e saiu correndo em direção à rua.

Um vasto painel de opiniões, verde e mal estacionado

Eduardo não sabia se gostava do jantar semanal na casa dos sogros. Gostava da mãe de Laura, da irmã, mal conseguia conviver com o pai, com o ego oceânico de Hélio. Comia bem, bebia melhor, mas voltava cansado e impaciente, sem saber o motivo. Laura dizia que ele não precisava ir. Ele se sentia tentado a aceitar — ligava-se a eles por acidente, não por afinidade —, mas sabia que ela sentiria sua ausência como mais uma prova de seu amor particular. Seria mais fácil deixar de acompanhá-la se percebesse que ela alimentava o ressentimento de conceder, que reapareceria mais tarde como queixa de quão egoísta e autocentrado ele era. Seria mais fácil se houvesse mágoa.

Recordava o primeiro jantar, o início desastrado. Laura e o amor dos começos; ele e a descrença do novo. Pensando em agradá-la, prometeu comportar-se de maneira urbana e calorosa. Faria um esforço para envolver-se. Falavam de automóveis — vidros que ocultam, blindagens que tranquilizam —, e Eduardo, supondo algum nexo, comentou que, quando estacionava na rua ao chegar, viu um Fusca verde como uma fruta, tomado de adesivos, colados na carroceria e nas calotas, vários repetidos, alguns espirituosos, sobre Elvis, sobre os Secos & Molhados, sobre Hiroshima, sobre *Je vous salue, Marie*, sobre Sete Quedas, alguns rasgados, outros já com o amarelo do tempo, um vasto painel de opiniões, verde e mal estacionado. Uma menina entrou no carro e partiu, com os cabelos pintados de uma cor que ele não podia definir, não era exatamente um vermelho. Ia dizer que aquele talvez fosse um modo mais eficaz de prevenir assaltos, valia mais que a blindagem e o vidro fumê, nenhum assaltante se animaria a roubar um carro que chamasse a atenção daquela maneira. Ia comentar também o jeito e as roupas da menina, a virtude que estava na altivez, mas o sogro o interrompeu e, com um tom que era mais indignação do que vergonha, disse que o carro tinha sido comprado com o dinheiro dele, a tinta abacate e os adesivos também, o cabelo havia sido pintado com o dinheiro dele, todas aquelas cores no cabelo e no carro, aquelas roupas e sapatos, tudo viera do dinheiro dele, mas tudo contra a vontade dele, contra o bom senso de todas as pessoas ajuizadas, afinal Sílvia, irmã de Laura, fazia tudo para desafiar e envergonhar os pais, vestia-se, agia e falava de modo ultrajante só para chocá-los, e já nem era uma adolescente.

    Eduardo achou melhor evitar comentários amáveis. Embora o silêncio não viesse do receio da impertinência, e fosse na verdade uma acomodação com seu enfado, devia haver ali uma sabedoria. Calar e suspirar eram um mal menor, menos inconveniente que o gosto de polemizar e agir como um professor mal-humorado. Devia voltar ao Eduardo de sempre, espontâneo na distância. Daquela primeira noite ficou a imagem da cristaleira atrás da poltrona do sogro, que abrigava uma coleção de bichos de porcelana, um zoológico de animais congelados e reluzentes.

Os três chegaram juntos, de carro. Romário vinha no banco de trás, deitado, com as pernas para cima e a cabeça raspada. Tomara sozinho a decisão de raspar o cabelo. Não disse se era o luto da aula de teatro ou uma concessão à moda. Limitou-se a comentar que estava resolvido o problema dos piolhos. Quando o viram daquele jeito, ainda mais magro, com as reentrâncias do crânio delineadas como a carapaça de um crustáceo, Eduardo e Laura trocaram um rápido olhar e sorriram, como se perguntassem se valia a pena seguir adiante com a ideia da visita.

Laura entrou direto com Romário, e Eduardo foi ver o sogro no jardim. Era um jardim pequeno e bem cuidado, com limoeiros nos cantos e um pinheiro solitário, que se adaptou bem ao Alto da Boa Vista. A grama saudável interrompia-se sob o muro de três metros. Hélio ajeitava o cachorro de fibra de vidro, cuidando para não ferir a grama. Toda noite ele mudava sua posição, sussurrava uma ou duas perguntas de praxe, acariciava-lhe as orelhas pontudas. Clarice, a mãe de Laura, sempre teve um medo religioso de cachorro — o aspecto diabólico das presas, a ponta fina da língua —, e Hélio resolveu comprar aquele por recomendação de um amigo, que garantiu que era o que havia de melhor para dissuadir assaltantes. Não reclamam, não se deixam enganar, não fogem da chuva.

A personalidade do sogro despertava em Eduardo um sentimento ambíguo, entre a reprovação e a complacência. Era como se não pudesse ou devesse esperar muito, e tolerasse idiossincrasias inaceitáveis em outros. Talvez fosse mais rigoroso com os íntegros, como aqueles que sorriam ao vê-lo caminhar ao lado de Romário. Talvez visse no sogro, nos traços que indignavam — egoísmo, truculência, empáfia —, um pouco de si mesmo, o espelho de algo que só não assumia plenamente por respeitar o verniz de civilidade. Não entendia por que diante daquela figura prepotente, mau marido e mau pai, do cidadão de inclinações fascistas, para quem obviedades eram sutilezas, e sutilezas eram caprichos, sentia uma raiva que era mais intelectual que espontânea.

Ressentia-se daquela saúde física, o vigor que não cedia à idade, a cabeleira densa e alta, a segurança típica da ignorância seletiva. Havia algo de superior no porte imperial, no bronzeado permanente, no rosto corado e atlético mesmo sob a aparência do envelhecimento. Devia haver algum tonificante na soberba, algo que vitalizasse os órgãos e os músculos, e depurasse o corpo de toxinas morais, como a culpa e a dúvida. Olhava o sogro, o brilho no rosto do homem longevo, e não conseguia deixar de pensar no próprio pai, morto antes dos quarenta, largo em sua generosidade e tão vulnerável à vida. Hélio — uma idiota metáfora solar — devia acordar com a confiança de quem já sabe a cor da manhã. Sabia separar o bem e o mal, conhecia a fronteira exata, só ele a cruzava. Deliberava com a voz grave, o indicador balançando, o rosto ligeiramente inclinado, como se houvesse compaixão no que dizia. Eduardo invejava a sabedoria que estava na ignorância, a vitalidade da singeleza, ali devia estar o elixir.

— Resolveu fazer caridade agora?
— Não é caridade.
— Laura apoiou a maluquice?
— A decisão foi minha.
— E você acha que tem o direito de fazer isso com ela?
— Você acha que ela vai ser assaltada dentro de casa?
— Você não conhece esses moleques.

Hélio estava com o copo comprido nas mãos, apoiava-o na palma esquerda; os dedos ligeiramente inchados subiam como uma hidra, aceleravam o degelo. O indicador da mão direita percorria a boca fina do cristal, rondava-a, no sentido horário, no sentido anti-horário, um velho cacoete.

— Você já sabe a história do meu amigo que morreu no sinal. Outro dia arranharam o carro da Clarice. Só porque o motorista não deixou eles sujarem o para-brisa com aquele pano fétido. É uma doença, Eduardo. Cada vez pior. Os pivetes não têm culpa. Já nascem assim, com o sangue podre. Os marginais trepam como coelhos e largam os moleques na rua. Não dão casa, não dão comida. Só transmitem o DNA da maldade e do crime. O dedo inchado benzia o uísque, marcava o tempo.

— Você acha que é assim que resolve? Botando dentro de casa, dando roupa nova, relógio, capacete do Ayrton Senna?

— Não quero resolver nada.

— Mas como é que você põe um pivete para viver debaixo do mesmo teto da Laura? Só porque ele não é preto você acha que não tem problema? Que *você* queira viver com um moleque, tudo bem, é problema seu. Mas a Laura não merece isso. Você não vê televisão, não lê jornal, não percebe o que está acontecendo no Rio? Você vai arruinar a vida de vocês. O que vocês construíram juntos.

— Bom saber que você é o anjo da guarda da relação.

— Não seja ingrato. Fui contra só no começo... — Hélio olhava para longe, para o cachorro, como se esperasse um movimento. — Professor universitário... Professor de filosofia... Como é que eu podia entregar minha filha a alguém que passava a maior parte do tempo em greve? Escrevendo artigos sobre filósofos franceses? Um filósofo francês com nome de vinho, porra.

— Não tem que entregar nada a ninguém. Laura é mais madura que você. Foi um erro imaginar que ela casaria com um discípulo seu, um advogado puta-velha aos trinta. Ela não tem nada a ver contigo, Hélio.

Eduardo não se incomodou com a resistência inicial à relação. Percebeu desde cedo que a opinião dos pais pouco importava para Laura. O desconforto surgiu quando Hélio mudou de opinião e começou a pressioná-los para que casassem, indignado com a "situação ambígua" em que viviam. Para Hélio, era um equívoco que Laura escolhesse Eduardo; que Eduardo não a assumisse plenamente era uma afronta.

Ao tornar-se objeto de uma expectativa, Eduardo passou a tolerar menos as frases absurdas, a maneira brusca como Hélio repreendia Clarice e as filhas, cruzando os braços nervosamente e interpelando-as com perguntas que não tinham relação com o que falavam. Era difícil ignorar a voz impostada, o prazer da mentira sempre, mesmo quando dizia a verdade mais cristalina.

Deixou o restaurante na noite em que, sentados um de frente para o outro, Hélio não parava de olhar-se no espelho atrás de Eduardo, ajeitando o cabelo e observando o perfil, enquanto pontificava sobre tudo, a corrupção nas estatais, a idade dos traficantes, o cheiro da Lagoa Rodrigo de Freitas.

Eduardo surpreendeu-se quando Hélio começou a falar-lhe das amantes e a tomá-lo como confidente, apesar de seus sinais de desencorajamento. Hélio chamava-o ao jardim depois do jantar para fumarem, e interpretava seu enfado como assentimento. Havia um deboche adolescente no regozijo das proezas — o dia em que cometeu adultério duplo, o misto de prazer e culpa por ter traído a própria amante, a historieta sobre a funcionária jovem e disciplinada, a historieta sobre a amiga da amiga, o incidente com o piercing. Eduardo expelia a fumaça do charuto com um longo suspiro, mergulhava o rosto na nuvem, erguia os olhos, olhava o pinheiro, o cachorro em sua prontidão permanente. Sentia-se exausto do frisson dos pequenos riscos, da miudeza das façanhas juvenis e tão tardias. Seria melhor se tudo aquilo fosse um exercício de imaginação, o invento podia ser menos patético que a confidência. Aos poucos, foi percebendo um traço de humanidade no que Hélio contava, uma autoironia e uma franqueza que contrastavam com o juízo inflexível de sempre. Não havia mais empáfia; era uma criança que falava.

Voltava para a sala e percebia o constrangimento de Clarice, a suspeita no rosto. Ela devia saber que a súbita condescendência de seu marido com Eduardo vinha da cumplicidade e do prazer que ele tinha de deixar registrados os êxitos. Clarice era tão tímida que assimilava o embaraço alheio, constrangia-se pelos outros, embora não fosse exatamente constrangimento o que Eduardo sentia naquelas ocasiões. Olhava para ela e perguntava-se o que uniu um ao outro. Talvez a agressividade moldasse o medo, a passividade estimulasse a truculência, e os dois se complementassem de forma perfeita. Completavam-se até no aspecto físico, pois Clarice, cada vez mais curvada e encolhida, com o cabelo ralo, dava a impressão de que poderia desfazer-se a um leve toque.

Olhava aquela fisionomia triste e imaginava a cena que Hélio contou. Via o espanto no rosto de Clarice diante do tapa que ele levou de outra mulher, na frente de todos, no primeiro vernissage de Laura. Talvez ela já tivesse desconfiado de algo enquanto circulava entre os convidados, a troca de olhares, a pulseira idêntica em outro braço, o colar familiar em outro pescoço. Devia estar com aquele mesmo rosto acuado no momento da bofetada. Devia achar que a violência e a raiva nasciam de sua mera existência, de sua precedência como esposa, não imaginava que a dor vinha da descoberta de outra amante, do fato de que aquela mulher acabava de conhecer a verdadeira Clarice, que não tinha nada a ver com a moça mais jovem que um dia ela avistou de mãos dadas com Hélio e que ele jurou ser sua esposa. No seu desconcerto, Clarice não suspeitava que a indignação daquela senhora era a de uma mulher relegada ao mesmo papel de engano que havia sido o seu, papel que Clarice desempenhou com recato ao longo de todos aqueles anos. Ela reconhecia o gesto — nada era mais autoexplicativo que um tapa — e talvez se indignasse por sentir-se usurpada não do marido, mas de uma prerrogativa. Roubavam-lhe o que restava, o lugar da dor e da cobrança, ocupado por outra mulher que exercia o direito de esposa traída, enquanto ela, uma vez mais, assumia a feição da amante conformada.

Clarice soube das amantes logo. Hélio era confiante demais para ocultar vestígios e suspeitar da mágoa. Uma vez ela encontrou um bilhete no bolso da calça de um terno. A letra era dele, o papel tinha a sigla do escritório. As palavras, as expressões também soaram familiares. Ali estavam histórias que ele já tinha contado, tudo com a mesma intensidade, como se conquistar fosse urgente. Doía o apelo das mesmas metáforas, que soavam agora ordinárias. Era a violação do que tinham de mais íntimo, nada era sagrado ou próprio. Ao redobrar o papel e recolocá-lo no mesmo bolso, Clarice soube que nunca conseguiria confrontar aquela situação.

Ela não chegou a estranhar o fim precoce do sexo. Não podia lembrar uma data, talvez tivesse sido o prolongamento natural da gravidez e dos primeiros meses de Sílvia, a caçula. Com o nascimento das duas, os meios tornavam-se supérfluos. O que Clarice estranhou foi o fim do beijo, a falta do pequeno ato de despedida ou reencontro, ao mesmo tempo protocolar e afetivo. Como podia uma relação sobreviver sem o gesto, por mais tímido e automático que fosse, como podia uma mulher passar anos a fio sem encostar os lábios nos lábios do marido? Descobriu que o casamento era incorruptível, sobrevivia a tudo. Sentiu-se violada na noite em que, por erro ou por uma afeição repentina, Hélio aproximou-se e beijou-a ao chegar do trabalho. Era como se alguém tivesse feito algo fora da lei, o estranho que entra na casa da senhora reclusa por muitos anos.

Embora sempre sofresse a tentação de compartilhar, Clarice nunca contou às amigas a descoberta do próprio corpo. Tinha receio de que a acusassem de excesso de malícia — por consolar-se de modo solitário e egoísta — ou de ingenuidade — por ter descoberto somente depois dos quarenta e cinco anos que podia tirar prazer de si mesma. Sentia, ao mesmo tempo, o atrevimento de ocupar um lugar que associava a outros — aos jovens, aos sátiros, aos antigos imperadores — e a desilusão de ter custado tanto a se conhecer. Era tola a maneira como descobriu aquilo. Seguiu instruções, que ali estavam, no canto de página da revista, como uma prescrição médica. Era agridoce o começo — a mistura do gozo e da culpa, da realização e da carência. Mas o sentimento que predominava era o orgulho, por haver criado um espaço próprio, como resposta à solidão que Hélio lhe impunha. Prezava a eficiência, a regularidade semanal, que a acompanhava fazia quase duas décadas. Deu-se conta do valor de sua intimidade quando, em viagem a São Paulo com Hélio, para o enterro do cunhado, foi tomada de uma satisfação súbita ao entrar no quarto de hotel e perceber, no banheiro, o bidê exatamente igual ao de casa, como o viajante que encontra, do outro lado do mundo, um quadro ou um objeto familiar. Sabia que havia recalque e sublimação naquilo tudo, um pouco de independência e um pouco de prisão, mas a seu modo não deixava de ser uma prova de que ainda não tinha morrido.

Romário sentou-se à direita de Laura, de frente para Eduardo. Parecia mais alto, o corpo esticado e rígido sobre a cadeira forrada de couro. Hélio e Clarice ocupavam as cabeceiras. No lugar de Sílvia, à esquerda do pai, estavam o prato, os talheres, as taças, tudo posto para a eventualidade de sua chegada. Era uma mesa comprida, para oito ou dez pessoas, com a superfície de vidro apoiada nos quatro vértices, como se flutuasse sobre a base vazada de metal. Romário não apoiava os braços sobre o vidro. Parecia observar as pernas e os pés dos outros pelas fendas que se abriam entre as peças do jogo americano. Não alcançava o chão com as pontas do tênis.

Dona Guida servia à francesa. Usava um avental branco sobre o uniforme rosa e arrastava o andar, para irritação de Hélio. Romário foi servido depois de Clarice e Laura. Guida ajudou-o com os talheres, fez-lhe um prato para compensar os anos de rua. Quando Clarice perguntou a Romário se preferia coca ou guaraná, Guida lembrou, sem deixar margem a opções, que tinha preparado suco de laranja com cenoura.

Romário tinha começado a se acostumar a jantar sentado, com sua maneira tosca de lidar com talheres e pratos. Comiam muitas vezes na mesa da copa do apartamento ou nos dois ou três restaurantes de sempre. Eduardo temia que Romário causasse má impressão ou ficasse acanhado, como se o comportamento do menino pudesse validar as teses do sogro. Irritava-se com essa preocupação.

Hélio havia sido gentil, caloroso até, quando se apresentou ao menino, ao voltar do jardim com Eduardo. Não demonstrou surpresa com o corpo esquálido e feio, a cabeça raspada, o jeito e a expressão rudes. Apertou a mão de Romário com o vigor de um militar, o sorriso de um sábio. Devia examiná-lo em cada elemento de debilidade e aspereza, enquanto dizia, sem ironia alguma, que Romário iria aprender na casa e na vida nova, ao lado daqueles dois corações enormes, os caminhos do amor e do trabalho. Romário pareceu simpatizar com Hélio, não se intimidou com o porte atlético, a voz ressonante, que atravessava a sala por cima de sua cabeça. Parecia mais tímido ante a timidez de Clarice.

— Nem sabem o que estão fazendo. São massa de manobra dos ressentidos, dos que perderam a eleição. Pensam que comício é desfile de moda. Vão fantasiados para encontrar os coleguinhas e dançar como se estivessem num forrobodó — disse Hélio, enquanto provava o vinho. Guida, de pé ao seu lado, segurava a garrafa, com o tédio no rosto.

— São mais politizados que a minha geração — disse Laura.

— Qual o problema de se fantasiar e festejar? Militância não tem que ser sisuda. Pode cantar e dançar para derrubar um presidente corrupto.

— Todo governo é corrupto, Laura. Querem derrubar esse aí porque começou a desmontar as máfias dentro do Estado, a acabar com os privilégios nas estatais. São os perdedores que sabotam. A esquerda não consegue se eleger e quer ganhar na força.

— Você sempre soube que era uma farsa. A melhor desculpa para votar na direita com a consciência tranquila. Ele não quer desmontar máfia nenhuma. Quer montar a sua. Faz isso e ainda bate de frente com o Congresso. Além de venal, é incompetente.

Eduardo admirava a paciência de Laura. No começo, oito anos antes, ela quase nunca respondia. Só ousava contestar o pai em questões que envolviam sua liberdade pessoal. Com o tempo, passou a expor-lhe as contradições, os preconceitos. O comportamento de Laura sempre obedecia a um processo lento de reconstrução, como se fosse possível curar aos poucos uma personalidade ferida por erros de percurso.

Intrigou-se, no início, com a distância entre pai e filha. Algo pairava, e Eduardo experimentava uma mistura de curiosidade e ciúme. Sem que ele a encorajasse, Laura lhe contava crueldades miúdas do pai, pequenas torturas de infância. Havia a história do empréstimo, a história do balanço, e uma maneira tensa de narrá-las, como se tivesse o medo e o desejo de que Eduardo descobrisse o sentido por trás daquilo.

A história do balanço, como a história do peixe, tinha ainda uma lógica de punição, apesar da desproporção entre a falta e o castigo. Laura, muito pequena, ficou sozinha pela primeira vez em uma festa de aniversário, na casa de uma amiga do jardim de infância. Na hora de buscá-la, os pais e Sílvia encontraram Laura balançando-se no jardim da frente, sobre a corda que pendia da árvore, e a chamaram do carro, era hora de partir. Pela alegria de ter ficado só, Laura não quis largar o balanço e continuou seu movimento, enquanto sorria e olhava os pais e a irmã. Era curiosa a sensação de imobilizar o carro e os rostos, enquanto ela se deslocava no ar. Ainda estava sorrindo, quando o carro arrancou de repente e não parou, até desaparecer na esquina. Laura não conseguiu reagir no momento, não compreendeu de início o que via. Aterrorizou-se ao descobrir que tinha sido abandonada, nunca mais veria os pais e Sílvia. Não sabia se corria pela rua ou se tocava a campainha da casa da amiga. Hélio custou a reaparecer, depois de uma volta lenta pelo quarteirão. Ela entrou no carro em silêncio, continuou calada no seu canto. Só mais tarde perceberiam que ela chorava encostada à janela, com febre.

Eduardo indignou-se com a história do empréstimo, em que já não havia pretexto para punir. Laura não tinha mais de seis ou sete anos. Era aniversário da mãe, e ela pediu dinheiro ao pai para comprar o presente. Ele concordou, mas exigiu ficar com a boneca bebê de que ela mais gostava. Disse que a devolveria quando ela lhe pagasse. Laura comprou o presente e, passada a alegria de entregá-lo, percebeu que não teria como conseguir o dinheiro. Não queria pedir à mãe, a quem presenteara, e não tinha outros meios. Sentia muita falta da boneca, companheira de dormir. Começou a catar moedas perdidas, na escola, nos cinzeiros de casa, na calçada, sempre com a ajuda de Guida, a empregada, e de Sílvia. As duas pediam que ela contasse à mãe, mas Laura se negava a revelar a origem do presente. Guida começou a perder moedas pela casa, pouco a pouco para que não desconfiassem, e depois de alguns meses Laura conseguiu chegar à soma certa. Quando foi entregar o dinheiro ao pai, ele disse que não aceitaria. Já havia passado muito tempo e o valor não era mais o mesmo. A inflação corroía tudo. De qualquer maneira, não podia aceitar um dinheiro cuja origem era desconhecida. Laura não trabalhava, não tinha onde conseguir dinheiro honesto e seu. Mas não precisava se preocupar: ele guardaria a boneca pelo tempo que fosse necessário e, quando Laura ficasse grande, poderia trabalhar e pagar-lhe dignamente.

Laura contava aquelas histórias com olhos afundados em uma imagem remota, sem relação com o sorriso repentino. Ele não sabia se era um desabafo ou um pedido de ajuda. Devia ser o sinal de algo mais profundo, do trauma que não tinha coragem de revelar. Talvez fosse o desejo de que Eduardo inferisse o que ela só conseguia sugerir. Ele sabia que o desconforto com o corpo e a distância do pai derivavam de uma mesma dor. Apesar do ciúme, não queria extrair o que ela não revelava por iniciativa própria.

— Churchill já dizia que quem é de direita aos vinte não tem coração, mas quem é de esquerda aos quarenta não tem cérebro.

Eram poucos os jantares em que Churchill não era lembrado.

— Também fui jovem e acreditei em boitatá, negrinho do pastoreio. Também fui de esquerda e subi nos banquinhos. De peito estufado, a cabeça cheia de vento, para dizer que ia mudar o mundo, fazer e acontecer — Hélio sorria com o prazer da mentira. — Mas logo chegou o momento em que eu vi a realidade. Na minha cara, tão miserável como um vira-lata. Não dá para construir um país sobre uma quimera.

À medida que o jantar avançava, Hélio encantava-se mais com o próprio discurso, tudo parecia melhorar, o sabor do vinho, a ressonância das frases, a luminosidade das ideias.

— Essa é a visão simplória da realidade. O matuto olha o presidente, não vai com a cara dele. Diz que ele tem raiva, é um doente, não daria um prato de comida a um caboclo morrendo de fome a seus pés. Olha o outro candidato. De origem humilde, tem os olhinhos brilhando de bondade. Acha então que encontrou o salvador. Vota no bonzinho. Como se um país pudesse ser governado por boas intenções... *Propositum capiunt Tartara, facta Polus.*

Eduardo olhava para Romário, a cabeça nua, a concentração do neófito, tentando absorver algo — a conversa entre Hélio e Laura, o gosto da comida, a forma dos talheres e da louça. Eram fortes as cores à sua frente, o amarelo das margaridas, o laranja das cenouras e do suco no copo duplo, o bordô do vinho, o rosa do uniforme, o coral das paredes semicobertas de quadros decorativos. Romário não parecia gostar de fazer parte do ambiente. Eduardo sabia que logo o garoto seria o centro das atenções.

— Laura falou que você tem vocação para o teatro — disse Hélio, voltando-se para ele.

Romário apoiou o copo pesado sobre a mesa, com as duas mãos.

— Num é pra pobre. Num sei ler.

— Você aprende rápido, Romário — disse Laura, em tom seco. — O pessoal do Tablado deixou ele continuar. Ele prefere dar um tempo. A professora diz que ele tem jeito.

— É a escola da vida. Na rua é preciso fingir para sobreviver, não é verdade? — perguntou Hélio.

— É. A gente finge que vive.

— Essa mesa é uma bênção, Romário. É o resultado do trabalho. Muito, muito esforço. Seguindo o caminho certo, um dia você enche uma mesa como essa, com sua própria família.

Hélio abriu os braços, com a calma de um sacerdote.

— Tem que aproveitar que tirou a sorte grande. Em vez de cair na marginalidade, você vive agora numa casa com duas pessoas que te querem bem. Isso é uma dádiva, Romário. O que você fazia na rua? Catava papelão, limpava para-brisa?

— Vendia coisa. Num dá nada. Ganho mais pedindo.
— É melhor trabalhar do que pedir, Romário. Pedir amolece o espírito e enfraquece o corpo. O sujeito se torna resmungão, preguiçoso.

Romário comia devagar. Talvez precisasse de concentração para mastigar com a boca fechada, parar de comer na hora de falar, parar de falar na hora de comer.

— Ainda bem que você não é da turma do para-brisa. Já vi um garoto cuspindo no vidro para passar o pano imundo. Cuspindo... Não tenho nada contra os garotos que ficam circulando entre os carros. É um direito do cidadão ir e vir no espaço público. Mas quando vêm fazer chantagem com o pano fétido e a garrafinha é demais.

— Chantagem...?

— É quando eles pegam a garrafinha assim — Hélio fez o movimento com a garrafa de vinho vazia —, dão uma espirrada no vidro e já vão passando o pano sem a pessoa ter tempo de dizer não. Quando a gente se dá conta, o vidro está um nojo. E o pivete ainda quer um trocado.

Romário voltou-se para Eduardo, à sua frente, como se perguntasse se podia rir, se era o momento adequado. Hélio, do alto de seus sessenta e cinco anos, com os braços rápidos e os dentes cravados no cavanhaque branco, representava de modo impecável os trejeitos de um menino de rua.

— Mas eu te admiro, Romário. Teus pais te largaram, não deram casa nem escola, e você sobreviveu. Importante é não desviar do caminho certo, dessa linha fina que nos salva do erro. É preciso saber o que é certo e o que é errado. Você acredita em Deus, não acredita?

Romário franziu as sobrancelhas altas, a testa ligeiramente recurvada.

— Você sabe que Deus existe, não?

— Já me falaram. Ele fez em cima, embaixo, pra tudo que é lado.

— Ele olha para cada um de nós. Ajuda quando deve.

— Também me falaram... Podia ficar mais esperto. Tem coisa na rua que num pode.

— Ele não te ajudou? Você esperava que fossem te chamar para viver decentemente, longe da rua, num apartamento com uma família?

Romário largou os talheres sobre o prato. Hesitou um pouco.

— Num consigo esquecer o Robertinho da Suelen. Suelen era irmã dele, tava sempre junto, abraçava no ombro. Ele tinha uma perna curta, da doença. Ela teimou que ele ia andar. Treinou ele, todo dia, encheu o saco, até que ele andou sozinho. Se estabacava toda hora. Depois ia no posto sem tropeçar. Era torto mermo, por causa da perna fodida. Uma vez a Suelen tava brincando com ele no canteiro, com a bolinha careca. Ela empurrou o Robertinho pro lado. Coisa de nada. Ele tropeçou na pedra e caiu na rua. Vinha a Kombi e jogou o Robertinho depois do sinal. Assim, de repente. Ela num deixava levar o corpo. Ficava falando que a culpa é dela. Ele nasceu pra ficar parado. A doença é pra proteger, e ela tirou a doença dele. Também num acreditei. Um segundo bobo. Pensei nessa história de Deus, onde ele tava. Num tava esperto.

— Ela continua no sinal com vocês? — Laura perguntou.

— Tá no puteiro. Eu tava meio apaixonado. Suelen é um tesãozinho.

A intermitência preguiçosa do vaga-lume

Foram tomar o café na sala de estar, separada da sala de jantar por duas portas largas, de correr. Eduardo e Romário saíram para ver o jardim, o cachorro de guarda.

— Primeira vez que eu dou mole com dobermann — Romário bateu com as costas dos dedos no focinho, testando a resistência da fibra de vidro.

Sentaram-se nas cadeiras pesadas que ficavam de frente para o pinheiro, lugar das confissões de Hélio. O ar fresco do Alto da Boa Vista era mais agradável sob o silêncio. Olhavam o céu sem nuvens, embaçado pela luminosidade dos bairros.

O portão externo da garagem abriu-se lentamente, acionado por controle remoto. Um carro entrou em direção à área coberta por um toldo, onde havia dois automóveis maiores.

Fazia anos que Sílvia tinha vendido o Fusca verde com os adesivos, cansada dos dizeres e das curvas do carro. Fazia muito que não pintava os cabelos de cores exóticas, hábito agora de fúteis e conformistas, que "seguem a moda com a fé de carolas". Eduardo chegou a pensar que fosse outra pessoa no dia em que a viu pela primeira vez com os cabelos castanhos, sem pintura ou chapéu.

Sílvia pendurou a mochila nas costas, antes de trancar o carro. Usava uma blusa branca, amarrada na altura da barriga, um lenço no pescoço, enlaçado à esquerda, uma calça bege, larga, suja de terra atrás. Tinha uma deselegância adolescente. Não chegava a ser bonita como a irmã, embora tivesse a graça da ironia e da vivacidade. Eduardo sempre se divertia com seu jeito sonso de falar, o bom humor com que expressava seu mau humor. Um implicava com o outro, era natural o deboche.

Ele sentiu o perfume enjoativo, quando ela se aproximou para abraçá-lo.

— Mais um jantar na casa dos Vasconcelos... Daqui a pouco você aparece num porta-retratos.

Sílvia tinha o lábio inferior ligeiramente recuado, que sempre tremia quando ela falava, um tremor que não era nervosismo, apenas uma característica. No começo, Eduardo chegou a pensar que a boca inquieta escondia algo, uma tensão, um vício.

— Laura quis trazer o Romário para seus pais conhecerem — disse Eduardo, apresentando o menino.

Ela se abaixou para beijá-lo.

— Imaginei que você fosse o novo rebento da Gávea. Laura falou que te laçaram perto da Lagoa — Sílvia fez um carinho na cabeça recém-raspada do garoto, seguindo com os dedos as ondulações do crânio nu.

Romário não conseguiu dizer nada. Ela não parecia esperar resposta.

— E então, o que tivemos hoje, Carlos Lacerda ou papa Paulo VI? — disse ela, voltando-se para Eduardo.

— Churchill.

— Sangue, suor e lágrimas?

— Imaturo aos vinte, néscio aos quarenta.

— A minha preferida.

Sílvia puxou uma cadeira para sentar-se ao lado de Romário. Esticou as pernas e apoiou-as sobre a mochila, que tinha jogado no chão. Acendeu um cigarro. Fumava sempre, até a ponta, quando a baga mal se equilibrava entre os dedos. Eduardo gostava de olhá-la com os cigarros amassados na boca, que ela havia usado antes para marcar as páginas dos vários livros que lia ao mesmo tempo.

— O que você achou do vovô Hélio, Romário? — Ela perguntou. — Um porre, não é?

Romário não tirava os olhos de Sílvia — a graça displicente com que os pés repousavam sobre a mochila, o sutiã branco de lunares coloridos que aparecia sob a ligeira transparência da blusa.

— Teu pai é engraçado.

— É a primeira vez que alguém diz isso. Pelo jeito não entendeu nada do que ele disse.

— Num entendo nada que cês falam. Tu já foi na aula do Eduardo?

— Isso não conta, Romário. Pelo amor de Deus. Nem ele entende — Sílvia ria, sem olhar para Eduardo. — Deve torrar o saco daqueles adolescentes todos. A indivisibilidade do ser, imanência e transcendência, e a garotada doida para ver videoclipe. Eu roncaria em dois tempos.

Ela tomou o braço do menino, enquanto expelia a fumaça por cima de sua cabeça.

— Para você ter uma ideia do tamanho do ego do dr. Hélio, sabe o que ele bolou há três anos e faz agora todo 25 de fevereiro? Uma festa de aniversário para o pai dele, meu avô, que morreu há muito tempo, antes de você nascer. Sabe para quê? Para que a gente se acostume a lembrar dos mortos e passe a comemorar o aniversário dele também, quando ele morrer. Pode um negócio desses? Ele tomou um susto quando minha mãe teve uma pneumonia há dois meses e quase dançou. Sabe por quê? Não foi por ela. Foi medo de não ter alguém para chorar na hora da morte dele. Dr. Hélio é um forte, não é? Desses que sempre sonham que vão morrer em pé, com a cabeça erguida, uma tocha na mão... Eduardo não soube que Clarice esteve mal, Laura não lhe contou. Todos sentiam carinho por Clarice, se a alternativa era o desapreço. Recordava-se do comentário de Hélio de que sua mulher era dessas "pessoas boas" cuja morte, quando anunciada, comoveria a muitos, mas cujo desaparecimento, sem anúncio, passaria despercebido.

Sílvia apontou para um quintal de cimento no final do terreno, onde ficava uma gaiola alta, de pé, na forma de um pequeno castelo.

— Tá vendo ali? É lá que tá o afeto do meu pai. Naquela gaiola, na beleza fácil dos passarinhos. Ali ele fala manso, ouve o canto doce, fica emocionado, põe comidinha, troca a água. Ali tudo é bonito. Ele chora quando morre um dos brinquedinhos. Enterra debaixo da sombrinha do pinheiro.

Sílvia levantou o queixo na direção de Eduardo. O sorriso mostrava a fresta larga entre os incisivos centrais, os dentes amarelos, que contrastavam com o viço dos olhos, a ironia juvenil.

— Como anda a autobiografia? — Eduardo perguntou.

Nunca havia encontrado alguém que tivesse cedido à tentação de escrever uma autobiografia, muito menos quem a começou aos dezesseis anos. Há mais de dez ela escrevia sobre sua vida, a cada ano um capítulo, uma história. Dizia gostar das mudanças de estilo, do contraste entre a rebeldia caudalosa do começo e a indignação concisa da maturidade. Também fotografava o rosto, as mãos e os pés todos os anos, no último dia, sempre na mesma posição, com o mesmo fundo neutro. Quando se entediava num ambiente, interrompia a conversa e começava a narrar trechos já escritos, em terceira pessoa — Sílvia isso, Sílvia aquilo. Eduardo ria das histórias — o motim e o teatro do motim na escola, as brigas com os pais e os casos com os professores, a troca do balé pela capoeira, do budismo pelo santo-daime — e se perguntava se tudo não passava de um jogo, de uma autobiografia imaginária, não pela invenção das situações, mas da ideia mesma de que escrevia uma autobiografia, mero artifício para livrar-se de conversas inconvenientes.

— Acabei o capítulo dos vinte e dois aninhos. Sobre a prostituição de um grêmio estudantil. "O poder é uma tênia, come-te por dentro sem que a vejas." É o título. Tem um toque de sabedoria milenar, meio oráculo, meio esfinge. Preciso de um canto para escrever. Meu pai anda histérico, a velha, muito carente.

— Conheço um rapaz com uma pousada em Arraial do Cabo. Ele quer ser professor de filosofia. Pode te ilustrar sobre a indivisibilidade do ser.

— Se eu quisesse aprender essas coisas, ia para o Largo de São Francisco e ficava suspirando na primeira fila, junto com teu fã-clube de aluninhas.

— Eu falo com ele. Você pode escrever num quarto de frente para o mar. Nem deve ter telefone.

— Praia é deprê demais. Sol na cabeça, aqueles zumbis em banho-maria, queimando os últimos neurônios. Não se escreve uma linha decente. Ainda por cima, como é que eu pago? Vou ter que recorrer às minhas virtudes. Ele tem corpo de surfista ou de filósofo?

A caçula rebelde, já próxima dos trinta, nunca saiu de casa por mais de três meses. Foi no período da gravidez que a convivência com os pais se tornou mais difícil. Morou sozinha na serra, ela e o desejo de um filho seu, de mais ninguém, até a queda, no sexto mês. Só à Laura conseguiu falar da criança morta dentro do corpo, da sensação de ter sido berço e túmulo. Contou o trauma de perder aquele que já amava, e o alívio por não ter certeza do que queria realmente.

— Fala um pouco, Romário. Quase não abre a boca. Por que raspou o cabelo? Parece um pinto.

Romário corou até as orelhas, sob o olhar travesso de Sílvia. Disse que não sabia por que tinha decidido aquilo. Eduardo explicou o que havia acontecido no Tablado.

— Se você é bom de teatro, por que fica tímido? Você ainda é virgem?

— Por favor, Sílvia. Precisa começar com esse papo?

— Qual o problema, Eduardo? Você tem que ajudar. Romário não vem de um colégio de freiras. Vem do mundo cão. É uma vergonha ter que mentir quando perguntam se você já comeu alguém. Olha como ele tá vermelho.

Ela apontava para Romário, que jurava, sem convencê-la, que já tinha transado várias vezes, com duas meninas no túnel.

— Ninguém tem culpa das suas obsessões, Sílvia. Se perdeu a virgindade no momento errado, não é grave. Não precisa envolver os outros.

— Tem momento certo?

Sílvia gostava de tabus — o parricídio, o incesto, a circuncisão, a virgindade. Desencavava exemplos históricos, fazia perguntas íntimas. Sobre a virgindade sempre enumerava antigas exigências impostas às nubentes — o assassinato de guerreiros inimigos, a cauterização do seio. Na presença de Hélio, provocava-o ao falar de filicídios, Abraão e Isaac, Agamênon e Ifigênia, sacrifícios entre fenícios e sírios, a oferta aos deuses para salvar a própria pele. Ressuscitava o curso de história na PUC, com uma eloquência mais retumbante do que sólida, herança do pai. Eduardo cansava-se do desejo infantil de constranger.

— Por onde você andou? Sua calça está suja de terra.

— Uma festa brega. Sentei no jardim, a única parte decente na casa. — Sílvia apoiou o queixo no ombro, contorceu o corpo para olhar a mancha atrás. — O resto era dinheiro e mau gosto.

Um jornalista com uma barriga de chope me disse que fazia setecentos e cinquenta abdominais por dia. Corria treze quilômetros em uma hora, já tinha feito um triatlo na Califórnia. Tudo isso com uma cara séria. Não parava de falar, nem respirava direito. Olha que eu falo. Mas eu sei o que ele queria. *No way.* É tudo tão previsível.

— Você anda muito exigente.

— De caridade já basta o que você e Laura fazem.

Laura e Hélio apareceram na varanda, caminhando lentamente, como se ainda pensassem no que estiveram conversando. Laura deu um beijo na irmã, disse que era tarde, já estavam de partida.

Hélio chamou Romário para ver os passarinhos. Mostrou-lhe um por um, todos dormindo, o sono altivo, como o cachorro de guarda.

— Tesãozinho é palavrão, Romário. Palavra com inho, inha também pode ser palavrão. Cuzinho, bocetinha...

Sorriu com o canto da boca, como se dissesse que aquilo era conversa para homens, não para um jantar com senhoras. Fez o garoto montar no dobermann.

Ao despedir-se, Sílvia disse que buscaria Romário na manhã seguinte, para irem à praia.

— Tu num falou que praia é um porre? Também acho um saco — ele disse.

— Além de virgem, você não sabe nadar? — ela perguntou, rindo.

Combinaram ir ao zoológico, para ver bichos de verdade.

Eduardo pediu a Laura que levasse o carro. Alegou ter bebido demais, de estômago vazio, Guida não tinha acertado a mão. Sabia que ela sabia que era uma desculpa. Observava-a mais uma vez, a dois palmos, as mãos coladas ao volante, as pernas que se alternavam no movimento dos pedais. O rosto ganhava as cores dos faróis, sem emoções nem cacoetes. Os cabelos presos atrás, no tufo denso e alinhado desde o alto da nuca, moviam-se ligeiramente. O amor podia não ser mais do que aquilo, o desejo de olhar. Laura sabia que, toda vez que ele pedia que ela dirigisse, chegariam em casa e transariam por um longo tempo.

Como o objeto que é lançado pela janela, para o alto, talvez toda relação descrevesse um arco, uma linha de ascensão e queda. Talvez fosse possível identificar um ponto — a palavra, o gesto — que prenuncia a inflexão e a descida sem volta. Devia haver um momento que inaugurava a dúvida. A partir dali tudo pareceria distinto, o futuro não seria o mesmo, e o passado tampouco, visto com o benefício do tempo. Depois do ponto crítico, haveria que percorrer o longo caminho de descida, sem o que nada estaria completo e encerrado.

Se houvesse sempre um arco, mais aberto ou mais fechado, se houvesse um ponto que culmina e precipita, Eduardo o encontraria naquela noite, enquanto os dois, exaustos, conversavam no escuro.

Laura foi para a cama com o penhoar sóbrio, o pudor na cabeça, que voltava toda vez que visitava a casa do Alto. Eduardo deitou-se a seu lado e abraçou-a, com as certezas de sempre. Não passou muito tempo e ela estava por cima dele, sentada, balançando-se de modo suave. Ele via o corpo branco e rosado caindo sobre o seu, irreal em sua languidez hipnótica. Era uma frieza sedutora, uma tranquilidade de morte. Reencontrava o sentimento da primeira tarde, do corpo recortado contra o céu, como se a transcendência fosse possível. A pele avermelhava-se em pequenos pontos, na curvatura dos ombros, nos braços erguidos sobre a cabeça, no interior das coxas fortes. Os olhos e a boca fechavam-se em seu prazer egoísta. Uma vez mais ele via Laura com a sedução da distância, concentrada em cada movimento circular, a mão que percorria a face e os seios, o ventre que contraía e distendia como um coração eficiente. Se ele tivesse o controle do que permanece, e a memória era o capricho, guardaria aquela imagem para o último momento, como algo que não podia apreender ou definir.

Laura havia contado de que maneira ela, desconfiada do próprio corpo, veio a descobrir o dele. Estavam no consultório de Gilberto, os três, por insistência dela, assustada com os gânglios altos de Eduardo. Vê-lo sem roupa e apalpado pelas mãos do médico e amigo despertou uma possessividade que nunca havia sentido. Gilberto auscultava as costas, pressionava o abdômen, apalpava os gânglios nas dobras do corpo, examinava os braços, as pernas, ouvia e sentia com o ar sério, de quem conhecia o corpo melhor do que ela, que o tinha todas as noites. Nunca prestou tanta atenção ao corpo dele, vasculhado por mãos profissionais, como se uma prostituta executasse o serviço pelo qual lhe pagaram. Ali estava ele, seminu, de pé e deitado, à disposição de outra pessoa, e a ela só cabia olhá-lo. Pela primeira vez descrevia para si as formas que o corpo assumia: o momento em que a acariciava de forma doce, como uma irmã, o momento em que a apertava com rispidez, sem dizer uma palavra, ou mesmo quando a agarrava de pé, contra a parede, deixando ver o reflexo das costas na parede oposta, como a imagem de um estranho.

Estirou-se a seu lado, com o rosto e o braço apoiados sobre o peito dele, a respiração forte pela boca, o ouvido buscando o coração do lado errado. Ele se recostou na cabeceira, pôs a mão sobre o ombro úmido de Laura.

— Se importa de dar a volta e sentar ali? — Eduardo apontava para a poltrona, perto da janela.

— Para quê?

— Você se importa?

Laura levantou-se devagar, deu a volta e sentou-se na poltrona. Ele acompanhou a maneira como ela se desprendeu da cama, os pés descalços sobre os tacos de madeira, o jeito tímido de sentar sobre o lado do corpo, com as pernas dobradas e paralelas ao chão, a bunda sobre os calcanhares, a forma de um cisne. Era a primeira vez que a observava nua sobre uma poltrona, a nudez como tema e como fim. Seria melhor uma cadeira simples, quatro pés, um espaldar, não uma poltrona de braços arredondados, que a protegia demais.

Olhou-o, desorientada, uma mistura de medo e arrependimento. Ficaram em silêncio por um tempo.

— Você acha possível alguém se apaixonar e viver uma vida inteira com o outro por causa de uma imagem?

— Não gosto do teu olhar, Eduardo.

— Faz lembrar outra coisa?

— Faz.

— Ele chegou a tocar em você?

Laura fechou os olhos.

— Ele chegou a tocar em você ou só tocava nele mesmo?

— Faz muito tempo.

— Você não sabe ou quer esquecer?

— As duas coisas.

As mãos cobriam o rosto. Falava por entre os dedos.

— Só lembro dos olhos. Como um bicho, atrás da porta. Era outra pessoa. Não podia ser ele.

— Por que você nunca falou nada?

— Você nunca quis saber. Você sabe que eu tentei.

O corpo estava mais encolhido, os braços envolviam as pernas. Não conseguia olhar para Eduardo, havia um desejo imenso de chorar, um desejo maior de não ceder. Há pouco, ele observou o corpo seguro, concentrado no trânsito. Agora, via-o paralisado, sem saber o que fazer. Ela se levantou com dificuldade, apagou o abajur da mesa de cabeceira ao lado dele, fez o caminho de volta e deitou-se no lugar de sempre, oposto à poltrona e à janela. Eduardo pôde apenas pressentir o corpo que caminhava no escuro. Ele não sabia por que tinha feito aquilo. Já não era como no começo, em que a atração do corpo não deixava espaço para outros desejos. Admirava-a cada vez mais, a serenidade, o autocontrole, sobretudo a inteligência, única virtude mais sedutora que o corpo. Talvez tenha feito aquilo por amá-la mais do que no começo, com o ressentimento que envolve e endurece o amor aos poucos, como a crosta seca de uma árvore.

— Por que você quis me olhar dessa maneira? — Mal se ouvia a voz de Laura.

Ele a feria por ter tido a ilusão da sobriedade. Achou que era indiferente ao fato de que ela escondia o trauma de ter sido desejada pela única pessoa no mundo que não poderia possuí-la. Achou que era imune à indignação de vê-la poupar o pai de confrontar o passado.

— Você não sabe o que é ter nojo de si mesma. Ter um corpo que não deixa esquecer. Não sabia se acontecia com todo mundo. Tinha medo de falar. Ia destruir tudo. Como é que se mostra o corpo depois disso?

— E eu me apaixonei por causa do teu corpo.

— Você disse isso uma vez. Achou que era um elogio... Era o que eu não precisava ouvir. Queria que você se apaixonasse pelo que eu dizia, a maneira como eu pintava.

Soaria banal na boca de outra mulher, mas ouvi-lo de Laura comovia Eduardo. Ela sabia da autossuficiência da beleza, não era outra a razão de sua pintura. Ante um desfile de moda ou de escola de samba, um nu de Ingres ou Modigliani, ironizava o discurso feminino da condição de objeto. O que sentia era algo particular — o medo da violência do desejo, da fronteira entre desejo e doença. Era o pavor do olhar degenerado e miserável.

Para Eduardo, o olhar era a manifestação menos incerta do amor e do desejo, e o amor talvez não precisasse mais do que aquilo — o prazer de ver o outro, na varanda escura da Lagoa, na contorção do despertar, entre as peças de um quebra-cabeça, sobre a poeira fina da pista, o corpo nu sobre a cadeira simples. Para Laura, o olhar podia ser o corte, e o amor talvez dependesse de seguir às cegas, para não surpreender o momento em que o outro já não é o mesmo. Era irônico que ele encontrasse o desejo onde ela via a abjeção. Lembrava-se da maneira enigmática como Laura reagiu quando ele disse, naquela cama, sem medo de soar banal, que, por mais belos que fossem seus quadros, nenhum traço ou cor poderia equivaler à imagem que tinha à sua frente. Havia uma pitada de tristeza na boca de Laura no momento em que sorriu e respondeu que o tempo estava a seu favor, bastariam alguns anos para que ele passasse a reconhecer a beleza daquelas telas, que envelheceriam muitíssimo bem, cada vez mais sensuais.

Era o charme discreto e melancólico de Laura que tornava seu corpo mais desejável. Ela não podia entender — e ele não ajudava — o afeto que estava naquele desejo. Não podia entender que o fascínio do corpo resistia aos anos porque a beleza passara a encarnar um sentido.

— É uma ironia que você tenha que fugir do seu corpo.
— Você fala como se justificasse o passado.
— Nada justifica o teu pai. É isso que me revolta no silêncio. Não é com você nem comigo que você tem que acertar contas.
— Não tem acerto de contas, Eduardo. Não vou acusar ninguém. E não quero que você me acuse por isso.

Era preciso percorrer o longo caminho de descida, sem o que nada estaria completo e encerrado. Ele sentia o impulso de ir adiante. Precisava ouvir e sofrer a dor de cada detalhe. Atentava contra os anos da relação, o gosto de estar a seu lado. Na res-

saca do sexo, na embriaguez do sono, o bom senso era um luxo, e a relação entre os dois só faria sentido se ele descesse ao fundo.
— Quantos anos você tinha?
— Por favor, Eduardo...

A memória era evasiva, cheia de caprichos, as imagens visitavam-no como um hóspede melindroso. Ela falava a seu lado, e ele a revia por trás, as linhas, as cores, as sombras, o tom e a medida certa, a aproximação, os dois corpos abraçados sem brechas, como se não houvesse área intocada do corpo. Recordava a pele por baixo dos cabelos, as costas atléticas junto a seu peito, as quatro coxas juntas, perfeitamente coladas, um braço sobre o ombro alcançando os seios, os mamilos cada vez mais duros contra a pele do antebraço, o outro envolvendo a cintura e o púbis, como se a protegesse de uma onda que cresce à frente. Readquiria a certeza de que o contato do corpo era o vínculo mais forte entre duas pessoas. No momento íntimo, um vaga-lume continuava seu voo circular, sua intermitência preguiçosa. Sempre pensou que os vaga-lumes fossem insetos crepusculares, que não sobreviviam à madrugada nem tinham força para chegar ao oitavo andar. O fato é que lá esteve, visível, invisível, mesmo depois que ele tirou os óculos. Tinha ido para a cama dormir, mas o pequeno inseto de luz animou-o pelo inusitado, e ele se perguntou, naquele momento em que os corpos pareciam um só, se Laura também o viu.

* * *

— Agora dá pra entender aquela porra no canto.
Romário apontou para as duas telas grandes da sala, concentrou a atenção na mais próxima, que estava na parede por

trás do bar, à sua direita. Começou a reproduzir as letras no caderno de caligrafia.

— Ele, a, u, erre, a... La-u-rra, Lau-ra. Tá escondido por quê? Tem que botar em cima, com letra grande.

— As pessoas se acostumaram a fazer assim — Laura observava a maneira como ele copiava o nome dela, a mesma letra cursiva com que ela assinava os quadros. — Quase sempre é no canto de baixo, da direita, ou no esquerdo. Tem pintor que põe as letras do começo do nome. Um americano assinava pintando uma borboleta formada pelas iniciais.

— Bor-bo-le-ta. Coisa de bo-io-la...

— O melhor quadro dele é de uma amante que ele teve...

— Bo-io-la.

— Ele gostava de de-ta-lhes — disse Laura, rindo. — Os funcionários da galeria tinham que usar roupas que combinavam com os quadros...

No intervalo de alguns dias, Ruskin e Whistler, o inglês e o norte-americano, o crítico e o pintor, o moralista e o dândi, o réu e o acusador, na boca de Anita e Laura. Sentado no sofá, dobrado sobre o pote que apertava contra o corpo e não conseguia abrir, Eduardo pensava na simetria perfeita e inútil das coincidências mais puras. Enrolou o pote em um pano, quebrou-o sobre o chão com um único golpe de martelo. Romário e Laura riam.

— Você não contou como foi no zoológico — Laura desenhava notas musicais entre as linhas estreitas do caderno.

— Tem nada pra contar.

Laura o encarava, como se esperasse mais.

— Sílvia me ligou. Disse que você veio com umas conversas estranhas.

Romário tirou os cotovelos da mesa e recostou-se na cadeira. Calaram-se por um tempo.

— Eu tava nervoso.
Ele puxou o caderno de volta. Começou a ler algumas palavras, quase sem produzir som. Abria a boca aos poucos, como se soprasse as folhas.
— Ela gostou, Romário. Mas disse que você não entendeu bem o passeio.
— Tem nada pra entender.
— Ela tem idade para ser tua mãe. Precisava convidar para ir ao motel?
— Eu amo ela.
— Você é uma criança, Romário. Não tem mais do que treze anos.
— Ninguém sabe. Posso ser velho.
— Com essa cara?
Romário olhou para Eduardo. Ele ainda recolhia os cacos de vidro e os corações de alcachofra espalhados pelos tacos de madeira.
— Ela fica me chamando de virgem... Num sou, porra. Fica falando que num posso botar calção de criança. Tem que botar cueca pra segurar o pau.
Laura havia contado sobre o telefonema de Sílvia. Eduardo sabia que ela continuaria a provocá-lo, era seu estilo. Ela chegou a brincar com Laura que estava arrependida de ter recusado a oferta. Fazia um bom tempo que não recebia um convite para um motel.
— Esquece a Sílvia — disse Laura. — Ela falou que se arrependeu de brincar com você. Não vai fazer mais. Eu prometo.
— Tu num tem que fazer nada. Tô apaixonado.
— Que apaixonado, Romário? Você mal conhece a Sílvia. Ela é uma mulher, você é uma criança.
— Foda-se. Ela quer sair comigo. É gostosa, tem cheiro de gostosa.

— Você se apaixona por qualquer coisa — disse Eduardo.
— Sílvia num é qualquer coisa.
— Primeiro foi a ruiva da faculdade, que eu tinha que chantagear. Outro dia foi a mulher fazendo ginástica no Arpoador.
— Táxi João — Romário levantou o braço direito em câmera lenta.
— Tai chi chuan, Romário. Sílvia não dá. Ela gosta de você, mas não da maneira como você imagina. Para ela, você é uma curiosidade.
— Num interessa. Vou malhar e ficar do tamanho dela.

* * *

As palmeiras-imperiais pareciam mergulhar no azul. Os carros tomavam as calçadas, não havia espaço para caminhar direito, era preciso parar para olhar a copa alta das árvores, os sobrados espremidos entre os edifícios. Sempre que passava por ali, a caminho da editora, Eduardo lembrava-se da repercussão do crime, o fio gratuito dos acontecimentos. Imaginava o rosto ao mesmo tempo assustado e diabólico do pintor, que sacava a arma e explodia o peito do engenheiro descalço, sem camisa. Laura o admirava, era seu pintor favorito. Admirava o trabalho solitário da volta a Porto Alegre, os retratos, os ciclistas, as idiotas. Ela parecia desculpar-se quando dizia que ele chegou ao ponto mais alto depois do crime brutal, que fez nascer um artista distinto, com um sentido trágico. A pintura de sombras depois do crime, em Iberê como em Caravaggio, outro assassino. Sempre contava a visita ao ateliê, o momento em que ela decidiu gravar e pintar, a lembrança do pintor orgulhoso indicando a janela que fora retirada para que entrasse a prensa importada da Alemanha, a sobrancelha alta e a voz ríspida advertindo que "bom impressor não pode ter mão úmida".

Romário apontou para a calçada do outro lado, onde passava um casal, na direção oposta.

— Ó quem tá ali.

Eduardo custou a reconhecê-la. Anita usava um pequeno chapéu, encobrindo parte do rosto, e um vestido claro, de alça, que lembrava uma saída de praia. Vinha de mãos dadas com um rapaz mais baixo, que olhava os prédios dos dois lados. Ao perceber o aceno de Romário, ela sorriu, disse algo ao rapaz, os dois atravessaram a rua.

— Como vai o gênio do giz? — Anita deu dois beijos em Romário e estendeu a mão para Eduardo. Apresentou Felipe, noivo, programador de sistemas. Disse que os papéis estavam adiantados, logo se casariam. Procuravam um apartamento para alugar ali mesmo, Botafogo, a meio caminho do trabalho dos dois.

Romário tirou o chapéu de Anita, de leve, tomando a aba na ponta dos dedos, como se não quisesse manchá-lo com a sujeira das mãos. Examinou-o com cuidado, hesitava em apoiá-lo sobre o crânio nu. Era bonito, mas de mulher. O sol no rosto realçava os dentes de Anita, a atenção nos olhos que absorviam o exterior, duas bolas grandes e negras.

— Quem é o garoto? — o rapaz perguntou a Eduardo. Era muito jovem, tinha o cabelo escorrido e claro, o rosto mais espontâneo que inteligente, o ar de quem tem todos os planos.

— Conheci o Romário na rua. Tem dormido lá em casa.

Felipe esboçou um riso, mas se deu conta de que não era uma brincadeira. Consentiu com a cabeça, em tom de aprovação, o entusiasmo já familiar de solidariedade. Continuava a segurar a mão de Anita, o outro braço pendia como o braço morto de um boneco.

— Gostando da vida nova? — ele perguntou.

Romário parecia mais interessado no forro acetinado do chapéu.

— Num dá pra ter saudade do túnel.
Felipe riu novamente, dessa vez sem necessidade de conter-se. Fez um comentário gracioso sobre a geografia da cidade, a versatilidade do carioca.
— Tu num é do Rio? — perguntou Romário, impaciente.
— Vim para cá aos quatro anos. Nasci na Holanda.
— Da Maré? Tu num tem cara de favelado.
— Holanda é um país. Nova Holanda é que é uma favela.

Anita olhou o chão, tirou o pé direito da sandália de salto baixo e roçou a ponta do dedo maior na perna esquerda, como quem se desfaz de uma pequena pedra, de um grão de areia. Voltou a calçar a sandália, com a mesma naturalidade, a mesma rapidez. Não durou um segundo, mas Eduardo teve a impressão, pelo patético, pelo inesperado, de que tudo se fizera muito lentamente. Via os dedos desembaraçarem-se das tiras da sandália, a perna dobrar-se sob o vestido, o pé esticar-se perpendicular ao chão, como num trejeito de balé, o instante em que se erguia e tocava a panturrilha, o forte contraste de cores entre a planta e o peito do pé, o claro e o escuro, o rosa e o negro, na pele anfíbia, como se pertencesse a dois seres. Podia não ser um grão de areia, apenas uma mania, um gesto repetido ao longo dos anos. Era a espontaneidade perfeita e fora de lugar, o pé nu no meio da calçada, imaculadamente limpo, como se pudesse caminhar pelas ruas sem corromper-se. Felipe dizia algo a Romário, de maneira contemporizadora, e Eduardo mal resistia ao desejo de voltar a olhar para baixo e rever os pés em movimento. Quis perguntar algo, não sabia exatamente o assunto e a razão, as palavras dissociavam-se do sentido, Holanda, Nova Holanda, misturavam-se à imagem das pernas e dos pés. Pôs as mãos nos bolsos da calça.

Romário mordia os lábios, com os olhos semicerrados. Anita e Felipe haviam se despedido, em busca do apartamento.

— Tu viu o nariz do escroto? Mermo assim o cara é bonito. O cuzão tem cabelo e olho de gringo.

Eduardo não se lembrava do nariz do rapaz.

O horizonte não é uma linha fixa

Às vezes Gilberto parecia um velho, ao curvar-se sobre o paciente e contrair o rosto para examiná-lo com a minúcia de um ourives.
— Recebi o artigo ontem. "L'invisible chez Merleau-Ponty." Bonito o título. Mandou para o Hélio também? Queria ver a cara dele reclamando do genro vagabundo que escreve sobre cores de vinhos.
— Não é tão ignorante assim. Finge quando convém.
Gilberto fazia uma careta sem significado ao bombear o aparelho de pressão. Falava sem virar-se.
— Teus textos me deprimem. Fico com a impressão de que nunca aprendi francês.
— Não mando mais.
— Você sempre manda. Abre a boca, Romário. Mais. Tá suando muito. Isso tudo é medo, porra?
Romário estava de cueca, deitado sobre a maca, com os braços colados ao tronco, como um soldado de chumbo subnutrido e sem uniforme. O corpo parecia mais vulnerável entre os apare-

lhos médicos, sobre o papel semitransparente que recobria a maca e estrepitava a cada pequeno movimento. O peito subdesenvolvido inchava-se em direção ao ventre arredondado, as coxas eram finas, os joelhos, muito protuberantes. As canelas tinham riscos de batidas, lembravam um reco-reco artesanal. Nos braços, os pelos começavam a destacar-se da pele e a escurecer. Ele mirava um ponto fixo no teto, com os olhos saltados, sem coragem de voltar-se para os dois.

— Vai ter que fazer cocô e xixi num pote. Vão furar teu braço, é um segundo. Quando começar a doer já passou — disse Gilberto, enquanto afundava os dedos no abdômen. — São cinco vacinas: pólio, DTP, BCG, sarampo, hepatite. Tem sorte de não ter tido pólio.

— Vou voltar pra rua.

— Se fizer isso, eu espalho que você é viado. Passo no sinal e digo que você quis dar para mim.

— Todo médico é escroto?

— Vou indicar uma enfermeira bonita para tirar teu sangue e dar as vacinas.

— Tu já comeu ela? — Romário continuava a olhar para cima.

— É amante do dono desse laboratório no Humaitá. Você pode dar mais sorte que eu, com essa cara de doente.

Eduardo ainda se recordava da primeira visita ao consultório, oito anos antes. A primeira vez que viu as fotos dos carros esportivos, o branco por toda a parte, nas paredes, no jaleco, no sapato apoiado na banqueta ortopédica. Lembrava-se do jeito seco de Gilberto, a impaciência com o interrogatório sobre um doente hipotético, um diagnóstico e uma morte do passado.

O rosto não havia mudado. Carregava as olheiras de sempre sob os olhos de peixe, as linhas duras de quem pouco sorri. O maxilar grande e quadrado mal se movia quando ele falava ou cantarolava, sem vestígio de humor ou prazer. Olhava fixamente o interlocutor, ouvia-o quase sempre sem reação, como se quisesse incutir-lhe a dúvida sobre se o que dizia era correto ou a mais rematada asneira. Como médico, devia impressionar mais pela autoridade do que pela empatia.

Eduardo admirava em Gilberto a exatidão da palavra. Mesmo sob a aparência da displicência, ia direto ao ponto, de modo preciso. O professor tinha uma hora e quarenta minutos para ouvir a própria voz. Perdia-se em especulações, como o músico que improvisa. O médico não podia dar voltas. Precisava fazer as perguntas certas, pronunciar o diagnóstico e a prescrição exata. Cada palavra possuía valor, podia salvar ou condenar. Ambos tinham à frente, na sala de aula e no consultório, as feições da angústia e do medo. Um estabelecia a ignorância, o outro, a doença.

Eduardo sempre foi o mais circunspecto dos quatro, mas era Gilberto quem nunca atravessava o limite, quem se controlava diante das insinuações de Marina e do apelo do corpo de Laura. Talvez tirasse dali um prazer que nunca vinha ao rosto, severo como uma carranca. Por trás do palavrão, do termo latino ou grego da doença, estava o controle de si e do discurso, como se pontificasse para a posteridade. Dizia conviver mal com a ideia de que bastaria combinar na ordem certa cinco ou seis palavras para responder as questões que o angustiavam: a origem de cada câncer, a cura definitiva, o momento e o lugar em que, pela última vez, correria os olhos em torno de si. Todas as respostas estavam disponíveis, em uma página, um comentário despropositado, uma conversa em um filme, era uma questão de discernimento. Não se cansava de repetir em voz baixa, como um mantra, o verso sobre o câncer que Eduardo recitou uma vez, no vício de querer encontrar em uma frase a chave para a salvação.

Eduardo recordava-se de cada palavra que ouviu, alguns anos antes, deitado ele mesmo naquela maca onde agora estava Romário, sobre o mesmo papel vegetal que aderia ao corpo como um quebranto. Havia cedido às preocupações de Laura, que o olhava de modo intenso, enquanto Gilberto o escarafunchava:

— Já ouviu falar de Síndrome de Kartagener?
— Homens com peito e quadril de mulher...
— Isso é Klinefelter, tem nada a ver. Kartagener é subgrupo de DCP, Discinesia Ciliar Primária.
— Discinesia, dificuldade de se mover... ciliar, de cílio... primária, de nascimento... Cílios que se movem mal. Não parece doença.
— São cílios internos. Nos pulmões, no ouvido, no cérebro, nos testículos.
— Cílios no cérebro...
— Na glândula pineal. Cílios são a base dos processos perceptivos: audição, olfato, visão. Por que você nunca disse que tem *situs inversus*, seu filho da puta?
— Não é assunto de conversa. Sou Eduardo, professor, tenho o coração do lado errado. Era isso que você esperava?
— Não é só dextrocardia. Se fosse só o coração, já era. Nove em dez têm problemas congênitos graves. *Situs inversus* é inversão geral. Sente onde está o fígado. Acontece na fase embrionária. Por defeito ciliar, que reverte a rotação. Você deveria ser como o babaca que aparece no teu espelho.
— Não gostava de me olhar. Devia saber que estava do lado errado.
— Teu pai também era assim?
— Você viu a chapa.
— Vi porra nenhuma. Você trouxe o laudo sem a radiografia.

Era verdade. Não sabia de onde tinha tirado a ideia.

— Tal pai, tal filho, ele costumava dizer. Não devia ser por outro motivo. — Sentia um começo de revolta sempre que procurava entender por que Caio nunca lhe falou de sua condição.

— *Situs inversus*, bronquiectasia e pansinusite crônica formam a tríade de Kartagener. Só uma pessoa em vinte e cinco mil nasce com isso.

— Não é pouca gente.

— Cinco bi por mil, cinco milhões. Cinco milhões por vinte e cinco, duzentos mil. Duzentos mil no mundo todo. Menos gente que Copacabana.

— Você devia voltar pela Barata Ribeiro às seis.

— Não é brincadeira, Eduardo. O que você tem é grave. No pulmão, há pequenos cílios que limpam o muco. Movem-se como uma onda, faxinando. Se não funcionam, o pulmão vira um banquete de bactérias. Pode bloquear a respiração. Pneumonia é o mínimo.

— Não precisa fazer essa cara.

— Há risco de problemas em outros órgãos: otites, dores de cabeça. Muitos casos de hidrocefalia...

— Você quer assustar a Laura?

— ... o flagelo que move o espermatozoide é como um cílio também. Você pode ser estéril.

— Não cria um caso, Gilberto! Nunca tive nada grave. Uma ou outra pneumonia todo mundo tem.

— Uma ou outra pneumonia? Você é um merda, Eduardo. Teu pai morreu antes dos quarenta, você tem dois sacos de lixo nas costas, não gosta de médico, fuma como se nada tivesse acontecido... Você tem, no barato, quinze ou vinte vezes mais chances que o cara da esquina de ter enfisema, infarto pulmonar, pneumonia, câncer, o diabo.

— Já não basta de números? O cara da esquina tá no bar, bebendo, fumando, curtindo a vida.

— O cara da esquina tem um pulmão muito melhor que o teu. Provavelmente, um pau também. E sabe curtir a vida, o que não é o teu forte. — Você não tem interesse científico pelas doenças. É um hipocondríaco que virou médico.

Gilberto escreveu algo no papel timbrado, a escrita perfeitamente retilínea, como se tivesse uma régua impressa na cabeça. Passou o pedido de exame a Laura.

— Se você quiser aguentar esse babaca por mais tempo, vai ter que mandar largar o cigarro e fazer um checkup por ano. Se ele não fizer isso, afunda rápido, que nem teu sogro.

Havia método em tudo o que Gilberto fazia, em tudo havia a espera e a renúncia. Toda fruição era futura. O sacrifício cumulativo era o próprio gozo. Agia assim com o trabalho, com o exercício, as relações. Eduardo chegou a desejar Marina, o desejo fátuo de uma noite de erro, mas sempre soube que somente Gilberto poderia conviver com ela, só ele tinha a disciplina para enfrentar o abismo entre a euforia e o silêncio. Só ele podia conviver com os doentes terminais. Estaria de pé às seis, no claro-escuro da manhã triste, todos os dias, mesmo em dias de plantão, para correr as duas voltas em torno da Lagoa. Podia preparar-se durante anos para escalar a Pedra da Gávea ou correr, numa única tarde, a linha carioca do Atlântico, os mais de cinquenta quilômetros da Urca ao Grumari, seus projetos de adolescente, como dizia. Não chegaria a realizá-los, alegando sempre a falta de tempo ou de preparo, embora estivesse mais preparado do que nunca.

Havia integridade em todo aquele asseio, havia dignidade no estilo marcial. Tornara-se um homem elegante, e a satisfação que vinha do branco imaculado que trajava como se estivesse numa cerimônia religiosa talvez fosse a mesma que extraía da rotina sem desvios, do papel de marido magnânimo, de guardião da vida dos pacientes. Devia haver um decálogo moral e estético, fonte de ordem e simetria.

Não fosse pelo uísque no fim de semana, ou o cigarro solitário nos momentos de angústia ("médico é o mais viciado, e o menos gregário no vício"), Gilberto estaria sempre em estado de alerta, atento aos tiques do corpo, a todos os sintomas no ar, seus e dos outros. Podia angustiar-se com a batida do coração, a espantosa regularidade. Tinha plena consciência do tempo, podia inferir a hora mesmo quando despertava. No velório de Marina, contou a Eduardo que, durante a infância, sempre temeu a iminência do fim, como se o tempo pudesse congelar-se. Cada instante poderia trazer o fim do mundo, e ele abria os braços de criança para conter a violência daquele destino.

Mais do que o álcool, a transgressão de Gilberto era a velocidade. Amava correr ao volante. Dizia a Eduardo que a velocidade era uma forma de libertação, de quebra da inércia, e que poucos prazeres se comparavam ao do corpo desafiando a gravidade, à leveza do movimento que corta o ar e anula o peso. Eduardo não sabia se aquilo era a metáfora de algo ou simplesmente uma grande tolice. Achava que o prazer de Gilberto era outro, mais mental, dominar o medo, na embriaguez do carro deslizando, intoxicando-o como a música que faz esquecer a doença. Era estranha a mistura da velocidade e da noite, a possibilidade de desprender-se. Ouvia Gilberto e não conseguia afastar a imagem do pai na Niemeyer, o carro em queda.

A caminho de Búzios, sempre nas madrugadas, Eduardo se sentia seguro, Laura também. Prezavam a intuição de Gilberto para manter o carro estável, sobre quatro rodas. Só Marina reclamava.

— Esse trecho é um breu.
— Já conheço bem.
— Dá pra ver nada, Gilberto.

— Põe os óculos. Não estou correndo.
— Você sabe que não uso óculos.
— Tá na hora então.
Marina não desistia. Apontava com o dedo:
— A velocidade é controlada por radar.
— Ninguém acredita em placas, Marina. Sossega, vai. Tem um air bag só para você.
— Você está a cento e quarenta.
— Esse carro pede muito mais. Sonha com uma *autobahn*.
— Que *autobahn*, Gilberto? Olha os buracos na estrada. Esta é a Niterói-Manilha. Acorda, você não tá em Düsseldorf. Quem mandou juntar dinheiro para comprar carro importado?

* * *

Gilberto sempre suspeitou que algo extremo poderia acontecer. Estava no rosto e nos gestos, no tremor da voz e das mãos. Sobretudo nos olhos. Só os olhos transfiguram uma pessoa daquela maneira, revelam a falta e o excesso de lucidez. Ele conhecia as pessoas em seu limite, era parte da profissão. Não lhe custava reconhecer os sinais do desespero. Difícil era admiti-los na pessoa que amava. Nunca acreditou que ela pudesse chegar a tanto, e não se recuperaria da culpa de não saber ou de não querer evitá-lo. Nenhum outro fato teria tanta importância em sua vida, nenhuma outra dor o marcaria de forma tão profunda quanto o suicídio de Marina.

Aconteceu no meio do nada, durante um cruzeiro, a caminho de Lisboa.

Ele não queria fazê-lo. Não via graça no balanço do mar, entediava-se no oceano. Não havia razão, se havia o Rio, se havia Búzios, o mar em frente, como se já navegassem do conforto da casa e da cidade. Marina dizia, com um tom de beata, que Búzios já não era a mesma. Perdera os encantos e a pureza de antes. Como voltar a sentar no sofá diante dos dois? Como voltar a relaxar na praia, estirar o corpo de maneira inocente, sobre a toalha na areia? Um cruzeiro poderia salvar uma vida, restaurar a dignidade e a inocência, "como numa peça de T.S. Eliot". Ele não entendia o que ela queria dizer com aquilo, não lhe dava importância.

No segundo dia, Gilberto já não aguentava mais. Era tomado de melancolia, no enjoo dos cheiros do oceano, o sedativo mais potente. A imagem da costa que se afastava o deprimiu, e a repetição do mar roubava-lhe qualquer propósito. Era mesquinho dizer a Marina que a agenda de atividades do cruzeiro (*from golf simulators to facials*) não era digna de comentários, que a cabine em que dormiam e rolavam de insônia era pouco maior que o banheiro de casa, que uma dose de um bourbon medíocre era o preço de uma garrafa de scotch doze anos no mercado ao lado de casa. Tinham o curso lento do navio para observar.

— Um barco nunca pode andar em linha reta. Está sempre contornando a curvatura da terra, fazendo uma curva aberta, sem fim. É a pior das subserviências — ela disse.

Estavam sentados em um banco sobre o convés, na popa. Ventava sob o céu claro e o sol morno da tarde, que começava a projetar sombras na água.

— Uma carcaça de sessenta mil toneladas não tem como sair voando. É irrelevante que seja uma curva. Nem se nota, de tão sutil.

Um casal de crianças dobrava e lançava gaivotas de papel. Riam da força do vento contra os braços, da impossibilidade de vencê-lo. Ninguém mais estava naquela parte do navio, o melhor lugar.

— É a primeira vez que eu vejo o horizonte completo, trezentos e sessenta graus sem falha. Não tem prédio, morro, ilha, nuvem, favela. Qual é a distância de uma pessoa até a linha do horizonte?

— Que pergunta, Marina — Gilberto ajeitava o cabelo esvoaçado com as duas mãos, desalinhá-los era como perder o equilíbrio. O vento parecia assentar ainda mais os cabelos lisos e curtos de Marina, mais curtos que os dele. — O horizonte não é uma linha fixa. É uma impressão visual. A distância depende da claridade do dia. Você, que é míope, não gosta de óculos, tem uma linha borrada e mais próxima só para você.

— Pensei que o horizonte formasse um círculo perfeito e acabado. Com você no centro — disse Marina, com o sorriso irônico e triste ao mesmo tempo, sem qualquer traço de agressividade.

— Eu me surpreenderia se estivesse no centro de um círculo perfeito.

As duas crianças olhavam para eles. Uma gaivota de papel tinha caído perto do banco onde estavam. Gilberto se abaixou para apanhá-la, mas a gaivota voou para mais adiante. Abaixou-se novamente, a gaivota deu mais um salto, até desaparecer por trás da lateral do navio, encaracolando-se em direção à água. Os meninos puseram a mão na boca para conter o riso. Marina caminhou devagar até a amurada próxima, enquanto gargalhava. Mostrava os dentes perfeitos, a cabeça bonita e exata contra o vento.

— Se a Terra fosse plana, daria para ver o Himalaia daqui, por cima da África? E os prédios de Nova York do outro lado, por cima do mar?

— Não daria para ver nem Cabo Verde, aí em frente. Essa viagem não termina.

Marina olhava ao redor, com os olhos espremidos, a mão sobre a testa coando a luz. Talvez o mar a acalmasse, aguasse suas dores. Talvez a vastidão de deserto fosse útil para distanciá-la de si mesma. Virava-se às vezes para ele, com o ar de uma paz vazia. Mais serena, ela voltava a ficar bonita, mostrava uma ternura que parecia perder-se para sempre a cada momento crítico. Pegou a bolsa sobre o banco, sem pressa.

— Vou ao banheiro.
Ele reconhecia aquela expressão no rosto. O jeito calmo e doce, que precedia uma crise, a estranha placidez de quem já se conhece e sabe que logo não estará bem. Por um curto momento, acreditou que a maneira lenta como ela caminhava, balançando de leve a bolsa, fosse um convite ou um pedido para que voltassem à cabine.

As crianças discutiam, uma mistura de grito e choro. A menina se queixava de que o menino estava gastando muito papel do caderno. Dizia que não havia papelaria no mar, o shopping mais perto ficava a trezentos mil quilômetros. Ele disse que ela era burra, essa era a distância até a Lua. Ela disse que a distância até a Lua variava sempre, não era uma só, ele não sabia de nada. Trocaram tapas, voltaram a fazer gaivotas, com folhas cortadas ao meio. Ela cortava as folhas pela metade, ele montava as gaivotas. Gaivotas menores, que voavam melhor.

Gilberto fechou os olhos e reviu, no clarão de luz atrás das pálpebras, a imagem da blusa rosa que Marina estava usando. Uma blusa de terno, que ela dobrava nos punhos e lhe caía bem, sobre os ombros adultos. A mesma blusa que usou no dia em que pediu que ele saísse de casa. Podia rever os braços cortando o ar e sinalizando que estava tudo acabado, a cabeça no movimento de negação. Podia ouvir o tom pausado e frio, de uma racionalidade suspeita, e a sugestão de que dividissem as coisas da maneira mais equânime possível, cada um escolheria um objeto por vez, alternadamente, cômodo por cômodo, até que a casa inteira estivesse repartida. O senso prático no momento da loucura. Não adiantava dizer que era um desvario fazer aquilo sem que houvessem discutido a ideia da separação, sem que ele tivesse tido tempo de entender por que Marina agia daquela maneira.

— Para você, nada é aparente. Você entende de câncer. De infelicidade entendo eu.

— Do que você está falando, Marina?
— Você é um gigolô de doenças. Um gigolô de tragédias. Suga os outros com teu arremedo de bondade.

Ele olhava os braços dela, as mãos cada vez mais finas, que se moviam rápido, como se manipulassem marionetes. O anel de casamento estava no dedo médio, o único que o sustentava agora.

— Você acha que é fácil me expor para você todo dia? Mostrar as sombras da minha cabeça, esses rombos que nenhuma luz vai iluminar? Meus ataques, meus nervos em carne viva? É fácil me rebaixar diante da tua compaixão, desse olhar já-vem-a-doida--de-novo? Que inveja desse conforto consigo mesmo. É uma delícia poder dar um tapinha nas próprias costas e dizer como é bom ser sensato. Como é bom ser forte enquanto uma tempestade cai dentro de casa e não molha nem a ponta do seu sapato. Deve ser ótimo blindar o corpo e virar voyeur de loucos, para se sentir cada vez mais saudável.

— Por que você tá dizendo isso, Marina? Sempre acaba se arrependendo das merdas que diz. Você tem coragem de pensar que isso me dá prazer? Acha que é mole encarar crianças de sete, oito anos, carecas de químio? E chegar em casa e te encontrar deprimida, acusando o mundo dos teus problemas? Você acha que é divertido voltar do consultório sem ter a menor ideia do que me espera, uma mulher na varanda recitando poemas de amor à Lagoa ou uma vítima do mundo, enfiada debaixo da cama, xingando os vizinhos?

Talvez já não o amasse mais. Ele não encontrava outra razão. Não o amava mais, mas o amor era o que menos importava. Ela se apegara à relação porque tinha medo do que seria capaz se estivesse só, medo de começar tudo de novo e mostrar-se uma vez mais a outra pessoa. Aos poucos deixou que ele conhecesse o lado obscuro. Não havia como se esconder numa relação a dois, sob o mesmo teto. Acostumou-se à ideia de que ele podia resistir àquilo, aceitou-a como era, ali poderia estar uma das razões tortas de seu amor. As crises tinham um lugar na vida do casal, como o teatro na Gávea, o jazz ao lado de casa, o cinema só em salas monumentais, as férias em Búzios. Os acessos, os ataques de autoimolação, as cicatrizes, a quem mais poderia expor-se sem desistir de vez?

Começaram pelos móveis do quarto, a cama baixa, de estilo oriental, para ela, a cômoda de oito gavetas largas para ele, era ridículo que cada um ficasse com uma mesinha de cabeceira, um abajur, metades que não se completavam. Não tinha ânimo para demovê-la daquilo, toda a energia de Marina voltava-se para uma tarefa, e só ela tinha forças para resistir a si mesma. A mesa do escritório (o risco no meio) foi para ele, a televisão com o videocassete para ela, o aparelho de som ainda por consertar para ele, o piano sempre foi dela, ele já não fazia questão de ficar com o pequeno Pancetti que herdou dos pais. Os livros eram escolhidos de dez em dez, não era difícil reparti-los, havia uma fronteira entre psicologia e medicina. Os demais eram quase todos dela, e os que ela escreveu ele não leu. Que diferença fazia se usava um pseudônimo? O fato é que ele nunca se dava ao trabalho de ler o que ela escrevia.

Já estavam em lados opostos da cozinha, sem espaço para caminhar entre aparelhos e baixelas, quando Marina ruiu. Começou a chorar, sentada sobre o piso frio, com a base das costas apoiada no armário sob a bancada, a cabeça entre as pernas, o calcanhar direito batendo de leve no chão.

— Promete que não vai me deixar?

— Quem falou em separação foi você, Marina. Não fui eu que comecei com essa maluquice de dividir as coisas.

— Podia ter me impedido. Devia ter dito que é uma maluquice.

— Eu falei. Você não ouve.

— Você fala sem convicção. Só ouço o que é verdadeiro.
— Por favor, Marina, drama barato não.

Ela havia chegado do consultório do obstetra. Tinha pedido ao médico, amigo de Gilberto, que não ligasse para ele. Ela mesma contaria. Foi ela quem teimou em fazer novos exames, quem pôs em dúvida os pareceres que ouviu antes, nos primeiros anos do casamento. Exigia agora a separação como medida preventiva. Tinha medo de que ele quisesse deixá-la ao ouvir algo que, na verdade, ele estava cansado de saber e já não faria a menor diferença. Ela temia que ele a abandonasse porque não podia dar-lhe o filho que era ela quem queria dar, bem mais do que ele queria receber.

A tristeza, a persistência das crises eram os sinais de que, ainda que ela o amasse, ele não seria capaz de tirá-la de seu estado. O amor era um costume, uma acomodação. Não adiantava amá-lo se ela mal podia tolerar sua presença. A figura dele representava, antes de tudo, a lembrança das dores dela, o testemunho de que, apesar de todo o charme e o brilho, era uma mulher no limite, cuja angústia era aliviada com a lâmina na perna, os dedos sobre o fogo, o golpe inesperado contra os cabelos. Era triste perceber a mudança súbita de tom e a repressão do sorriso, quando ela virava o rosto em direção à porta e descobria que não era a secretária ou um paciente que entrava em sua sala, mas ele, que decidira fazer uma visita sem avisar e via aquele rosto contrair-se como o corpo de um pequeno animal subterrâneo, como se precisasse reprimir os sinais de satisfação para que ele não se esquecesse de que era o principal responsável pela miséria estampada à sua frente. Olhava o cenho franzir-se e sentia-se fracassado. A suposta paixão de Marina era um desassossego que mal tocava a superfície das coisas. O sofrimento dela era o fracasso dele.

Não custou a descobrir. Os cortes, embora pequenos, tinham uma lógica e uma anatomia próprias, uma sugestão de desenho. Não adiantava pedir que fosse a uma psicóloga. A psicóloga era ela. Sempre com todas as explicações e diagnósticos. Podia descrever a evolução de seu caso, nomeá-lo em qualquer língua, com uma resignação que o assustava como poucas coisas. Ela dizia que não tinha o que fazer. Havia encontrado o equilíbrio possível. Gilberto não esquecia a noite em que tiveram aquela conversa pela primeira vez. Chegou em casa, passou pela sala, pelo corredor silencioso, o quarto dos dois e, ao abrir a porta do banheiro, que parecia emperrada, viu cair da lateral do batente, à frente de seus pés, um tufo desgrenhado dos cabelos de Marina. Ela ali estava, penteada, escovando os dentes com toda a tranquilidade. Pensou que ela fosse negar tudo, imaginou por um momento qual seria a melhor maneira de extrair a verdade e, para sua surpresa, ela lhe contou muito mais do que estava preparado para ouvir.

Como esquecer a imagem? Como conviver com uma pessoa que se matou um pouco naquele dia? Um dia confuso, em que tudo parecia torcido. O medo do mundo, dos minutos que não há como conhecer de antemão. Depois, o choro convulsivo na cama. O horror do imponderável, como se vivesse no deserto e visse aproximar-se pela primeira vez o céu negro que se fecha e estilhaça em um segundo. Ela temia fechar os olhos e deixar-se envolver pelo que não enxergava. Seria uma dádiva se pudesse adormecer de olhos abertos.

Não tinha ideia de como ajudá-la a desfazer-se do medo de não acordar. Sempre voltava o pavor da prisão, do sono definitivo. Não era um capricho. Vinha das muitas vezes em que despertou sem poder se mexer. Era angustiante estar consciente, desperta, e ao mesmo tempo não ser capaz do menor movimento — levantar o rosto, dizer uma palavra, mexer o braço. Não sabia exatamente quando teve aquilo da primeira vez, era muito jovem, e a paralisia havia sido curta, não se repetiria por um longo tempo. A frequência veio com a idade, como se o corpo antecipasse pequenas amostras da morte. Fazia uma força incomensurável para abrir os olhos, queria gritar para Gilberto a seu lado, mas não tinha qualquer ascendência sobre o mundo físico. Pressentia a claridade sobre os olhos e não podia alçar uma pálpebra, como uma larva ultraconsciente em seu casulo. Desistia e voltava a adormecer, na esperança de que não tivesse desaprendido a acordar.

Ela dizia que sua insônia era mais justificável que a dele; nascia do medo de morrer um pouco a cada manhã como aquela. No caso de Gilberto, era uma frescura; ele adorava dormir e, se não conseguia, era por incompetência. Difícil era a intimidade dos insones. Conviver com o silêncio ostensivo do outro, sem o desejo de transar, sem a paciência para tolerar os pequenos movimentos ao lado. Não era possível ignorar a cabeça do outro fervilhando a dois palmos, como uma pequena caldeira. Que relação poderia sobreviver à cumplicidade da insônia?

Gilberto olhava-a e percebia a tristeza repentina, no enjoo de existir. Olhava-a por um momento e a compreendia. Parecia uma menina, uma santa, ele só fazia piorar as coisas quando a consolava. Havia um desgosto que era o sentimento mais puro de solidão. Era uma tolice imaginar que ele fosse insensível. Sua frieza era o último recurso contra a autocomiseração do casal, contra o júbilo da ruína. A tristeza dela era a tristeza dele, um ferir indolor, imperceptível, como aquele que olha o sol levantar-se do chão e não consegue desprender-se da imagem que o cegará.

Marina voltou com o mesmo passo lento. As crianças haviam partido, uma voz impaciente as chamara. Os dois estavam sós, a luz da tarde reclinava-se mais, quase acompanhava a linha do mar, o vento soprava com a mesma força, na mesma direção. Ela aconchegou a cabeça no pescoço de Gilberto, a face direita sobre o ombro esquerdo dele, os braços em torno de seu corpo, como se buscasse a melhor posição para um cochilo. Era raro aquele acomodar-se langoroso, no abraço espontâneo. Por um momento o oceano pareceu-lhe amigável, ele aprovou o barulho do mar, que se dilatava e refluía com as lembranças.

— Lembra do tombo?
— Qual?
— Da bicicleta.

Tinham começado a namorar. Estavam em Itaipava, ou Araras, qualquer cidade, sempre confundia os nomes nas serras do Rio. Ela não sabia andar de bicicleta. Alugaram uma bicicleta dupla, para que Marina sentisse o gosto, algo que só se faz em começo de namoro, dizia ela. Ele ia no banco da frente. Ela pedalava com força atrás, imaginava-se na bicicleta ergométrica, estável como uma mesa. Gilberto achava melhor não virar para trás, não colocar em risco o equilíbrio só para surpreender o sorriso em seu rosto. Um cachorro passava, um vira-lata com o rabo admoestador, indiferente à linha reta do percurso. Nunca riram tanto, esparramados na terra, sujos de lama, o suéter novo de lã, a calça cáqui, o traço do barro como uma segunda sobrancelha no rosto de Marina.

— Você nunca conseguiu me levar a parte alguma.
— Eu devia ter ido no banco de trás.
— Sempre teve que carregar um peso.

Abafada pelo ombro de Gilberto, a voz de Marina saía lenta, pastosa ao fim das frases. Ele não sabia se ela estava rindo ou chorando, algo embargava as palavras. Ela se aconchegava mais, apertava sua cintura com as duas mãos entrelaçadas.

— Eu devia ter ido no banco de trás. Você nunca gostou de ser levada por ninguém. E eu sempre gostei da tua teimosia.

Um casal idoso se aproximava, ela com uma bengala, ele de paletó e tênis. Também um grupo de senhoras, podia-se ouvir o chiado na língua, o sotaque português. Três amigas ou três irmãs, era sempre improvável a convivência a três. Uma delas falava segurando a pequena medalha que pendia da corrente no pescoço da outra, como se lhe revelasse algo muito importante, e tivesse a coragem de dizer verdades que outros evitariam. Era a hora de frequentar as amuradas, assistir ao sol afundar no oceano.

Marina parecia abandonar o corpo sobre o dele. Ele gostava de sustentar seu tronco ao mesmo tempo grande e magro, não era sempre que ela lhe dava a oportunidade de protegê-la. Moveu-se lentamente no banco para que ela se acomodasse melhor. Queria ouvir de novo aquela voz que soava distante. Não tinha como olhar o rosto, pousado em seu ombro, sentia apenas o cheiro bom e a textura dos cabelos, sob o queixo levantado para melhor encaixar sua cabeça. Ela não ressonava, não se mexia, só repousava sobre ele.

— Você está bem?

Ele olhou a bolsa sobre o colo, a alça sobre os joelhos. Fez um pequeno movimento com o braço esquerdo, que estava apoiado nas costas e no ombro de Marina, sobre a blusa rosa. Com a mão direita, livre, pegou a bolsa e trouxe-a para seu lado, ela não se opôs. Não parecia haver muitas coisas. Marina era parcimoniosa na seleção dos objetos, sempre limpava a bolsa dos excessos. Enfiou a mão pela pequena abertura e tateou o interior — a agenda que ela usava como caderno de notas, a escova de cabelo, a carteira, o toco de lápis. Sentiu a frieza entre os dedos, a frieza do vidro. Parecia uma amostra de perfume, ou uma cápsula. Retirou-a da bolsa, era uma ampola partida, e percebeu sob a transparência marrom o aspecto de açúcar nos resíduos. Aspirou e sentiu o cheiro amargo e amendoado do pó que restava.

Correu o zíper da bolsa até a ponta, com força, abriu-a toda e encontrou também um pequeno pote de barbitúricos. Ambos estavam vazios, a cápsula com o cianeto de potássio e o tranquilizante para aplacar a dor e os sintomas.

O corpo de Marina parecia cada vez mais pesado. Ela não opôs resistência a seus movimentos, não respondeu quando ele perguntou por que ela tinha feito aquilo. Gilberto levantou o rosto dela com as mãos espalmadas em sua face. Os olhos estavam fechados, ausentes no sono profundo, a cinco centímetros dos seus. A boca, serena e bonita, fazia lembrar uma boneca largada ao canto. Abraçou Marina com força, como se fosse a única coisa que poderia lhe dizer, a única e a última maneira de se comunicar com ela. Pôs os dedos embaixo do seu queixo, tomou seu pulso, que começava a fugir, lento e remoto, reacomodou sua cabeça de volta, sobre seu ombro esquerdo. Podia correr, deixá-la sozinha no banco, buscar um tubo de oxigênio, aplicar-lhe nitrito de sódio, enfiar os dedos pela garganta, amaldiçoá-la por cometer o absurdo, fazê-la ainda mais miserável no momento final. Podia gritar por socorro, descer em busca do centro médico e voltar a encontrá-la mais distante ainda, em coma profundo, talvez já morta. Apertou-a com mais força, como se pudesse trazer seu corpo grande e frágil para dentro do seu.

Olhava o céu e o oceano, as pessoas de costas, as imagens que começavam a embaçar-se à sua frente, por entre os olhos mareados. As linhas e as cores do crepúsculo eram um acinte, com seu desprezo pelos homens. Linhas tênues, cores pastel, uma evanescência ostensiva e inútil. Já não podia perguntar, ela não responderia. Apagava-se lentamente em seus braços, percorria a curva imperceptível, dobrava sua linha suave e sem volta, inconsciente do percurso, da impossibilidade de refazê-lo. Adormecia de vez, sem a dúvida de ficar a meio caminho. O vento mal tocava a ponta dos cabelos, as mãos entrelaçadas continuavam a abraçá-lo, mas deixavam de pressionar sua cintura, as pernas e os pés permaneciam juntos, contritos em sua humildade tardia. A única coisa que ele sabia fazer era apertá-la contra si.

— Qual o seu nome?
— Precisa saber meu nome para dizer onde eu encontro esse dr. Gilberto?
— Não necessariamente.
— Onde ele fica?
— Em vários lugares. Ninguém para num hospital, nem os doentes.
— Custa ajudar? Como ele é, mais ou menos?
— Dessa altura. Parecido comigo, com um jaleco desses.
— Tá gozando com a minha cara?
— Você precisa de quê? Nem parece doente.
— Isso é uma cantada canhestra ou um diagnóstico irresponsável?
— Um diagnóstico preliminar.
— Muito enfermeiro frustrado se finge de médico?
— Não sou enfermeiro. Sou oncologista. Gilberto Santiago. Qual o seu nome?
— Por que não falou antes? Me fez de palhaça.
— Até agora você não disse quem é.
— Próxima vez uso um crachá. Cantar as filhas dos pacientes virou rotina médica?
— Você sempre acha que estão cantando você?
— Pode me dizer como está minha mãe?

O dedo indicador regia o andamento das frases, aquela insistência em responder a uma pergunta com outras perguntas. Gilberto não ficou indiferente à personalidade impositiva, à adorável impaciência. Como ignorar um rosto que, para além da beleza, é um enigma, que despreza e desafia ao mesmo tempo?

Magra, Marina ocupava um espaço amplo, cheia de movimentos e de braços, como uma pequena divindade hindu. Tinha o ar executivo, esportista, a roupa moderna e confortável, o relógio de cronômetro no pulso direito, as chaves do carro tilintando na garrafa da bebida isotônica.

Reviu-a semanas depois, quando ela entrava no hospital pela segunda vez. Empurrava a porta pesada de vidro com os pés e o cotovelo, as mãos sempre pareciam ocupadas. Ele saía, abriu a porta e deixou-a passar. Teve a impressão de que ela não o reconheceu, mas notou o agradecimento sorridente. As mãos não estavam tão ocupadas assim, havia um charme preguiçoso na maneira de abrir a porta com os pés. Talvez ela fingisse que não o reconhecia, logo ele, o médico mal-humorado que insistiu em dar alta à sua mãe.

Ao longo dos anos, Gilberto reencontraria o sorriso gaiato e sedutor um punhado de vezes. Lembrava-se dos momentos em que ela se cercava de gente, mimava a todos como se não fosse ela mesma o centro das atenções, inventava drinques e histórias, voluntariava conselhos e tarefas, mal parava sentada, girando em torno dele e dos outros com a desenvoltura e a afetação de um cabeleireiro. Na casa de Búzios, na varanda do apartamento da Lagoa, na antessala miúda do consultório. Eram as fases eufóricas, em que ninguém resistia a seu melhor e mais doce exibicionismo.

Alguém disse uma vez, como se reproduzisse um fragmento de horóscopo, que Marina respondia à terra e ao tempo, ao clima e à luminosidade, que regulavam seu comportamento e humor. Gilberto não lembrava o autor da frase, talvez um dos colegas psicólogos, lembrava apenas que se juntou aos outros na hora de ironizar o comentário e de atribuí-lo ao álcool. Ao olhar para trás e recordar o rosto pegado ao seu, não conseguia deixar de vê-la sob o sol forte e o céu límpido, com sua tez clara e rosada, as lentes negras, na forma de pequenas moedas, os colares e brincos artesanais, de objetos marinhos ou indígenas, a tatuagem na nuca, o rosto erguido de autossuficiência, saúde e prazer. Ali estava a Marina das pedras de Geribá ou ao volante do pequeno conversível, a Marina que posava para as fotos contra o fundo da praia, sugando as bochechas e imitando modelos esquálidas, ou que saía de carro no meio da tarde para, em pleno sinal, como num striptease à luz do dia, baixar morosamente, com uma das mãos apenas, a capota preta que escondia sua silhueta escandinava. Era essa Marina, artificiosamente tropical, narcisista e arrogante, provocativa e mordaz, que enchia seus olhos agora e turvava sua visão. Um ser que não tinha parentesco algum com a mulher que se enfiava nas crises, viciada em silêncio ou nas notas tristes do piano. Nunca imaginou que alguém pudesse destoar tanto de si mesmo. Conviveu sempre com duas mulheres e aprendeu a amar a uma pelo amor da outra.

Não havia como não notar quando estava bem, era como se fizesse questão de dizer como era bom ser Marina. Por que não acreditar, se todas aquelas virtudes e talentos — a música, a psicologia, a literatura, a inteligência, a verve, a elegância — estavam reunidos em uma única pessoa? No começo ele teve a impressão de que as fases eufóricas podiam ser deflagradas por pequenos acontecimentos do dia a dia — a nota ou a palavra perfeita, as flores de uma paciente, o ponto da carne ou do pão. Quando ela aparecia alegre, recém-chegada da rua, imaginava logo que alguém teria flertado com ela, usado alguma palavra suave na saída do consultório, no elevador, no engarrafamento. Seu corpo parecia mais leve e disponível, como se o charme de encantar a contagiasse, e ela não pudesse reprimir o enlevo nem mesmo quando relaxava em casa, enxugando os cabelos. Encarnava o personagem sedutor e parecia querer compartilhar com Gilberto seu êxito, como se não fosse absurdo enciumá-lo e tratá-lo como confidente. Ela sussurraria algo musical, Tom Jobim ou Caetano, recitaria um ou outro verso, Bandeira, Auden, "Is it sharp or quite smooth at the edges? O tell me the truth about love", o prazer da voz, na pronúncia e cadência impecáveis.

Até a morte do irmão, os surtos de alegria e tristeza pareciam sempre justificados. Havia sempre, se não uma boa razão, uma razão. A previsibilidade do comportamento se estabelecia por contraste, pois era ela quem tinha de testemunhar os ataques de Cassiano e fazer-se sóbria para consolá-lo. Era ela quem sofria, porque era a única que podia compreendê-lo. A morte dele expôs a solidão de seus surtos. O equilíbrio precário rompeu-se quando se perdeu a referência de um desequilíbrio maior, como aquele que acompanha a agonia longa do cônjuge e, tão logo ele morre, deixa vir à tona sua própria doença.

O corpo de Marina parecia ainda mais dócil ao abraço. Gilberto olhou a bolsa de novo. Com a mão direita tirou o caderno de notas. Ele nunca lhe contou que costumava ler o que ela escrevia no caderno. Teve sempre a impressão de que aquela era a maneira secreta que Marina usava para comunicar-se com ele. As advertências para que nunca lesse as anotações pareciam um apelo para que ele a escutasse. Sabia que não deveria fazer qualquer menção ou comentário ao que lia, era o modo de preservar aquela forma particular de diálogo.

Apoiou o caderno sobre o colo. Observou as manchas simétricas na capa, desenhos que ela mesma fazia, à maneira de Rorschach. O braço esquerdo continuava a envolvê-la, a trazer seu tronco para perto. Podia ver Marina rindo e acusando-o de ser um disléxico enrustido, podia rever o momento em que ela o desafiava a soletrar palavras como Rorschach, Kokoschka, quando no fundo ela sabia — e fazia questão de mostrar — que a deficiência dele era outra, mais primária, a inapetência cultural de quem só queria saber de tumores. Virava as páginas com a mão direita, devagar, com a ajuda do vento, que continuava a soprar de uma lateral à outra do navio. Podia reconhecer palavras ou frases que havia encontrado em outras ocasiões. Chegou à última página escrita. A letra tinha a mesma regularidade, mal encostava nas linhas, o espaço era curto entre as palavras, como se o pensamento fosse urgente e precipitado. O traço firme do pequeno lápis cavava as páginas seguintes, em branco:

    Alguém já disse que é mais fácil morrer por uma pessoa do que ter de viver com ela? Alguém já disse que é mais fácil dar a vida pelo outro do que olhá-lo toda noite? Foi um erro, você sabia, e sempre insistiu, com uma resignação que me comia por dentro, mordiscava no fundo, pequenos dentes de camundongo. Se isso era amor, nada podia ser mais melancólico. Tudo era imensamente difícil. Não só as crises, o momento em que a lâmina gelada corria pela carne quente. Também o espectro, rondando, a volta no alto, o pássaro sem chão, que não pode deixar de bater as asas, prestes a estourar os músculos do peito. *You have no idea.*
    Obrigada por deixar, seria tolo impedir. Sim, tudo se degrada, é sempre assim, uma espiral que perfura, cada vez mais fundo. Sorte que você nunca prestou atenção ao que eu dizia. Na peça do T.S.E., o casal Monchesey parte em cruzeiro, e não se sabe se ele apenas a vê cair do navio ou se a joga no mar. Não há resposta. Algumas coisas não admitem verdade. Não, você não entende. Ainda bem que nunca desfez os meus nós, tão protegidos de qualquer esperança tola.
    Eu te amei, à minha maneira. Amei mais do que tudo em toda a minha vida. Não é pouco. Pouco é a vida ao meio. Trinta e

quatro anos? Ou talvez demais, a metade cheia do copo, depende do lado da embriaguez. Não leia mais, nem vale a pena. Você já leu e ouviu mais do que devia. Comece do ponto zero em que você se encontra, finalmente no centro de um círculo perfeito.

Lia em voz alta, relembrava em sua própria voz aquele estilo de dizer as coisas. Nem na despedida estaria livre da ironia e daquele amor de corrosão. A vida com Marina sempre o puxou para as margens, o pequeno inferno a dois, mas sabia que sobreviveria mal fora dele, no vazio de um mundo sereno, ao lado de uma alma pacata. Viciou-se em Marina, na largueza do retrato, tudo o mais parecia menos, sem dimensão e vitalidade, simples demais.

Tocava a pele cada vez mais fresca por baixo da manga dobrada da camisa e já duvidava se a machucou no dia em que tomou aquele braço com força, quase a torcê-lo, para que ela voltasse a si e respondesse algo. Havia no gesto repreensão e raiva, mas ela o olhou com o dobro de indignação, como se ele invadisse um mundo que não era seu. Podia relembrar a dureza do osso em sua mão fechada, o tempo em que ainda o reteve, e a certeza de que nunca mais faria aquilo. Ela o olhava e o odiava, enquanto respondia com os dentes cerrados às perguntas simples que ele fazia para saber o que restava de sobriedade. Era bom tocá-la agora sem que reclamasse da mão suja da rua ou fria do copo.

Sempre achou que podia controlar a força no momento em que segurava seu corpo — os braços, a cintura, as pernas — para melhor penetrá-la. Também ali não atravessava o limite. Até a maneira de apertá-la de forma agressiva tinha algo de calculado e eficiente. Marina se irritava com aquela necessidade de dar prazer, de ser aquele que doa e deve ser amado. A infalibilidade era um artifício, o prazer maior, cerebral. O rosto impassível na cama, uma máscara de poder, indignava-a na exata proporção da capacidade que ele tinha de fazê-la perder-se de si. Por que não um orgasmo incompleto, canhestro e fora de hora? Não era difícil perceber o desejo e a revolta. Estavam na maneira como ela o segurava e testava sua rigidez no arco da mão. Era como se lhe dissesse que a última coisa que aceitaria seria depender sexualmente de alguém e deixar-se surpreender por um prazer maior do que ela poderia proporcionar a si mesma. Ela parecia buscar o ângulo que a machucava, para que pudesse rejeitá-lo. Revoltava-se mais quando se deixava levar e se declarava durante o sexo. Aceitava que ele a tocasse com as mãos e perguntava onde ele aprendeu a usá-las, a conhecer o corpo de uma mulher nos aspectos menos óbvios. Era médico sim, versado nos manuais, mas como podia ser hábil com os dedos — as cartas do baralho, o traço de calígrafo, a leveza do bisturi — se não conseguia reproduzir um par de acordes no piano? Sucumbia a uma fraqueza, enquanto o outro não dizia uma palavra, encantado com sua própria habilidade.

Calavam-se durante o breve momento de ternura que se seguia. Era um lapso de enlevo em que qualquer exagero seria lamentado no dia seguinte. Bastavam as ingenuidades do ato.

Ainda na cama, a indignação súbita de Marina eliminava o risco da inocência:

— Sabe a diferença entre o louva-a-deus e a aranha *latrodectus hasselti*?

— Mal sabia que existiam.

— O louva-a-deus é aquele inseto que parece um talo de planta rezando. A fêmea devora o macho na hora de transar.

— Parece um contrassenso biológico.

— Sempre tem uma sabedoria. Se ela está bem alimentada, se esconde por mais tempo e protege os ovos. Só não tem namorico. O macho tem que chegar por trás, sem ela ver, e botar o esperma no abdômen. Ela espera o vacilo e, assim que tem uma chance, créu, arranca a cabeça dele. Ele continua transando enquanto é comido. Até transa melhor. A inibição do movimento abdominal está na cabeça. A cabeça do macho é inútil.

— A moral feminista das tuas informações de Rádio Relógio.

— Já a aranha *hasselti* faz uma teia de círculos concêntricos. O macho é muito menor. Quando dá vontade de transar, ele toca com a pata na borda da teia. Como se tocasse uma harpa. O macho também vai morrer, como o louva-a-deus. A diferença é que ele já sabe. Em vez de ser caçado, ele se oferece. Depois de gozar, dá um salto e põe a barriga na boca da fêmea, para ela comer. Se mata deitado no corpo imenso dela.

— Se ela é muito maior, ele não vale tanto como alimento. Não precisava se matar.

— A transa com o suicida é mais longa. Aumenta a chance de que ela rejeite um novo parceiro. O macho se mata para garantir que os filhotes vão ser seus. Ele marca o corpo da fêmea com seu cadáver, para ela não transar de novo. Se perpetua pela prole. A gratidão dela é comer o macho vivo.

— A paternidade em troca da vida... Se o objetivo do macho é garantir a prole, faria mais sentido transar com outras fêmeas.

— O macho dessa espécie só pode transar uma vez.

— Um corpo anão, um único tiro a vida inteira, uma personalidade suicida... Melhor não deixar herdeiro.

— Você não entende a grandeza do ser que sabe o destino que tem pela frente e se entrega assim mesmo, com um sentido trágico. Você não entende o dedilhado da teia como uma harpa. O macho que toca a música da fidelidade e do sacrifício.

— Não tenho a menor vocação para me matar, Marina. Teria vergonha da teatralidade do suicídio. Qual das duas histórias você inventou?

— Nenhuma. Se pudesse, teria inventado a do louva-a-deus. A cena da decapitação.

Com os ânimos em progressão, Marina voltaria a dizer que nada era pior que a insatisfação do desejo satisfeito. A revolta crescia, e ela encontrava outras maneiras de esquecer:

— Ao diabo com essa história de beber socialmente! Como é que um sujeito que diz que bebe, e bebe mesmo, nunca tomou um porre de verdade? Um abstêmio eu entendo, um pastor de igreja também, mas um bebedor de uísque que nunca se embriagou? Um homem que nunca entortou a porra da boca para dizer que o mundo é do caralho, que eu sou linda, o amor da sua vida, o a-m-o-r d-a s-u-a v-i-d-a... não tem o direito de dizer se eu posso ou não tomar mais uma.

Ele reclamava da imprevisibilidade e do humor movediço, como se não fossem razões de seu apego. Quanto mais observava manias e dores, mais se via atraído e preso no centro da teia. Nunca se incomodou com certos caprichos de Marina, como se a maneira sedutora de agir com outros homens fosse tão vital para ela quanto inofensiva para o casal. Achava que podia ser magnânimo e admitir que, para curar a tristeza, ela pudesse ou até devesse ter outro relacionamento. O jovem editor a encantara, não era só a alegria de começar a publicar. Aquela erudição contrastava com as deficiências de um marido que só podia citar artigos médicos. Ele não tentou impedi-la. Não lhe perguntava aonde ia, não estranhava os horários. No fundo, achava que nada seria capaz de arrancá-la do fosso em que se meteu.

Os meses de arrebatamento não passavam. O vínculo era mais longo e intenso do que imaginou. Marina não comentava, mas ele podia pressentir, uma vez mais, a vontade de tomá-lo como confidente e compartilhar a euforia. A felicidade que antes desejou para ela começava a irritá-lo, derivava de um prazer espúrio. Não era tolerável que experimentasse com outro o encantamento que não podia mais sentir por ele. Ela sorria, e ele apenas a olhava. Os meses em que Marina não se flagelou acabaram sendo os mais difíceis para ele. Nunca quis comentar o assunto. Em parte era o responsável. Ela o provocava, queria induzi-lo a admitir que sabia. Ressentia-se da aparente indiferença de Gilberto. Ele não esqueceria a noite no restaurante de Búzios em que ela, com os olhos fixos em sua boca, sob a luz baixa que ensombrecia o rosto, narraria a suposta história do casal que resolveu ter casos, a paixão imprevista da mulher pelo amante. A referência às conversas sobre a identidade de Shakespeare, sobre a precocidade dos poetas românticos, a transa no elevador da gráfica, ao som das rotativas, o encanto com o pequeno trejeito — tudo parecia rude e doloroso. Cada frase carregava uma vitória de bar, no êxtase da humilhação. Sem imaginar que o pior estaria por vir, ela queria extrair a confissão, não exatamente dos casos desimportantes que ele teve; queria que ele quebrasse a carapaça em que se meteu e confessasse que sabia da paixão que *ela* tinha vivido. Uma noite que foi uma sequência de erros, do começo ao fim — o entusiasmo da vingança no olhar de Marina, o disparate de Eduardo, com a proposta brusca, já na casa, o choro das duas, Marina em cima, sozinha no quarto, Laura à sua frente, tão doce em sua decepção, tão tentadora no abandono, e o erro maior de todos, dele mesmo, Gilberto, o erro inconfessável, contra o melhor e único amigo, que já estava longe, mortificado na rede, contra ela também, sim, contra ela também, pagariam ambos, Eduardo e Laura, por uma sinceridade e uma candura quase infantis.

Escurecia rápido, o navio afastava-se do poente. A lembrança da sombra no rosto de Marina tornava mais fácil aceitar a morte. Uma fita triangular de navegação tremulava no meio de uma corda tesa, gorda do vento, como uma língua de réptil. O corpo estava frio, sem pulso nem sinal algum, completamente largado sobre o seu. Já não havia quem observasse o pôr do sol, não havia o que olhar, apenas uma faixa de luz parda que se diluía sobre o horizonte, cada vez mais turva, indistinta do oceano. Completava-se o abandono lento em seus braços, sob o sorriso da portuguesa enternecida pelo aconchego da moça no ombro do marido. Era a suavidade da morte pública e despercebida.

Ele tentava olhar adiante. Teria sido outra história se Marina tivesse se jogado ao mar. Cinquenta, sessenta, setenta metros de altura. Ele teria que se jogar também, arriscar a vida para ter o que enterrar, e iria junto, ninguém mergulha de um navio supondo que sobrevive, muito menos que salvará alguém. Se tivesse que se matar, haveria de ser como um prazer, o prazer que em vida lhe era torto. Deixaria o corpo boiar sobre o oceano, sem peso, ao sabor das correntes, o sono mais pesado e completo que alguém já teve. Talvez o prazer de jogar o corpo no vazio fosse ainda maior. Deixaria o ar limpar os pulmões e os pensamentos, purificar a vida que ficava para trás, no alto da amurada. Seria outro por um lapso, não haveria tempo para pensar no impacto. Talvez o mar restaurasse o sono, a onda fria embalasse as costas, o oceano como o único lugar em que os insones não são insones, embora lhes falte imaginação para sabê-lo. Tinha a impressão de que nunca mais adormeceria, enquanto ela dormiria para sempre, egoísta no sono final, a soberba daquele que reaprende a dormir e deixa o outro na vigília. Teria sido pior se ela tivesse esperado a volta para se matar. Ele aguentaria a náusea de cada milha. Agora podia abandonar o barco. Nada de Ilhas Canárias, Cádiz, Sevilha, nada do balanço que o torturava no convés ou na cabine. Olhava a distância em direção à noite e via o corpo desembarcar em Cabo Verde, sobrevoar o mar até Lisboa, voltar ao Brasil sobre o mesmo mar, as mesmas ilhas escassas do Atlântico. Dois, três dias com o corpo frio e rígido, *rigor mortis*, velava-o pelos ares, um fardo em plena leveza de nuvens, a dor que alçava ao sol dentro de um saco impermeável, um caixote de metal. Estariam no céu, um corpo que apodrece, um homem que chora, um amor que já não é mais.

Alguém se aproximou, parou ao lado da amurada. O uniforme branco e impecável usado pelos tripulantes, certa familiaridade de hospital.

— Preciso da sua ajuda.

— *What can I do for you, sir?*

— Minha mulher está morta.

Um ser translúcido, mais líquido que ósseo

Gilberto passou as vinte e quatro horas seguintes na enfermaria. Era preciso deixar correr um dia completo antes de fazer a autópsia. Já sabia do laudo, mas queria acompanhar a abertura do corpo. Nunca pôde olhá-la como médico, ela não deixava que ele examinasse seu corpo, muito menos as cicatrizes. Recordava-se da vez que ela lhe soprou os olhos enquanto ria, um sopro seco e perfeito, só porque ele pediu que abrisse a boca para ver a garganta recém-operada.

Disseram-lhe que voltasse para o quarto, repousasse e retornasse no dia seguinte, sua aparência não devia ser das melhores. Ele ponderou que não conseguiria dormir. Melhor permanecer ali mesmo, ao lado dela, para velar o corpo. Não era exatamente um velório, sabia que exagerava. Perguntava-se por que tinha feito questão de carregar o corpo sozinho, com todo o cuidado, um pequeno lance de escada, dois corredores extensos. Temeu mais do que tudo encostar a cabeça de Marina contra a parede, na largura estreita, como se o corpo já não fosse ela, sempre forte, mas apenas um animal frágil que se machucaria ao mais leve roçar. Pela primeira vez não lhe pareceu ridículo andar de elevador em pleno oceano.

O único sinal de que ainda estava a bordo era o balanço. Não via o timão falso pregado à parede, o quadro envidraçado de nós que ninguém usava, escotilhas quadradas ou circulares. Tinha a sensação de estar em um abrigo nuclear, sacudido muito de leve por explosões remotas, benignas de tão distantes. Era preciso confinar a enfermaria, não havia por que incutir a preocupação no ânimo elevado do passageiro. Ele mesmo, médico, não se sentia bem ali, embora já estivesse acostumado a comer sem reclamar do cheiro de antissépticos. Pena que não tivesse apetite para o que lhe traziam. Talvez o contato com o cianeto tivesse entorpecido o olfato.

Respondia as perguntas sem esforço. Não havia mistério em relação ao que aconteceu. Ela se encarregou de todo um empreendimento minucioso e profissional: a ideia do cruzeiro, o cenário do mar, o horizonte absolutamente sem falhas, o pôr do sol, o vento constante, o cianeto para o fim certo, o tranquilizante para o disfarce, o aconchegar-se doce para humanizar, o momento e a maneira exatas, deixou até uma prova, de próprio punho, a mordacidade de sempre, ou a carência e a solidão, já não sabia mais. Pensava no diário dentro da bolsa, sobre a mesa do legista, e respirava de maneira ofegante. Pareceu-lhe normal depois de carregar um corpo pesado, com todo o zelo, embora continuasse a puxar o ar muitas horas depois.

Ouvia as questões e vinha a dúvida se não era o verdadeiro culpado. Cada pergunta que lhe faziam ele repetia para si mesmo, tentava imaginar a resposta mais correta, e se havia discrepância entre o correto e o conveniente. Por que respondeu que não sabia que ela tinha se envenenado? Por que alegou que não tinha visto os recipientes na bolsa, ou que cochilou ao lado de Marina, pensando dormir o sono bom a dois, em frente ao pôr do sol? Daria um enorme trabalho dizer a verdade. Ninguém entenderia que aquilo estava acima da lei e da ordem. Seria o único a saber, sóbrio como só os homens tristes conseguem ser. Desde quando ele soube? No momento em que sentiu o toque frio do vidro? Ou já podia desconfiar ao puxar a bolsa para si, ao ouvir Marina dizer que iria ao banheiro, o olhar críptico, um convite para que fossem juntos para o quarto, para demovê-la daquilo tudo, não exatamente para transar, como ele pensou por um momento, com a cabeça do macho, a cabeça de um louva--a-deus, que afinal nem serve para muita coisa. Talvez fosse um pedido mais simples do que o desejo de ser penetrada. Podia ser a vontade singela de escapar da morte que havia sido programada mas que, por um breve momento em que os olhares se cruzaram, parecia ainda incerta. Ou soube ainda antes, quando ela lhe falou do cruzeiro, de Eliot, dois Ls?, E, L, L, I, O, T?, quem disse que era tão ignorante e não tinha conhecimento de sua obra? Por que ignorou o enigma de Marina, não buscou investigar nem prestou atenção quando ela disse que um cruzeiro poderia "salvar uma vida", restaurar a dignidade e a inocência, ou teria sido "decência" a palavra que ela usou com o ar de carola, como se fosse imensamente superior à promiscuidade de Búzios, aos amigos que perdiam a noção das coisas? Ou será que a inocência de que ela falava nada tinha a ver com um passo em falso em uma noite solta, e sim com algo fundamental, a inocência de uma existência, que só se restaura na morte? Era mesmo um jeito carola, moralista, como quis interpretar, ou o apelo de quem ainda espera que o outro faça algo?

Talvez só Eduardo compreendesse. O legista não se interessaria, o comandante com o quepe elegante e o ar inquisitivo não teria como entender. Eduardo entenderia até demais. Talvez trouxesse de novo a história do pai, poderia ironizá-lo, não era ele quem não conversava sobre o suicídio, quem dizia que as pessoas costumam ir até o fim, mesmo com a dor do câncer? Os dois sempre acabavam falando dos assuntos sobre os quais nunca conversavam... O silêncio de Eduardo admitia tudo, a frieza tinha suas vantagens. De uma maneira ou de outra ele fazia parte da história. Tinha mostrado a Marina a única coisa que ela não podia suportar, a imunidade a seus encantos públicos. A proposta que fez era a prova maior do desprezo, sugerir ali, na frente de todos, com a displicência de quem não se importa, a troca de lugar pelo resto da noite, para que pudesse violar a intimidade e calar toda aquela extravagância. Eduardo compreenderia sim. Quando menos, havia a cumplicidade de que ambos foram, cada um a seu momento, largados à própria sorte. Nenhum dos dois foi razão suficiente para que aquele que parte — Caio, Marina — deixasse de ir. Quem diria que estaria tão próximo de Eduardo... Podia vê-lo condenar Marina pela premeditação do gesto e pelo enigma da referência a uma peça de teatro, como se fosse leviano misturar jogo e morte. Naturalmente ele conheceria a peça, e talvez dissesse, com a expressão gélida, que havia coisas melhores do autor. Acabou sendo uma surpresa vê-lo comovido ao ouvir a notícia e dizer que admirava Marina ainda mais. Ela tinha feito tudo para poupar Gilberto da responsabilidade e da culpa, preparou tudo sem a ajuda do marido médico e ainda decidiu morrer nos braços dele, como um afago derradeiro, ali, no alto de um navio, no meio justo do oceano, longe de qualquer continente.

 O legista começou a relacionar os sintomas que têm de ser verificados para atestar a morte. Em pleno mar, os procedimentos deviam ser seguidos de modo mais fiel, não era frequente submeter um corpo à autópsia. Talvez fosse uma questão de personalidade, cada tipo com seus códigos e regras, embora Gilberto não pudesse distinguir nada muito característico naquela figura pequena, de voz rouca e aspecto senil. Se não tivesse informado que também era médico, não precisaria ouvir os comentários sobre cada detalhe — *algor mortis, livor mortis, rigor mortis,* putrefação... Não haveria motivo para um anatomopatologista querer provar a um leigo que sua especialidade também tinha valor.

Gilberto assinou a autorização. Não teve forças para ajudá-lo a despir Marina, era o choque da perda ou o cansaço das vinte e quatro horas sem dormir. Viu-o tirar a blusa rosa. Quase não havia ferimentos na parte alta do corpo, nem nos seios nem nos braços, era na altura do púbis e no interior das coxas que ela costumava fazer os cortes, onde ninguém tinha como sabê-lo, nem mesmo quando ela estendia o corpo sobre a areia para o cochilo da praia. O legista fez um exame externo minucioso, o corpo primeiro de frente, depois sobre cada lado, deteve-se com mais vagar no pescoço e na cabeça. Teve a sensibilidade de não fazer nenhum comentário sobre as cicatrizes ou as marcas de queimadura na ponta dos dedos.

Ele explicou os procedimentos. A sequência de abertura das cavidades deveria ser um, craniana, dois, torácica, três, abdominal, quatro, pélvica. Dispensaria a craniana, era muito agressiva, e o exame externo da cabeça já parecia comprovar que não havia trauma decorrente de golpe. Não eram raros os casos de violência ou sedação seguidos de envenenamento, e era seu dever verificar se havia sinais de homicídio.

A primeira incisão partiu da clavícula esquerda em direção à clavícula direita, passando por cima do esterno — a mão firme, o corte profundo, uma linha quase perfeitamente reta. A segunda iniciou-se no centro da primeira, perpendicular e em direção ao abdômen, pela linha medial e por entre os seios pequenos, até o apêndice xifoide. O sangue, de um vermelho coral intenso, emergiu na forma exata do T que havia sido traçado, com a aparência de vitalidade e frescor. Gilberto levantou-se para olhar melhor e recostou-se na parede. Entre ele e o legista, Marina aparecia tesa, perfeitamente esticada, os braços para baixo acompanhando a linha do corpo, como se respirasse fundo antes de um salto. — A coloração de tijolo é pela saturação de oxigênio. O cianeto impede a respiração celular. Tem médico que ainda acredita que o cianeto deixa a pele azulada ou esverdeada. — Havia algo de amador, de irritante, na maneira como erguia o bisturi enquanto falava. — Vou dispensar o exame de mamas, não faz sentido.

Seguiu com a abertura da proteção costo-esternal com um costótomo. Era harmoniosa e suave a curvatura das costelas, a convergência para o esterno, envolvendo o que importava, no ângulo e na altura ideais. Uma forma mais arredondada do que cônica, tão própria à respiração torácica de Marina, que nunca movia a barriga atlética. Não se encontrava sinal de lesão ou fratura, e os ossos sadios resistiam à agressividade do metal. Apalpou lentamente o coração, como se o acalmasse. Cortou as veias cava e pulmonares ao fundo, observou a aorta. Abriu a válvula pulmonar, a artéria pulmonar. Fez o mesmo do lado esquerdo. Destacou-o finalmente.

Ao recebê-lo em sua mão, ao sentir o peso e a maciez sobre a película da luva, Gilberto admirou a forma e a cor perfeita, o coração quase masculino, de tão robusto. Fitou-o como se fosse relevante que aquele músculo compacto tivesse propiciado e testemunhado tudo, e ganhasse ainda mais vida no momento crucial, do corte na pele ou do gozo. Era possível olhá-lo e supor a verve, o charme, o sorriso irônico? Ler as fibras e as válvulas, os espaços e os caminhos como quem decifra uma expressão? Tinha o estranho sentimento de que tudo estava ali, de uma maneira ao mesmo tempo enigmática e óbvia, como se soubesse exatamente do que se tratava sem ter ideia de como pronunciá-lo. Custou a recolocar o coração, ele mesmo, com a mão insegura, cuidando para que restabelecesse a posição exata.

O legista começou o exame pulmonar pelas vias aéreas superiores, laringe e traqueia. Com as pequenas tesouras de ponta curva, ressecou os brônquios.

— Ela chegou a inalar o cianeto antes de ingerir. O cheiro amendoado está forte em todas as vias. Quando eu abrir o pulmão, você vai sentir mais. Põe a máscara, você está muito perto. Autópsias desse tipo deviam ser feitas em quartos de isolamento.

Fez um corte longitudinal do pulmão direito, perguntou se Gilberto queria provar algo ao resistir a proteger-se com a máscara.

Da ponta do T na base do esterno o legista iniciou novo corte medial, ao longo do abdômen, contornando a região umbilical pelo lado esquerdo, até alcançar o púbis, acima da área das cicatrizes. Separou a parede torácica da abdominal destacando o diafragma. Gilberto não conseguia desviar os olhos dos tecidos e das texturas imaculadas de Marina, o tônus, o exagero do vigor e da saúde a serviço de uma mente privilegiada.

— Qual o sentido de cuidar dos meus dentes por mais de trinta anos como se fossem as joias da família, nunca uma cárie, nunca uma placa ou mancha, como se eu fosse precisar deles por um século inteiro, o orgulho de uma nonagenária que comeria de tudo, o churrasco e o pé de moleque, o quindim e a focaccia, finalmente livre de todas as dietas e de todos os idiotas? O que eu faço com eles agora? Arranco um por um antes de morrer e faço uma doação dentro de uma caixa forrada de veludo? Deixo como herança para os filhos que não tive? Um exemplo para os tribunais e agências de publicidade? E a pele, para que tanto mel, tanto creme, tanta cenoura lambuzada pelo corpo?

A aparência externa do estômago era normal, o legista abriu-o pela curvatura maior. Ali estavam, finalmente, as marcas da ação do veneno. Aproximou-se mais e notou o aspecto hemorrágico da mucosa, os edemas em forma de rugas, a aparência aveludada da parede gástrica. Já não escutava o que o outro dizia. Tinha diante dos olhos as cores e as formas do gesto final, o negro e o vermelho traçados por ela, mais uma vez. Entre tecidos e órgãos saudáveis, imunes ao fim, concentrava-se o pequeno núcleo de aniquilação, mais vital que a vida. Ela escondeu no centro do corpo, no ponto mais remoto, as sombras de seu último Rorschach, o desenho da imolação definitiva. Estava prestes a desmaiar. O cheiro amendoado parecia emergir de sua respiração, do hálito amargo. O legista não o instava mais a colocar a máscara. De posse dos instrumentos, seguia absorto em Marina, o necromante fascinado pelo veneno no corpo são. Gilberto teve de virar-se para trás, não encontrou a cadeira, a cabeça parecia leve como no alto de uma montanha.

— Um dos sinais de envenenamento com cianeto é essa coloração avermelhada da mucosa gástrica. Quanto mais longo o tempo de sobrevivência, mais forte a cor. Sua esposa custou a morrer. — Ele apalpou o interior, retirou e desfez entre os dedos pequenos fragmentos de comprimidos. — Não sei se isso aliviou a dor. Convulsões por asfixia celular são agudas. Deve ter entrado em coma logo. A dilatação da íris parece normal. O corpo tinha relaxado antes da morte. Você teria acordado se ela começasse a convulsionar. Não sei se adiantaria. A quantidade foi grande, trezentos, quatrocentos miligramas. Oxigênio a cem por cento, apoio cardiorrespiratório agressivo, nitrito ou tiossulfato como antídotos. Você saberia o que fazer se estivesse acordado, não?

— Acho que sim.

— O remédio se vende em qualquer farmácia. Parece um barbital comum. Como ela conseguiu o cianeto?

— Se eu soubesse, não estaria aqui.

— Também era médica?

— Psicóloga.

Ele começou a discorrer sobre as profissões com acesso a determinadas substâncias. Falava enquanto se inclinava mais uma vez sobre o corpo de Marina.

— Precisa fazer a pélvica? Não está claro o que aconteceu?

— Gilberto não escondia a irritação. Tinha visto o bastante, e era um abuso que o legista aproximasse a lâmina dos cortes de Marina e viesse a desfigurar o púbis e as cicatrizes. Queria puxar o braço insolente.

— O útero não parece um pouco dilatado? Será que não foi essa a razão do suicídio?

— Do que você está falando?

O legista apalpou e deslocou a bexiga com os dedos, fez um comentário sobre o aumento do líquido intersticial. Chamou-o de volta para que observasse mais de perto. Não desconfiava que ele mal tinha forças para afastar-se da parede. Gilberto viu-o reclinar-se ainda mais, com o rosto muito próximo ao corpo aberto, enquanto manipulava o bisturi como se operasse um órgão em miniatura.

A visão lhe pareceu turva, o sangue em toda parte e os movimentos lentos do legista embaçavam o interior e o exterior de Marina, a pequena coleção de cicatrizes sob os pelos e entre as coxas. Por baixo dos dedos plásticos que se enfiavam pela pélvis, ele notou o ovário esquerdo, a trompa em direção ao centro. Custou a reconhecer o útero aumentado, talvez três ou quatro vezes maior do que o normal, a forma de pera invertida tinha dado lugar a um contorno mais esférico. Sob o istmo, o colo já mudava seu aspecto de figo maduro, o muco acumulava-se na abertura do canal cervical. A parede muscular do miométrio parecia mais espessa, toda uma estrutura começava a ser preparada para o crescimento e a irrigação do órgão.

— Você prefere que eu não abra?

Ele não sabia do que o outro estava falando. Devia ser a ação do cianeto, o gosto na saliva cada vez mais amargo. O que ele fazia ali? Estava de volta à clínica, em terra firme, para a rotina de sempre, a partida de casa pela manhã, ele de carro, ela de táxi, o motorista no interfone? Seria aquele o assistente novo, chamando-o para esclarecer a dúvida? Imaginava-o jovem, era difícil recomeçar depois dos cinquenta, já tinha idade para não ter dúvidas. Qual o significado daquilo? Tinha de dizer algo ou era uma pergunta retórica? Melhor não dizer nada, um rosto inteligente e silencioso é o que basta nessas ocasiões. Talvez fosse a recordação de uma noite, um efeito ótico, a forma da pera, a forma da bola, há sempre diferenças anatômicas de uma pessoa para outra, cada um com seu quinhão de anomalias, algumas visíveis, até graves, outras minúsculas, irrelevantes. Mais difícil era compreender a diferença de tamanho, a vascularização intensa, a preparação para o futuro, ele ainda estava no navio, por Deus. Seria esse o motivo do fim? E todos aqueles cortes, ao longo dos anos, por que tão próximos, a ideia era ocultá-los ou havia um sentido maior em estarem ali, espreitando o lugar da vida? Era essa afinal a linguagem cifrada, o significado das linhas traçadas regularmente? Era essa a mensagem, e ele, o leitor atrasado, que cai em si quando nada faz diferença? Ou tudo não passava de uma grande coincidência, uma conspiração do acaso, ela morreu sem tomar conhecimento de nada, sem saber que conseguiu o que mais dizia querer? Ou era o que mais temia, o que tornava tudo crítico e final?

    A mão lenta iniciou o corte ligeiramente côncavo, na base do útero. Por baixo do endométrio, apareceu a forma da placenta, a consistência de um disco esponjoso. O bisturi talhava-a de leve, quase um afago do metal. A primeira imagem que pôde divisar foram cinco dedos, mal separados entre si, podia ser um pé ou uma mão. Pouco depois via a perna curta, dobrada e fina, encostando-se ao cordão umbilical, à outra perna, também dobrada. Sob os ombros miúdos, os braços pareciam apontar para os joelhos, os dedos das mãos ainda não estavam inteiramente destacados. Do alto da parte posterior da perna, na base do dorso, começava a curvatura longa, perfeitamente contínua, que percorria as costas, a nuca, a volta comprida da cabeça, inclinada para dentro, até alcançar o nariz, já definido. A cabeça, os braços e as pernas convergiam para o centro, protegendo os órgãos que começavam a se desenvolver. As mãos do legista iam e vinham para secar o sangue e o líquido amniótico, tinha esquecido a autópsia, concentrado no parto tardio. Podia perceber a orelha, as pálpebras salientes, sem cílios nem supercílios, os olhos fechados, como a própria boca, só um talho sutil, sem lábios. Era harmonioso o conjunto do rosto — os olhos, a boca, a orelha, o nariz —, compondo a cabeça ainda um pouco maior que o tronco. Sob o foco de luz forte, via o ser quase inteiramente translúcido, mais líquido do que ósseo, podia perceber as artérias e as veias sob a nata finíssima da pele, sem nenhuma camada de gordura, a transparência de feto, na cor rosada tão característica.

    O legista ergueu o rosto, observou Gilberto:

    — Lamento muito. Tinha um aspecto saudável. Sete, oito centímetros, talvez dez ou onze semanas. Pode ter morrido um pouco antes ou depois da mãe. Quer que eu o retire? Você deve ser o pai, tem o direito de decidir.

    — Não quero nada.

O glamour dos ligeiramente loucos

Mabel, a enfermeira de jaleco azul-claro que combinava com as paredes, cumprimentou-os com um sorriso e seguiu na frente dos dois pelo corredor. Romário virou-se para Eduardo, a mão em concha para lhe falar ao ouvido:
— Gilberto falou que era gostosa...
— Disse que era bonita.
— Pior ainda.
— Você acredita em tudo o que ele diz? Agora é tarde.
Na saleta, havia uma poltrona enorme de courim creme, com os apoios de braço forrados de pano branco, retos como plataformas. Havia também um armário de vidro com medicamentos, trancado à chave, um frigobar, um cacto sobre o frigobar. Ela indicou a poltrona a Romário, que se sentou apalpando o acolchoado, como se o mero contato da almofada doesse. Eduardo acomodou-se na cadeira do canto oposto, com as pernas e os braços cruzados. Mabel disse que voltaria logo e fechou a porta atrás de si.
— Vou vazar — Romário esticou os braços e apoiou as mãos no assento.

Eduardo apontou a porta.
— Pode ir. Vai acabar doente.
— Foda-se. Quem é você pra falar, mané? Laura diz que tu num se cuida — Romário ergueu as costas, desgrudava-se por etapas, como se temesse a reação de Eduardo. — Tu acha que eu me pico que nem os chapado? Dói só de olhar. Morro de medo, entendeu? Aqui num tem nem barato, só pico. Gilberto falou que ela é bonita, caralho! Vacilo, hein? Por que tu fez isso, Eduardo? Tu era legal.
— É um segundo. Não dá tempo de chorar. Você não diz que é grande?
— Tu que fala que eu sou criança. Criança num pode comer a Sílvia, mas tem que encarar vacina. Cinco, seis? Só com dois braço, porra. Ó o tamanho desse. Num tem graça, Eduardo. Tá rindo de quê?

Pensou em falar da cicatriz no peito de Romário, o corte que descia da clavícula em direção ao braço esquerdo, aquela sim deve ter sido uma dor aguda. Não sabia por que Gilberto tinha evitado o assunto.

— Que que eu ganho se encarar vacina? Tu dá o quê, se eu ficar aqui que nem um babaca?
— Aonde você quer chegar? Qual a ideia por trás desse teatro todo?
— Teatro? Gilberto fala que eu vou encontrar a enfermeira filé, aparece a avó dele, e é eu que faço teatro?
— As vacinas são importantes. Fala logo o que você quer.

Sob a luz fria, a palidez de Romário contrastava com o prazer da indignação, a malícia em algum ponto do rosto.

— Que dia é hoje?
— Segunda-feira. Vinte e nove.
— De quê?
— Setembro. Mil novecentos e noventa e dois.

— Vinte e nove de setembro... É dia do meu aniversário de catorze ano.
Era a convicção do plano, não da lembrança.
— Hoje é dia do meu aniversário de catorze ano. Faço catorze hoje. Já pode me tratar que nem gente. Num sou bebê.
— Ninguém te trata como bebê.
— Só falta o presente.
Havia deboche na maneira como arregalava os olhos e estirava a boca fechada.
— Bacana dá presente no aniversário.
— Você me chamou de que mesmo no aniversário da Laura? Namorado de merda?
— Quem falou isso? Eu?
— Fala logo o que você quer.
— Ir no puteiro. Quero perder o cabaço.
— Perder o cabaço? E as duas meninas no túnel?
— Nem tu acreditou, Eduardo. Tu acredita em tudo que o Romário fala? Agora é tarde.
— Se o problema é dinheiro, eu te dou.
— Tu acha que pivete entra sozinho?
— O que eu tenho a ver com isso?
— Tu vem comigo. Tem que ter adulto pra entrar.
— Por que tudo isso de repente, Romário? Dizer que tem catorze anos, ser tratado como adulto, ir a um puteiro para transar... É a Sílvia, não é? Tudo por causa da conversa sobre virgindade...
— Tem nada a ver.
— Esquece a Sílvia.
— Tô dizendo que tem nada a ver.
— Como não, Romário?
— Quero ir no puteiro da Suelen. Eu sei onde fica.
Mabel trazia uma bandeja de metal, com pacotes de seringas descartáveis entre tufos de algodão e potes de vidro. Pousou-a

no armário. Não era jovem nem bonita, tinha marcas de varíola no rosto e o cabelo mal pintado, mas a maneira suave como se movia, em silêncio, dava a impressão de eficiência e dignidade. Não parecia consciente da presença dos dois. Romário olhava Eduardo, à espera de uma resposta.

— Primeiro é a BCG, Bacardi com Guaraná. — Ela rasgou a embalagem da seringa, pressionou o pedal da lata de lixo prateada, amassou e lançou o papel, encaixou a agulha na seringa com cuidado, ajustou o tambor, o êmbolo. Com toda a calma, pegou um pequeno pote de vidro sobre a bandeja, espetou-o com a agulha, extraiu o líquido incolor, abriu novamente a lata de lixo e jogou o pote vazio. Testou o jato da agulha lançando uma gotícula no ar. — Prefere no braço ou atrás?

Romário encarava Eduardo, uma mistura de medo e cobrança.

— No braço. Ele já está grande para tomar injeção na bunda. Hoje é aniversário dele. Faz catorze anos. Insistiu muito para vir tomar as vacinas. Vai sair para comemorar depois.

Nem o humor e a destreza de Mabel aliviavam a tensão de Romário. Corria os olhos a cada movimento da enfermeira, a cada recomeço lento de preparação: o barulho do papel rasgado, o brilho da agulha, o toque do algodão no braço, a frieza do álcool. Desviava o rosto e contraía o corpo à aproximação da seringa, como se implorasse a Eduardo que interrompesse o martírio. Pela primeira vez Eduardo o percebia frágil, do tamanho do corpo subdesenvolvido. Pensava no alerta de Laura, enquanto Mabel contava histórias de adultos medrosos e crianças corajosas.

Saíam da clínica, Romário pressionava o algodão dos dois lados do corpo, quando parou na calçada:

— Faço catorze hoje... Nasci em que ano?

— Setenta e oito.

— Setenta e oito... Rolou o que no meu ano? Teve Copa?

— Na Argentina. Eles levaram.
— No meu ano? Que merda. Que ano vem antes?
— Setenta e sete. Não dá, Romário, você teria quinze anos. Você tem cara de doze, treze no máximo. Pode escolher setenta e nove, dá treze anos.
— Nem fudendo, professor. Já cheguei no catorze.

Ele largou os braços, com uma careta de dor. Enrolou o pedaço de algodão na palma da mão direita até fazer uma pequena bola. Jogou-a dentro de um carro que passava com a janela aberta. Enquanto olhava na direção oposta, buscou algo no bolso da calça jeans. Ergueu o punho e abriu-o na frente de Eduardo, mostrando duas camisinhas amassadas.

— Num vai sobrar nada. Vou arrebentar.
— Melhor não arrebentar nada. Joga isso fora. Camisinha usada não serve.

Deixaram o carro no Terminal Menezes Cortes, no centro, Romário intrigado com o fato de que um automóvel pudesse circular dentro de um prédio, subir doze andares, como um funcionário. Caminharam em direção à Presidente Vargas, parando para olhar a Assembleia, o Paço Imperial, a igreja do Carmo. O garoto parecia interessado nas histórias de Eduardo — a chegada da família real, a coroação na igreja ao lado, as cinzas esquecidas do descobridor português. Era uma tarde morna, mais branca que azul, com o movimento de sempre de pedestres e camelôs na Primeiro de Março. Alguns botecos improvisavam pequenos aparelhos de tevê, apoiados sobre o balcão ou entre as garrafas das prateleiras.

O prédio era comercial, modesto. No térreo havia uma butique-armarinho, com rolos achatados de tafetá e um vestido de noiva na vitrine, capas de purpurina e fantasias de clóvis penduradas em uma coluna interna. Sob a fachada de concreto, duas portas de vidro levavam ao corredor ladrilhado e ao salão de entrada, onde um porteiro parecia desinteressado dos que entravam e saíam. Subiram ao sexto andar, com a ajuda da ascensorista, que os examinou sem tirar a cabeça da pequena almofada colorida, pendurada um palmo acima da antiga manivela de madeira. Na porta não havia nome, nenhuma marca especial, apenas o número da sala sobre o verniz. Ao lado, o interfone de uma única tecla e uma câmera miúda embutida na parede, como um olho mágico. Foram recebidos por um negro corpulento, de paletó, simpático e mudo, que os levou a uma sala onde havia um bar e quatro mesas pequenas, para duas pessoas cada. Um barman materializou-se por trás do balcão. Tinha um cheiro forte de alfazema e enxugava os braços com uma pequena toalha. Havia um ar de desmobilização, o horário devia ser atípico, entre o almoço e o fim do expediente dos escritórios. Indicaram uma mesa para os dois e pediram que aguardassem um pouco, dona Verônica já viria.

Eram mesas simples, cobertas por toalhas verdes, um galheteiro com azeite e vinagre, um saleiro e um paliteiro de plástico. Devia ser prático fazer refeições em um prostíbulo, concentrar os prazeres do almoço em um único lugar. Nas paredes, desalinhavam-se algumas paisagens estrangeiras, espólio de uma agência de turismo: uma palafita de luxo em uma praia caribenha, um vale de chalés nos Alpes, Roma à noite. O garçom trouxe duas taças de um coquetel de frutas, cada uma sob um pequeno guarda-chuva de papel, com o desenho de um coração flechado.

Dona Verônica vestia um tailleur preto, que talvez lhe tivesse caído bem em outra época. Caminhava como se desfilasse, confortável sobre o salto, mas não parecia preocupada em seduzir, passara já o tempo. A maquiagem era mais discreta que os brincos compridos, dois conjuntos de metal que pendiam dos lóbulos com o peso de um ornamento sagrado. Tinha o orgulho de quem falaria horas e horas dos bons momentos. As frases estavam prontas, mas ela as pronunciava de maneira natural:

— Gostariam de uma recomendação da casa ou preferem escolher a acompanhante pelo monitor? — Indicou com os olhos uma porta ao fundo da sala, na parede oposta à do bar.

Romário virou-se para Eduardo com uma expressão de que qualquer coisa estaria bem.

— Ele procura uma menina que conheceu há um tempo. Acha que ela trabalha aqui. Se não encontrar, vai escolher outra — disse Eduardo.

— Nosso serviço, sempre de alta classe, é cobrado por hora. Não damos desconto para conversas no horário dos encontros — ela prolongava os s, como se temesse esquecê-los. — Cada um aproveita a boa companhia da maneira que achar melhor.

— Ele não veio aqui para conversar.

O monitor era uma saleta adjacente em que mal cabiam as seis cadeiras dispostas em três filas, todas voltadas para uma parede fina de acrílico, pouco mais larga e alta que uma porta. Do outro lado da parede transparente via-se uma sala maior, com iluminação baixa e lateral, almofadas de cetim espalhadas pelo chão, paredes forradas de um tecido grená, nenhum vestígio de porta ou janela. Parecia uma caixa de música acolchoada. Por entre as almofadas, percebia-se uma pequena passarela, que se iniciava num canto ao fundo, fazia uma curva em frente à saleta e desaparecia do lado oposto. Sentado diante da folha de acrílico, do cenário hermeticamente fechado e inverossímil, Eduardo tinha a sensação de que qualquer coisa, a qualquer momento, poderia aparecer à sua frente — um peixe, um boneco de marionete, um pequeno zepelim. Dona Verônica informou que as moças estavam prontas e apertou um botão na parede a seu lado.

Entraram uma por vez, bem devagar, por uma porta embutida ao fundo. O intervalo de tempo era suficiente para que percorresse o caminho em U, girasse e dançasse na frente do acrílico, fizesse um convite com a boca ou os olhos e desaparecesse do outro lado, por outra porta falsa. O uniforme era lingerie, nas mais diversas cores — rosa, vermelha, preta —, todas com cinta-liga, sapatos de salto. Havia uma ou outra exceção, a empregada de baby-doll e espanador, a aeromoça de avental sobre a minissaia e o gorro de uma companhia aérea já extinta. Não desfilavam mal, algumas até pareciam divertir-se com o papel de modelos, mas o grande momento era a pequena coreografia em frente à saleta, a simulação atlética do sexo — o alongamento, a abertura, as flexões. Se havia um coreógrafo, achava que ginástica era a expressão maior da sensualidade.

Romário esticava o pescoço, concentrado. Acompanhava os movimentos de quadril, a sincronização entre abertura de pernas e piscar de olhos, parecia acreditar na sinceridade dos sorrisos e olhares. Fazia um esforço para reprimir seu próprio sorriso, como se fosse um erro admitir que era o momento mais glorioso de sua vida de catorze anos. Eduardo alegrava-se por ele. Não conseguia deprimir-se com a caricatura do erotismo, os excessos de carne e de autoconfiança, o orgulho da marca do biquíni, a destreza para soltar o sutiã com dois dedos sem tirá-lo totalmente. Esperava um espetáculo melancólico, mas detectava humor e autoironia no rosto de algumas.

Romário virou-se para ele quando entrou uma menina magricela, que não devia ter mais de dezesseis anos. Ela caminhava medindo os passos do sapato alto, folgado sob os pés miúdos.

— Porra, ela vai me reconhecer? Cresceu pra caralho. Tá mais alta, toda produzida. De maquiagem quase num dá pra ver que é ela.

Suelen tinha um rosto bonito, mas não era mais do que uma menina. Destoava do estilo das outras, faltava corpo, desembaraço. A meia de nylon sobre a pele mulata mal escondia os mesmos hematomas que se viam nas pernas de Romário. Era difícil caminhar sobre os saltos, exibir os membros compridos e finos, os seios adolescentes. A timidez, a maquiagem canhestra, tudo devia compor o personagem da menina virgem da casa.

— Bianca é nossa pequena joia. É a amiga dele?

— Acho que sim — disse Eduardo.

— Querem que eu chame agora?

— Inda não. Tem que acabar o desfile todo — disse Romário.

Dona Verônica anunciou a última moça como se tudo antes tivesse sido uma introdução, e lembrou que a beleza superior tinha seu preço. Waleska era uma morena mignon, de rosto corado de praia, não especialmente gracioso, mas com uma sensualidade que vinha de certo enfado. Os seios eram compactos, naturais, e, sob a cintura fina e o contorno esférico dos quadris, as pernas apareciam fortes, um brilho jovem, coxas de uma assustadora semelhança com as de Laura. Caminhava de modo profissional, o rosto ligeiramente inclinado, o olhar que nunca se dirigia aos três, pregado a um ponto que parecia mover-se no ar. Não tinha pressa nem trejeitos, não precisava de rebolado ou ginástica, dirigia-se com o passo leve em direção à curva da passarela. De frente para a saleta, voltada para os dois, agachou-se devagar, aproximou o rosto da parede transparente, à meia altura, abriu a boca num pequeno círculo e bafejou no centro do acrílico, formando uma nuvem de umidade. Ergueu-se de novo, reaproximou os quadris da altura da nuvem e, quase encostada à parede, começou a abaixar lentamente, de um lado e de outro, os cordões laterais da calcinha negra, até que os pelos expostos se escondessem por trás do círculo de névoa. Com os cordões atando o centro das coxas, uma perna à outra, fez um ligeiro movimento ondulatório com o corpo, à esquerda e à direita. Enquanto a nuvem se desfazia, começando a revelar os pelos curtos e a intumescência do púbis, ela levantou a calcinha de volta, preguiçosamente, girou o corpo em cento e oitenta graus como se rolasse numa cama vertical, mostrou a bunda bonita, o vê minúsculo do bronzeamento, chicoteou com os cabelos negros a pele morena das costas e saiu caminhando em direção à porta falsa à direita.

Romário suspirou, uma, duas vezes. Virou-se para Eduardo e apontou com os olhos para sua calça jeans, para o pequeno volume lateral sob o brim azul. Falou ao ouvido, para que dona Verônica não escutasse:

— Num guentei. Muita alegria junta. Saiu fácil. Nem toquei, foi sem querer.

— Não podia ter esperado para tirar a roupa? O que sua amiga vai dizer?

— Vou falar que foi por causa dela. Tem cálculo não, professor. Tem coisa que num espera.

Dona Verônica pediu ao segurança que levasse Romário à Suíte Magnólia, onde estaria Bianca, nome de guerra de Suelen. Enquanto deixavam a saleta, ela piscou para Eduardo e perguntou se ele não tinha se emocionado com os olhos de Waleska.

— Vim pelo garoto.

Não era avareza nem o fato de nunca ter tido que pagar. Talvez houvesse algum orgulho banal nisso. Naturalmente não contava a noite com a mulher que pediu dinheiro depois que transaram. Teria sido tão ruim a ponto de esperar uma compensação? Ele lembrava o nome, Amanda, e a pergunta que ela fez ao final, se ele era professor. Não sabia de onde ela tinha tirado aquilo, mal conversaram, calados no táxi, ou com o copo na sala, de frente para a janela. Havia uma maneira professoral de transar, um gosto por expressões raras? Talvez fossem os livros espalhados pelo apartamento. À Waleska pagaria com mais gosto, não recusaria a oferta se as circunstâncias fossem outras. Na companhia de Romário, de um conhecido de Laura que seria obrigado a guardar segredo, era melhor evitar.

— O garoto chama o senhor de professor. Professor charmoso, não deve faltar aluna bonita. Pode dispensar nossos serviços, não é verdade? A não ser que o problema seja dinheiro, o preço da Waleska... Aqui tudo se negocia. Professor reclama por reclamar ou ganha mal mesmo?

— Pior que as putas.

Ela fez um novo gracejo, disse que ele veio ali para ensinar ao menino o que não se aprende na escola, dava para perceber que não eram parentes, mas ele agia como um bom pai, um irmão mais velho. Verônica não era boba, apenas impertinente.

— Vem comigo. Vou mostrar uma coisa. Acho que eu sei o que o senhor quer.

Era outra sala, ao fim do corredor. Parecia um escritório, com duas mesas simples de ferro, algumas estantes baixas, três monitores de tevê. A janela dava para uma rua estreita, via-se o prédio em frente a poucos metros, ouvia-se o barulho externo de um carro de som. Uma das moças, já de jeans e camisa de malha, falava ao telefone com uma voz de secretária sensual, anotava um endereço, usava uma ou outra palavra estrangeira. A aeromoça, agora com um avental manchado de comida, espiava a televisão, a votação no plenário do Congresso. Eduardo deteve-se na imagem, lembrou-se do motivo dos televisores ligados nos bares.

Verônica trouxe-o para sua mesa, puxou-lhe uma cadeira, sentou-se a seu lado. Apoiou os cotovelos sobre o tampo de ferro com a naturalidade de quem retorna da pausa do café. Não havia papéis, apenas um caderno e pacotes de roupas íntimas e fetiches, um vermelho magenta em todas as peças. Ao lado da mesa, um dos monitores de circuito interno mostrava a imagem da câmera da porta de entrada do prostíbulo. Verônica ligou o outro monitor.

A imagem também era em preto e branco, embora um pouco mais nítida. A câmera devia estar colocada perto da linha que une a parede ao teto, via-se a cama de frente, perfeitamente

enquadrada. Era uma cama larga, com travesseiros altos, um espelho que acompanhava a extensão da cabeceira. Suelen estava deitada de lado, ao longo da cama, com o cotovelo apoiado no travesseiro, a cabeça ligeiramente erguida sobre o braço direito. A mão esquerda pousava no lençol branco, o olhar perdia-se na distância. Estava ainda com a roupa íntima do desfile, só tinha tirado os sapatos e o par de luvas, parecia mais magra e comprida. De frente para ela, também na cama, Romário sentava-se como um pequeno Buda. Usava um roupão de adulto, que escorregava dos ombros quando se mexia. Conversavam, mas quase não se escutava o que diziam, as frases misturavam-se aos refrões do carro de som na rua.
— Tem gente que gosta de ver. Tem gente que prefere ser vista. Essa é a nossa central de contabilidade e comunicações. Clientes especiais têm acesso.
— Como é que vocês põem uma menina dessa idade para fazer esse trabalho?
— Ela já tem dezoito.
— Algum cretino acredita nisso?
— Você não trouxe um garoto mais novo ainda?
— Ele não veio se prostituir. Suelen é uma adolescente.
— Tem coisa muito pior. Por que vocês escolheram a menina, então?
— Era amiga dele. Quem vem aqui para comê-la não vem matar saudade do tempo em que brincavam juntos.
— Ele veio brincar? Ela não é mais criança. Perdeu tudo. Eu comecei nessa idade. Você acha que ela ficaria melhor na praça XV, na praça Mauá, apanhando de bandido? Eu conheci essa gente.
— Não me interessa o que você fez.
Romário estava agora deitado de bruços, o roupão abaixado até a cintura. Suelen massageava suas costas, com a displicência

de uma irmã. Eles continuavam a falar, Eduardo ouvia um pouco da voz chorosa da menina, Romário respondia com monossílabos, parecia mais constrangido do que excitado. Ela perguntava sobre pessoas, falava de Robertinho, parecia anêmica. Deitou-se novamente, com a mão no rosto para esconder o choro. Romário virou-se de barriga para cima, ficaram os dois em silêncio, um menino com uma ereção sob o quimono desengonçado, uma menina com a lingerie de segunda e a maquiagem borrada. Parecia um velho casal, cansado dos anos juntos. Eduardo disse a Verônica que mandasse Waleska entrar e dispensasse Suelen. Pagaria a ambas. Não passou um minuto, Waleska estava no quarto, sussurrando algo ao ouvido da menina. Suelen catou os sapatos no chão, deu um beijo no rosto de Romário e saiu sem virar-se. Romário pareceu querer dizer algo, mas não conseguiu desviar os olhos da outra, não conteve o sorriso de surpresa. Waleska despiu-se da roupa simples, à paisana, prendeu os cabelos com uma argola elástica, ajoelhou-se ao pé da cama e enfiou a mão pelo roupão de Romário. Acariciou o peito magro, o coração pulsando na pele, como a moleira de um bebê. Desatou o laço da cintura do menino, fez que deitasse devagar e envolveu-o em sua boca, sem precisar deter-se muito até o pequeno tremor do corpo franzino. Passou a mão na barriga, nas marcas da perna, e logo sentou-se em seu colo, de costas para ele, ligeiramente erguida para não pressionar os ossos frágeis. Estava de frente para a câmera, havia ironia nos olhos, a indiferença e o enfado de sempre. Recomeçou seu trabalho, uma, duas, muitas vezes, com a mesma eficácia, ao ritmo dos ciclos curtos e certos de Romário.

— Veio de Rondônia com um fazendeiro. Com barriga. Ele paga um bom quarto para ela e a filha. Se ela quisesse, podia se livrar dele. Próxima vez o professor experimenta. Os outros quartos não têm câmera.

Sim, era um voyeur, o olhar era a base de tudo. A muda Waleska gravitava em torno de Romário com a languidez de um velho gato de estimação, e o corpo atrofiado embaixo do seu tornava-a fresca e saudável. O que Eduardo sentia era algo mais sutil que a excitação. Gostava da ideia de que podia tirar prazer do prazer do outro, do rosto embevecido, uma satisfação caudatária de um ser que, para todos os efeitos, nem existia, alguém cuja presença ou desaparecimento não deixaria registro, como uma sombra na cidade. Waleska retirou-se exatamente uma hora depois de ter entrado no quarto. Romário permaneceu deitado, nu, de barriga para cima, o roupão de lado, a boca e os braços abertos, como um corpo que caiu da piscina de uma cobertura. O segurança veio acordá-lo e ajudou-o a se vestir.

Na caminhada de volta ao carro, no conforto do mormaço e dos ruídos do centro, resolveram parar na lanchonete, na altura da rua do Ouvidor. Romário precisava de um pastel de queijo com caldo de cana.

— Pó deixar que num falo pra Laura.

— Não tem nada para esconder.

— Tu ficou só esperando?

— Era teu aniversário e tua amiga. Como ela está sendo tratada? Melhor chamar a polícia?

— Tá maluco? Alemão janta a Suelen e larga na rua. Tá bem lá. Tem comida, tem cama. Falou que a velha é boa pra ela. Ficou triste quando me viu. A história do Robertinho...

Romário soprava o interior do retângulo quebradiço, de onde subia a fumaça úmida.

— Tu num vai acreditar. Quem tirou meu cabaço foi a outra. A vagaba gostosa do desfile. Apareceu de repente, feito a santa da Penha. Mandou a Suelen vazar e deu show.

— Lembrou da camisinha?

— Ela tinha um estoque na boca. Só num comi o cu dela. Nunca vou esquecer. Nunca me deram um presente que nem esse. Por que tu faz isso pra mim?
— Não fiz nada de mais.
— Te devo uma, Eduardo. Te devo uma grande. Pro resto da minha vida. Um dia vou pagar.
— Você não deve nada.

Perguntou a Laura que cheiro era aquele — nas mãos, no cabelo, na casa. Ela disse algo como cheiro de balé. Cheiro de aula de balé. Não fazia sentido, mas era a prova de que estava contente. A notícia do impeachment era repetida à exaustão na tevê, ele estava feliz por ela.

Laura tinha outras razões. Haviam confirmado a nova exposição, na boa galeria. Estava satisfeita com os últimos quadros, o equilíbrio de cores e linhas, era o momento certo. Falava do sentimento de uma parteira; a possibilidade de trazer à luz uma pintura mais espontânea que programada, na velha crença na arte por inspiração. Eduardo achava a ideia vaga e romântica. Teve a atenção voltada para o comercial na tevê, os traços da moça que exibia os óculos de aros leves. Fazia-o recordar outra pessoa. Não lembrava exatamente quem. Tinha apenas a suspeita da proximidade.

Comemoraram o aniversário de Romário à luz de vela. A eletricidade tinha caído em boa parte da Zona Sul. Da janela a cidade parecia morta, emboscada pelos carros que a iluminavam na margem, como insetos que se alimentam na noite. A luminosidade mortiça das velas deixava sombras que balançavam de leve com o vento, resquício da chuva já distante. Podiam observar as formas hesitantes, era divertido adivinhar sombras, trocar interpretações. Sentados à mesa que Caio e Leila costumavam acolchoar nos cantos, os três usavam as mãos, trinta dedos, Laura com sua preferência por bichos que moviam a cabeça e produziam sons edificantes, Eduardo com seus objetos inanimados, suas formas abstratas. Romário via mais do que fantasmas e cenas da rua. Agitava as mãos sem formar uma imagem, só havia movimento. Mesmo entre dois sopros de vento, era impossível fixar a sombra na parede. Eduardo não sabia por que a cena incomum — o apartamento escuro, o colear das luzes e das cortinas, o riso a três — podia imbricar passado e presente como um novelo sutil.

Ele havia deixado Romário na Lagoa. Seguiria em direção ao centro, em busca dos livros na Biblioteca Nacional. Estava em Botafogo, na Voluntários, altura de Real Grandeza. Olhava a bandeira grande de plástico, o verde e o amarelo que esvoaçavam, transparentes, o mastro apoiado de improviso no fundo da caneca que formava o nome do restaurante. Ao voltar os olhos para a pista, teve a atenção desviada para a fisionomia conhecida entre os rostos do ponto de ônibus. Nem era tão parecido com o rosto da moça do comercial, nem sequer usava óculos, mas não havia dúvida de que eram os traços que a imagem na tevê evocara. Passou dias sem encontrar a resposta, que agora lhe parecia óbvia. Desacelerou, encostou o carro à direita, olhou para trás por um instante e começou a dar marcha a ré. Já estava próximo do ponto, quando o ônibus, vindo em sentido contrário, parou ao aceno dos passageiros, impedindo que ele recuasse mais. Anita esperou a porta do ônibus abrir e subiu as escadas.

Eduardo deixou que o ônibus passasse. Começou a segui-lo, de início a certa distância, depois acompanhando-o pela pista da esquerda. A cada sinal fechado da Voluntários ele deslocava o tronco para o lado do carona para ver melhor a lateral, as janelas altas à sua direita. Anita estava em pé, no meio do ônibus, de frente para o carro, uma das mãos segurava o apoio horizontal no teto, a outra, a bolsa e o espaldar do assento de apenas um lugar, de onde aparecia a cabeça pequena de um homem de aspecto centenário. Ela olhava adiante, por cima de Eduardo e dos outros carros. Não o percebia, nem mesmo nos momentos em que ele esticava o pescoço para observá-la melhor. Parecia mais bonita na ignorância de ser observada. O amarelo-claro da blusa realçava o brilho negro do colo, o pescoço era longo e lustroso, a personalidade já estava naquele pedaço do tronco, na maneira como se erguia e se mantinha ereto. Não eram exatamente os traços da moça da tevê, mas ali estava a mesma boca e o mesmo contorno angular do queixo. Quase não se movia; o único gesto foi o bocejo sem levar a mão à boca.

Até aquela altura não tinha sido difícil seguir o ônibus. O trânsito era intenso no começo da tarde, passageiros subiam e desciam em todos os pontos. Precisava apenas desacelerar e encostar o carro um pouco mais adiante, ou logo atrás. Quando chegaram à praia de Botafogo, os automóveis da pista do meio estavam parados, o ônibus seguiu pela direita, Eduardo teve dificuldade de trocar de faixa. Não havia espaço para a manobra, os carros estavam muito próximos, o fluxo ao lado era constante. Via o ônibus distanciar-se no meio de outros, com cores que se confundiam sob a copa das árvores dos canteiros centrais, que isolavam as vias largas da orla. Os carros na sua frente voltaram a andar, Eduardo acelerou, conseguiu trocar de pista para tentar reaproximar-se. Já não tinha certeza do ônibus que procurava, via-os de trás, enfileirados uma centena de metros adiante. Pôde avançar pela faixa da esquerda, recuperava um pouco de terreno. Passou a ziguezaguear em busca do caminho mais rápido, na alternância para a pista que se movia, andava colado aos outros carros, tentava forçar a ultrapassagem, indiferente às buzinas. Teve vontade de xingar o motorista que desacelerou à sua frente como se quisesse adverti-lo de que não tinha o direito de andar daquela maneira. Não era hábito dirigir assim, não havia tempo para pensar no que fazia. A única preocupação era o ônibus que se afastava, o absurdo de que não houvesse outros passageiros que o fizessem parar. Buzinou e acelerou ainda mais, e logo adiante teve a impressão de reencontrá-lo, parecia a mesma pintura alaranjada no desenho de ondas que se enchiam ao longo da lateral. Deu uma fechada em uma moto para voltar à faixa da direita, apenas um carro o separava do ônibus. À frente, no sinal para pedestres, apareceu a luz amarela, o ônibus acelerou, Eduardo também, o carro entre os dois freou para não atravessar o sinal vermelho. Não se ouviu um chiado de pneus deslizando no asfalto: o ruído da batida foi seco como um tiro.

A primeira imagem que apareceu foi a de um ônibus que se afastava, grande e indiferente, na subida do viaduto que se curvava à esquerda, em direção a Laranjeiras. Passou a mão na testa e sentiu a umidade na ponta dos dedos, um vermelho escuro e morno, parecia pequeno o corte no reflexo do retrovisor. Não sentia dor, e os óculos estavam inteiros, no lugar de sempre. O outro motorista esfregava a nuca, não tinha mau aspecto, no máximo o desconforto do impacto. Já estava de pé, avaliando o estrago, procurava a caneta e o papel para anotar o número da placa. Teve a decência de esperar Eduardo levantar-se a seu ritmo, para que acertassem o pagamento.

Em pé, no meio da rua, encostado ao carro que piscava, não era fácil saber por que tinha feito aquilo. Talvez fosse uma fase, há sempre o consolo de que tudo oscila e muda. Há momentos em que se age por impulso, às cegas. O convite ao garoto e a invasão do passado de Laura eram sintomas de que andava desatento a motivos e consequências. Talvez fosse exaustão ou uma doença por descobrir, alguma peculiaridade adicional de um Kartagener. Não era dado a distúrbios mentais, não chegava nem mesmo a ser original. Não teria por que se incomodar, há sempre o glamour dos ligeiramente loucos.

Já não via tanta graça na série de coincidências. Talvez a coincidência fosse o sagrado, e o capricho do acaso, a única forma de transcendência, sem divindade nem premeditação. Vê-la de novo em Botafogo, no emaranhado das ruas, não era improvável. Foi ali que ela procurou o apartamento. Talvez já tivesse encontrado o lugar a meio caminho do trabalho dos dois. Lembrar de Felipe despertava um sentimento incômodo, não era o nariz de boxeur, o riso fora de hora, nem mesmo o sotaque estrangeiro que zombava de uma cidade e de suas misérias. Não era por Romário que ele se irritava quando recordava o sorriso complacente, de quem tem todos os planos. Melhor seria esquecer. Talvez nem fosse Anita, apenas uma sósia na visão oblíqua da janela do carro. Seria irônico se tivesse cometido a barbaridade por um erro de fisionomia. Bastava do jogo de semelhanças, os traços na tela da tevê, a face perdida no ponto de ônibus, o rosto na ansiedade da memória, a pedir uma resposta. Whistler e Ruskin proporcionavam uma coincidência mais sutil e irrelevante.

Não era o fascínio do acaso, mas da gratuidade: a pequena pedra ou grão que fazia o pé despir-se na calçada em direção à panturrilha, como no passe de balé, o contraste entre o negro e o rosa, a mão que não cedia à boca larga e bonita para não ter de escondê-la no momento patético do bocejo. Dizia para si mesmo que não sentia nada de especial por Anita. Não sabia de onde vinha a obsessão com aquelas imagens, uma obsessão que lembrava outra doença.

Voltou a sentar-se, já com a respiração normal. Olhou a manga da camisa azul manchada, onde limpou o sangue da testa. Arrependeu-se de sempre recusar o pacote de lenços de papel que os garotos vendiam nos sinais. Os carros passavam a seu lado, já não desaceleravam. Um menino no banco de trás de um táxi acompanhou as luzes do pisca-alerta, sem levantar a cabeça apoiada sobre os braços roliços de filho mimado. Eduardo girou a chave na ignição. Tinha amassado toda a frente do carro, onde estava o motor, mas ele voltou a funcionar, os carros nacionais não deviam ser tão ruins como se dizia. O outro motorista já havia partido, e Eduardo tinha à sua direita a enseada de Botafogo. A visão do bondinho que se aproximava da pedra, do conjunto sólido na forma de um leão em repouso, dos veleiros que boiavam na baía preguiçosa sob o azul de outubro, tudo aquilo o tranquilizava, restaurava a dimensão correta das coisas. Havia lugares piores para um acidente de carro.

Consertar o mundo *in absentia*

Vicente morreu sem sofrer, enquanto dormia. Ou era o que Berta dizia quando telefonava para dar a notícia. Eduardo preferiu chegar depois do enterro. Laura insistiu em acompanhá-lo, temia que ele subisse a serra sozinho, triste, com um carro por consertar. Ele disse que preferia estar a sós com Berta. A morte não era a melhor ocasião para se conhecer uma pessoa.

Do jardim de terra laranja e folhas grossas ele pôde observá-la sentada na cozinha. A cabeça estava curvada sobre a caneca de café. Os dedos da mão direita moviam a colher, os da esquerda jogavam pedaços de pão sobre a superfície. O corpo todo parecia debruçado, os olhos postos no fundo da caneca, como se tivesse deixado cair algo que não recuperaria mais. Estava cercada de seus pratos e vasos de cerâmica, das imperfeições que só ela identificava, a cozinha era o centro de seu museu de pequenos fracassos.

Devem ter vivido mais de quarenta anos juntos, chegaram a uma altura em que não fazia sentido contar. Toda uma vida a dois, na espantosa capacidade de convívio entre indivíduos aparentemente distintos. Sozinha, sem Vicente no quarto ao lado, ela era outro ser. Era tarde para voltar a ser a Berta de antes, Berta-voz, Berta Bernhardt, que nunca tinha visto Vicente e possuía uma vida só sua. Já não era Berta, era a mistura de duas existências. Tinha agora de viver por um e por outro. Sempre fora forte, a mais forte entre homens fracos e volúveis, mas uma coisa era o hábito da solidão, que se aprende desde cedo, outra, sua aquisição tardia, quando já não é uma escolha.

— Você está bem?
— Melhor do que imaginava.

Berta não estava chorando, o que fazia Eduardo sentir-se mais frágil. Ele imaginou que ela quisesse abraçá-lo, oito anos depois, mas ela continuava concentrada em seu café.

— Já era esperado?
— Sempre se espera.
— Alguma doença grave?
— Mais grave que a idade?

Berta deu-lhe um beijo na testa, o beijo das temporadas de férias. Era estranho sentir as mãos arqueadas sobre seu rosto, as marcas da senilidade no gesto que pertencia à infância. Serviu-lhe uma xícara cheia, com o punho ainda firme.

— Ele desistiu. Começava a esquecer a Daniela. Ela teria feito quarenta na semana passada.

Eduardo tinha uma vaga lembrança da prima, a menina grande no colo da avó. Era a querida de Mina, mas ele a recordava sem ciúmes. Já não frequentava a casa de Teresópolis quando ela desapareceu, aos dezessete anos.

Tomaram o café em silêncio. Eduardo tentava concentrar-se no cheiro da argila cozida décadas antes, do cravo e da madeira, tudo adocicado pelo aroma invasivo do café.

— Vai continuar aqui?

— Enquanto não me tirarem. A casa e a loja ainda estão no nome de Mina. Vicente nunca mudou o registro, não se fez espólio nem nada. Só você pode me despejar. O Fernandes que sobrou.

— Não seja ridícula.

Berta tinha sobrancelhas espessas, ainda escuras, que realçavam os olhos esverdeados, as manchas no rosto. Os dedos continuavam a mover a colher. Eram gordos nas pontas, em volta das unhas, a ponto de quase escondê-las. Pedaços de conchas afundados na areia branca e mole.

Mais do que a morte de Vicente, o choque maior foi o desaparecimento da filha, tantos anos antes. O enorme impacto de descobrir que não era indispensável. Nunca acreditou nas hipóteses de sequestro ou de assassinato, nas especulações sobre amores e guerrilhas. Simplesmente partiu aos dezessete, para uma vida só dela, de mais ninguém. Eduardo não sabia se Berta sempre teve, ou se ganhou naquele momento, vinte e três anos antes, o ar de que nada é trágico o suficiente, nada é extremo ou final. Sempre a viu com aquela majestade calma de árvore.

Berta pediu a ele que fossem à loja. Teria de limpar as coisas em algum momento, e era melhor fazê-lo logo, na companhia de alguém. Não era de deixar tarefas para depois, mesmo que isso significasse remexer em lembranças um par de horas após o enterro do marido de quatro décadas. Devia haver outra intenção no pedido de Berta, mas preferiu não perguntar.

Ela olhou o carro recém-batido e dispensou a carona. Lembrou que poderiam caminhar e olhar a praça, dracenas e azaleias.

— Ele sempre teve esse jeito inseguro. Uma vez, estava sentado naquele banco de pedra, atrás dos brinquedos. Na outra ponta estava uma menina, no colo da mãe. Ela ria à toa, até que deixou a chupeta cair no chão. Ele abaixou para apanhar, mas ficou paralisado. Com a mão perto da chupeta. Não sabia se a mãe ia reclamar. Dizer que ele não devia ter tocado. Ia contaminar a chupeta com seus vírus e sua velhice. Ficou assim, parado um tempo, sem se mover nem perguntar.

A loja ficava em uma vila de paralelepípedos, e a janela ampla, com grades na forma de um quadriculado oblíquo, funcionava como vitrine. Era um passatempo, não exatamente um negócio. Ninguém mais se dava ao trabalho de mandar consertar abajures e luminárias. Nem era pelo preço — Vicente cobrava um valor simbólico —, simplesmente não havia muito que consertar. Hoje em dia tudo é *spot*, dizia ele, estalando os lábios. Gostava de restaurar cúpulas, reconstituir pantalhas, não era afeiçoado à parte elétrica. Sempre voltava calado, negando-se ao serviço, quando lhe pediam uma visita e ele descobria que o que havia por consertar não era o abajur grande, de difícil transporte, mas a fiação ou o interruptor que não funcionava.

Entre armações circulares, pés e corpos de ferro, cabos e lâmpadas, o que mais chamava a atenção eram os abajures de estilo antigo e os materiais amarelados pelo tempo. Deitados sobre o chão e as prateleiras, havia rolos de pergaminhos e telas para gerações de artesãos, Vicente não era dado a mesquinharias. O ambiente lembrava ao mesmo tempo uma papelaria de bairro e um antiquário por fechar. O teto era pintado de preto, descascava em um dos cantos, devia haver uma boa razão para o negro do teto e das cortinas, talvez fosse a maneira de simular a noite e realçar a luz de cada peça. Vicente devia cuidar dos abajures com a mesma minúcia com que Berta produzia seus vasos e pratos. O segredo da longa convivência devia estar na constância do amor paralelo, o amor artesanal e silencioso pelos objetos — Berta com as imperfeições mínimas de sua cerâmica, Vicente com a leveza e as sombras de suas cúpulas de pergaminho.

— Que tipo de papel é esse?
— Acho que isso não é papel.

Berta não estava interessada nos detalhes do ofício. Nunca procurou entendê-lo, e não era de invadir o canto de Vicente. Para ela tudo aquilo poderia ser vendido, de uma única vez. Não daria dinheiro algum, mas seria um modo prático de resolver a questão. A loja também poderia ser colocada à venda, se Eduardo estivesse de acordo, ou alugada para um inquilino discreto. A última coisa de que precisava era de mais espaço, ou de um problema novo.

Ela revirava uma gaveta nos fundos da loja, na mesa de Vicente. Sem desviar o rosto, passou a Eduardo uma fotografia antiga. Era um rapazola, vinte ou vinte e cinco anos, com um terno elegante de linho, chapéu alto, uma expressão de desilusão dos tempos da Grande Guerra. Segurava a corrente do relógio como se fosse urgente consultá-lo, e tinha um jeito quase feminino de inclinar-se para o lado da bengala. Berta comentou que o sonho do rapaz era ter filhos varões, dois bons filhos varões, o que acabaria por tornar mais difícil a tarefa de explicar a Vicente e a Caio por que aquele homem quis separar-se logo de Mina e abandoná-los. Vicente dizia que a única coisa que o pai lhe ensinou foi a tragar e a segurar corretamente um cigarro. Quando ele tinha sete anos. Depois, quase não apareceu mais, ocupado com os cavalos, com uma poesia menor, com as viagens de um trabalho que a todos parecia magnífico, embora ninguém soubesse do que se tratava. Vicente sempre repetia — e Berta tirava prazer de ouvir a mesma história várias vezes, com os ouvidos pacientes de criança — que o pai apareceu na vida dos dois meninos somente para legar um vício, uma maldição, como um diabo breve e preciso.

Passou-lhe outra foto, de um colorido avermelhado pelo tempo. Daniela estava sentada com os cotovelos apoiados sobre a mesa do jardim, e as pernas enroscavam-se uma na outra, como a hera girando em torno de um caule fino. Tinha um sorriso alegre, quase um riso na boca grande, que enchia o rosto estampado

de cada uma das muitas sardas da mãe. Estava feliz e não havia por que suspeitar de um segredo.
Em silêncio, Berta fingia olhar as outras fotos que tinha espalhado sobre a mesa.
— Vicente melhorou com a idade. Antes não era bonito. Andava descabelado, suspirava de nervoso. Nunca vi pessoa mais tensa. Chegou a esmagar a aliança com os dedos quando eu disse não. Torceu o ouro e fez um oito, o símbolo do infinito. Um infinito de dor, ele disse. Era uma aliança fina, uma mixaria. Como é que eu podia noivar com uma aliança daquelas? Ele achava que eu não gostava dele. Ficava ainda mais nervoso quando eu pedia para ele ficar calmo. Uma aliança ridícula. Nem se notava no dedo...
Eduardo pensava na vaidade de Vicente, que posava como um profissional e guardava tantas fotos de si mesmo, de todas as épocas e lugares. Gostava de erguer os ombros e estufar o peito, enquanto sorria o sorriso irreal das fotografias.
— ... ficou amargo um bom tempo. Mesmo depois que casamos. Dizia na frente dos outros que eu era desajeitada na cozinha e na cama. Que eu não tinha talento para as duas coisas que importavam: sobremesa e sexo. Falava isso por medo, para não darem em cima de mim...
Berta havia largado as fotos sobre a mesa. Tinha nas mãos dois envelopes e um caderno antigo. Ao olhar a encadernação em tom caramelo já envelhecido, a lombada estreita, as folhas gastas no manuseio e no tempo, Eduardo não resistiu a um sorriso, à sensação de que algo se restabelecia. Além do rosto impaciente na foto, do terno e da bengala impecáveis, o avô tinha uma história, e era a mesma história que ele havia lido para os pais. Não era um delírio nostálgico a imagem da criança que se divertia com as anotações sobre as cidades, os soldados caídos pela estrada, os sonetinhos de paisagens mais banais que exóti-

cas, máquinas revolucionárias que já nasciam antigas, com tudo o que havia comovido aquele viajante que ninguém conseguia avistar, sedutor e insubstancial como um herói.

— O caderno é seu. Também não conheci o Afonso. Mas ouvi as histórias todas. Chegaram a dizer que ele ia aparecer no nosso casamento... Outros diziam que ele já tinha morrido, numa briga com um soldado na Alemanha.

Abriu um envelope pardo, de carta, e folheou dois maços grossos de notas de cem dólares.

— Vicente não acreditava em banco. Começou a juntar pensando na volta da Daniela. Queria construir uma casa do lado da nossa. No pátio de cimento. Ninguém usava a piscina. Acho que a última vez foi antes do Golpe. Ou antes das discussões. Triste ver os dois brigando. Depois começou a dizer que guardava dinheiro para dar esmola para os pobres. Daria um pouco a cada dia, queria morrer com a certeza de que era bom. Era uma desculpa. Alguém via mendigo em Teresópolis naquela época? Guardava dinheiro para mim. Para quando ele morresse. Não dizia porque achava que eu não ia aceitar. Nunca me entendeu direito.

Berta olhou para Eduardo. Os olhos secos de sempre, com uma ponta de piedade. O segundo envelope era maior que o outro, do tamanho de uma folha grande de papel. Ela o deixou sobre a mesa, na frente dele.

O selo e o carimbo eram antigos, a letra, estranhamente familiar. Vicente era o destinatário, mas não havia nome ou endereço do remetente. Ao segurar o envelope, Eduardo sentiu a rigidez em seu interior, a incômoda maleabilidade de uma radiografia. Manteve-o por um tempo nas mãos, sem abri-lo, como se fosse tudo o que precisava fazer. Olhou novamente para Berta, que procurava concentrar-se em outros papéis.

Para que ir adiante se, no momento em que ela o olhou, ele já soube o que ela queria dizer? Por que abrir o envelope, se o círculo branco e opaco da doença, já amarelado do tempo, apenas comprovaria que Caio seguiu o mesmo caminho de outros Fernandes, de Afonso, de Daniela, todos tão assíduos na desistência? Ergueria a chapa contra a luz de um abajur antigo e não saberia o que era frente e o que era verso, que pulmão colocar à direita ou à esquerda, afinal Caio não teve tempo ou vontade de dizer se também era um Kartagener. Olharia para indignar-se com a covardia — de Caio, de Vicente, de Afonso, de Daniela —, a covardia que ele sabia que também era sua, que também corria os caminhos equivocados de seu corpo.

A voz de Berta era um fiapo. Ela continuava de costas, na febre de vasculhar:

— Além de um raio X, tem uma foto de vocês. O envelope chegou pelo correio. Um dia depois do acidente. O carimbo é da véspera.

Os três estavam na sala do apartamento da Gávea, sentados à mesa, o menino como um pequeno infante na cabeceira acolchoada nas pontas. Erguia-se na cadeira e ria para a câmera, com a soberba de filho único. A boca estava suja, ele fazia questão de exibi-la, como se o pequeno bigode de comida fosse a razão de ser fotografado. Leila também sorria em direção à câmera, virando-se para a esquerda, com o pescoço magro e um rosto angelical de normalista, a mão sustentando o garfo que mal tocava o pouco que pusera no prato. Caio a olhava, com olhos pacíficos, quase doces, a dizer que nada os abalaria. Seu braço esquerdo se esticava para envolver as costas do menino. Havia no ar algo de perfeição, de improbabilidade — o marido seguro e dedicado, a mulher serena na beleza e no afeto, o filho no centro, erguido acima dos dois, mais amado que a própria vida. Alguém testemunhara o momento em que tudo parecia certo e inviolável, em que um garoto vivia, sem saber, o sonho de felicidade de um estranho, de um homem que se dissociara de seu começo. Não havia como não se indignar com o menino e seu bigode risonho.

— Por que você não disse nada no dia em que eu vim conversar sobre o acidente?

No rosto de Berta, a calma de quem prefere calar. Eduardo a olhava como se ela não tivesse direito ao silêncio, não uma segunda vez.

— Vicente não esperava que você fosse desconfiar. Quase vinte anos depois...

— Perguntei sobre você, Berta. Não sobre o Vicente.

Podia rever sua mão varrendo com a faca, lentamente, o linho da toalha de mesa, o gesto de cobrir com o pires o café do outro, que já esfriava. Podia rever a mão trêmula de Vicente sobre o charuto, a outra mão sobre o isqueiro que teimava em não funcionar, o momento em que se levantava, com todo o esforço, para buscar os fósforos sobre a cristaleira.

— Caio não tinha nada para me dizer? Não deixou uma carta, uma explicação? Não se deu ao trabalho nem de mentir? Isso é tudo que você tem, uma chapa e uma foto para o Vicente? E o ego dos suicidas, não adoram deixar mensagens, consertar o mundo *in absentia*?

— Ele quis que o Vicente soubesse. Não deu a entender que era para contar para você.

Irritava-o não ver seu rosto, enfiado nos papéis, no cheiro da umidade antiga. Em torno dela, só havia excesso, fotografias com fisionomias irreconhecíveis, documentos que caducavam, rolos e rolos de pergaminho, abajures abandonados pelos clientes.

— Nem para o irmão ele teve coragem de dizer com todas as letras. Fez uma confissão tímida de merda, sem uma palavra. Para poder matar e morrer com a consciência tranquila.

— Foi para te proteger, Eduardo. Vicente tinha certeza que Caio fez isso para te proteger. Conversamos uma vez.

Depois ele nunca mais quis falar sobre o assunto. Tentou acreditar que não passava de uma coincidência, o envelope, o acidente... Era um tabu. Foi um susto quando você apareceu fazendo perguntas. Ela não devia acreditar nisso. Ao menos de Berta esperava ouvir algo sensato.

— Ele não tinha o direito de matá-la. Que levasse a sua doença, suas boas intenções. Por que ela? Só porque era frágil? Uma anoréxica apaixonada por um doente terminal? Era mais frágil que um garoto mimado? Ela não aceitaria isso. E por que só ela? Se ele amava o menino, por que não levou junto? Iam os três, para onde fosse, o inferno, mas iam juntos, pra puta que pariu juntos. Sem deixar nenhum filho da puta para trás...

Berta chorava. Chorava e já não escondia o rosto. Não fazia a menor diferença por quem e para quem ela chorava.

Ele cochila e imagina que cochila. A cama é mole demais, ele afunda no quarto pouco arejado, de tão vazio que esteve nesses anos todos de ausências, no silêncio abafado dos anos. Já não lembra quem esteve ali, talvez ele mesmo aos nove, na semana breve, ou Daniela aos dezessete, no momento de partir. Já não vê Mina com suas roupas pretas, com a bandeja inútil, já não vê a prima no colo da avó, bonita e distante, nunca foram de brincar juntos. Não chega a ouvir os sussurros de Berta e de Vicente, não repara o copo de leite suado nas mãos, a fumaça do café escondendo o rosto. É, ao mesmo tempo, ele e seu hóspede adolescente, catorze com cara de doze, doze com cara de trinta e três, anfitrião e hóspede de si mesmo. Duas vidas que correm paralelas, dois momentos distintos, paradoxalmente simultâneos. Vive o passado e o futuro em um único presente. É o que é e o que poderia ter sido, sem saber distinguir entre os dois, um professor de universidade, um menino de rua. É trabalhoso viver na pele alheia, a mente pensa e sente como um duo.

Está tudo escuro, a planície é erma, noturna, não se distinguem o céu e a terra, a linha do horizonte, mal se avista a névoa rala a serpentear em um ponto longínquo, como um lenço transparente, um dançarino de vapor. A luz é tênue como o nevoeiro, um pequeno foco de farol que oscila na intermitência dos giros. O corpo é leve, e há uma tristeza inominável que não o toca, um ar que o envolve mas que ele não respira. Sabe apenas que está cheio de marcas de batida, principalmente nas pernas. Não vê, mas sente, seu corpo é esquelético e infantil, com um gosto ácido de túnel, uma textura de atrito. Sobre a boca exibe um pequeno buço, não é de comida, é uma pequena penugem púbere que mais realça do que esconde os traços de criança. O riso também é infantil, há muito parou no tempo, ele ri e estranha seu próprio riso, o riso de um garoto de cinco anos. Olha para a câmera e faz a pose para a fotografia, Laura está a seu lado, a doçura de sempre, Eduardo está a seu lado, a frieza de sempre, como se congelasse a visão. Ele se sabe alegre entre a pintora e o professor, ri o riso infantil da soberba, a soberba do filho único, eleito na calçada.

Também gosta de olhar para Laura e para o menino, do outro ângulo, com olhos mais gastos, gosta de confirmar cada aspecto da beleza dela e de apoiar seu braço sobre as costas do garoto que ri, pobre e orgulhoso (já não sabe de quê). Não é pouco ser o escolhido quando não se tem nada; deve ser o oposto de ser abandonado quando se tem tudo. A surpresa é que deve ser a mesma: acordar um dia qualquer e descobrir que os pais se foram, desmancharam-se na queda, ou então que apareceram dois novos em folha, como que por encanto, estão dormindo no quarto ao lado, sobre a cama, acostumados como sempre estiveram à altura de meio metro acima do tapete acolhedor. Não se ouve barulho algum, todos dormem, a casa é um silêncio de anos. É importante que Laura coma bem, parece ter redescoberto o apetite, seus cabelos têm o brilho de quem se alimenta. Ela tem o pescoço magro, mas a cor da saúde, dos bons genes, Hélio terá sido útil para alguma coisa. Não deve haver anoréxicas de coxas grossas e sorrisos de carne. É uma bela mãe para o menino, ele não encontraria melhor se corresse o mundo. Ainda precisa aprender muitas coisas. Mal consegue segurar o garfo, prefere concentrar-se no riso, não se constrange. Não é tremor, não é receio nem vergonha, é apenas um hábito a adquirir. Comida já não é uma urgência, as recordações começam a distanciar-se, como se ele tivesse se apropriado da memória de um estranho, de um outro garoto, que talvez tenha vivido por ali, naquele mesmo quarto, sobre a cama que ele prefere evitar por enquanto. Está confiante no meio dos dois, no novo, inédito lar, há um sorriso de um lado e um braço a envolvê-lo do outro.

Lá fora, oito andares montanha abaixo, a cidade é o câncer, tudo se multiplica na vertigem, sem parâmetros nem limites, como células famintas a sorver o corpo. Tudo prolifera, tudo cresce e adere às paredes, há uma fome de espaço e de seiva, esqueceu-se o tempo e a maneira de morrer. Seu corpo é o caos das ruas, os sinais foram trocados, invertidos seus caminhos, coração e vasos sempre do lado inconveniente, a temperatura sobe e nunca cede. É um conforto estar dentro de casa, na sala tão distante do asfalto ou no quarto amolecido pelo tempo.

Não é Gabriel, o porteiro, não é Vicente, muito menos Mina ou Berta. O fotógrafo é um estranho, um profissional, e tem a testa franzida como uma linha de caderno. Sobre a linha está o nome de Caio, quatro letras de criança, para leitores jovens, que custam a ler. Ele ri com a ironia que o nome já traz, ri detrás da câmera como se houvesse ali uma resposta, o sinal da fatalidade, como se somente o tolo precisasse de tantos anos para saber o que o nome já diz.

Eduardo acordou com dores no corpo, as costas, as articulações, tinha o torpor de febre. A claridade era intensa, uma luz branca de verão, não era comum na serra. Alguém abriu as cortinas, aquela era a janela de seu quarto, não tinha a menor ideia de como havia voltado para o Rio. Uma pessoa estava em pé, ao lado da porta, parecia Gilberto. Não usava a roupa branca, talvez já fosse sábado. Era vaga a impressão de que o encontro com Berta tinha acontecido na quinta-feira, dia do enterro. Desde então, não se lembrava de nada, havia apenas a ressaca das imagens.

— O que você está fazendo aqui?

— Levanta e se veste. Tem que ir pro hospital. A febre não cede. Mais "uma ou outra pneumonia".

— Não vou a lugar nenhum. Quem me tirou de Teresópolis?

— Deus, seu babaca. Tive que dirigir a merda do teu carro. Deixei a Laura voltar com o meu... Anda, levanta e põe uma roupa. Cansei de te carregar.

Era enorme o peso, a idade do corpo, uma fadiga que já conhecia de outras ocasiões. A última coisa que queria naquele momento era levantar e ir para um quarto branco de hospital. Nada pior que a convicção de Gilberto, como se a única lei do mundo fosse um juramento a Hipócrates, lido quinze anos antes por um grupo de adolescentes.

— Por que não me levou direto?

— Laura disse que você ia ficar furioso. Pediu vinte e quatro horas para ver se a febre passava. Já se foi um dia e meio.

— Melhor chamar a ambulância e alguém para me amarrar.

— Deixa de frescura, Eduardo. Você sabe que vai de qualquer jeito.

Era verdade. Algo daquele profissionalismo, daquele sentido de missão o exasperava.

— Berta contou a conversa de vocês dois.

— Berta deu para falar agora.

— Ela não queria dizer nada com seu tio ainda vivo. Você já sabia da história... Eduardo sabia e não sabia. A suspeita por tanto tempo não era melhor que a certeza.

— Não quero conversar sobre isso.

Virou-se para tentar dormir. O cansaço da febre ajudava, mas a claridade enchia a cama, úmida de suor. Gilberto olhava para fora do quarto, pela janela, com os braços cruzados.

— Será que não é um alívio se livrar da responsabilidade? Você se sentia culpado por causa do roubo da medalha. Não é um alívio saber que o ingênuo era você?

Voltava ao tema da culpa. Tornara-se uma obsessão desde a morte de Marina. Seu passado envelhecia mal, as imagens ganhavam gravidade na distância. Gilberto só se sentia forte quando se imaginava puro, e a pureza já não era uma opção.

— Marina queria se matar, Gilberto. Você não foi o responsável. Ela que preparou e executou tudo.

— Poderia ter se envenenado longe de mim. Sem chance de socorro. Não sei se ela quis que eu decidisse.

Era o que Eduardo achava. Não valia a pena dizer.

— Imagina a UTI em Cabo Verde, a trezentas milhas... Ela teria tomado uma dose pequena se pensasse em escapar.

Quase não via o rosto de Gilberto, uma silhueta contra a luz branca do quarto. No intervalo de um ano, sua voz ganhara uma monotonia triste, perdera qualquer traço de humor.

— Marina tava grávida.

— Você disse que ela era estéril.

— Era o que ela achava.

— Ela achava? Não é você o médico?

— Não fui eu que fiz os exames. Foi um choque quando vi o feto. As simetrias, as coincidências, uma vez mais. Gilberto também tinha perdido dois de uma vez. Havia sempre uma vítima colateral, involuntária, de um suicida.

— Foi o que precipitou tudo?

— Ela não fala sobre isso no diário. Como se não soubesse.

— Como se não quisesse que você soubesse. Quantos meses?

— Três e pouco.

— Como é que você não reparou? Não transavam mais?

— Não lembro a última vez. A criança não era minha. Eduardo sabia do caso que Marina teve. Gilberto havia contado à época com uma serenidade que o irritou. Não compreendia a aparência de tolerância, como se o romance fosse uma terapia.

— Que ironia, não? Marina grávida de um caso qualquer. Não é um alívio saber que o ingênuo era você?

— Ninguém tinha nove anos, Eduardo. Naquele dia, segui a minha vontade, não a da Marina.

— Naquele dia, já estava tudo perdido. Teu erro foi antes. Você ignorou o caso dela. Nenhuma mulher aceita essa generosidade. A grandeza do marido que consente. Não é grandeza. É desprezo.

— Você queria que eu trancasse a Marina dentro de casa? Oferecesse o espetáculo da minha humilhação?

— Você não teve culpa de nada, Gilberto. Idiotas são inimputáveis.

A aparente ausência de cor, para onde convergem os seres

Era uma caminhada longa. Descia a Marquês de São Vicente, em paralelo aos muros da universidade, passava pelo portão em que revia as mãos agarrando a torta como um animal que se come vivo, deixava para trás o laboratório abandonado, o toldo verde do pequeno restaurante, entrava à direita na Artur Araripe, em frente ao shopping, aos cartazes compridos, percorria a rua já não tão arborizada onde achava que tinha parado um dia para namorar em pé, como um estudante, passava pela praça Sibelius, atravessava o sinal do começo da Lagoa-Barra e seguia pela Visconde de Albuquerque pelo lado direito, nunca pelo centro, para evitar a sensação de que seria tragado para dentro do canal. Olhava a praça Atahualpa e custava a lembrar o nome, a praça do interior esquecida na cidade, chegava ao Posto 12, à luminosidade crua, e começava outra história, a caminhada pelo calçadão da praia do Leblon, com o Dois Irmãos e a favela do Vidigal às costas, pedra e craca perfeitamente unidas, carapaças calcárias que proliferavam na rocha como pequenas crateras de vulcão.

Caminhava com um cansaço bom no corpo. Era a primeira vez que voltava à orla desde a saída do hospital, a prova de que estava recuperado. O cheiro da maresia, a brisa densa como um tecido, o sol cada vez mais alto sobre os braços e o rosto branco, o ócio em pleno horário de trabalho, tudo o fazia sentir-se bem, em paz com as costas, com as pernas, com um entorno que se movia com uma indiferença que tranquilizava. Alguns rostos pareciam familiares, tinha prazer em revê-los em silêncio, sem nenhum compromisso de comunicação. Nada como a familiaridade muda, o conforto de um mundo reincidente, que estaria sempre ali, acontecesse o que acontecesse.

Não gostava de surpresas, havia que se precaver a cada dia, como um resguardo diário do trauma, mas o incerto parecia mais tolerável à distância. Sentado no banco de cimento, com as plantas dos pés massageadas pela aspereza da areia sobre o piso quente de pedras portuguesas, ele não tinha como negar o charme do insólito. Era monótona a beleza do céu e do mar, o viço dos militantes da saúde, com seus tênis e materiais de laboratório, seus projetos de cem anos. Era seu o prazer de voyeur, de vedor, palavra mais neutra. O que dizer do casal de sunga e biquíni que se ajoelha diante de um homem inteiramente vestido, paletó e sapatos, em plena areia? Um homem de pé, olhando para o alto, que apoia as mãos grandes sobre as cabeças dos dois, diante do ajoelhar sincero; as ondas se esticam como um elástico, mas nunca alcançam os sapatos, parcialmente afundados nos grãos úmidos. Não se trata de um assalto, nem de um casamento esvoaçado nas areias do Rio ou de Rimini. É algo incompreensível à distância, talvez ainda mais misterioso de perto, o reconhecimento súbito de um profeta que retorna após o passeio pela cidade lasciva, a aparição de um vidente dado como desaparecido, uma cerimônia de batismo espiritual compatível com trajes sumários, o biquíni cavado, a sunga de crochê.

O que dizer do rapaz que fecha a porta do carro devagar, enquanto olha a senhora do outro lado da rua, por entre automóveis que passam nos dois sentidos, só para realçar a solidez da figura imóvel? Não se parecem. Ele um jovem ruivo com o caderno junto ao corpo, ela uma senhora grisalha, cada vez mais senhora e cada vez menos mulata, com uma altivez só sua. Algo forte os une, e não há nada de erótico, como talvez se suspeitasse à primeira vista. O olhar ansioso interroga a senhora, que mantém os braços cruzados e o ar brando, o corpo em pé, confortável sobre si mesmo, à espera da luz verde do sinal. Ele a olha como se somente ela soubesse de seu futuro, o futuro extenso e inavistável de um jovem. Que poder particular seria esse, que se exerce sobre o outro como uma sedução espiritual, emocional, que nada tem a ver com o poder do corpo ou do intelecto? Talvez estivesse vendo espiritualidade demais em uma manhã quente de terça-feira, na transparência da praia.

— Como foi, professor, pronto pra outra?

Gabriel, o porteiro, lavava a entrada do prédio. Dizia que se limitava a regar as plantas e flores dos dois pequenos canteiros laterais, seu passatempo da hora do almoço. Lavar calçada não era um trabalho para ele, mas deixava a água da mangueira escorrer pela frente enquanto esfregava o piso com a vassoura de piaçava, de modo distraído.

— Também precisa se cuidar, Gabriel.

— Cuidar pra quê, professor? Pra quem? Já basta dom Gilberto, com aquele ar sério. Nem cumprimenta mais. Só sabe dizer que esse sinal aqui é pré-canceroso... O que não é pré-canceroso, professor? Tudo é pré-canceroso, não vem nada depois. Viver é pré-canceroso...

— Passar o dia em jejum e encher a cara à noite com tua companheira de esbórnia não deve fazer bem.

— Mamá Mercedes... Com esse salário que eu ganho, são duas refeições franciscanas, sem vinho nem carne, ou então

um jantar digno do nome... Sou filho de Allende e de Baco, meu professor.
— Anda filosofando demais. Vou te levar para dar umas aulas comigo.
— Isso sim faz mal à saúde. Aquelas meninas todas, lindas e nervosas. Teria que me encher de tranquilizante pra esquecer os perfumes. Que nem o meu bom amigo Sartre. Foi se apaixonar pela ruiva do Recife. Se embriagava de dia e tomava gardenal de noite. O homem mais inteligente...
— Mais feio que você...
— Nunca.
— Também levou seu amigo Che ao Amarelinho?
— Meu amigo Che foi direto pra Brasília... Não visitou o Rio. Nem ele nem meu presidente...

Alguns metros adiante, do mesmo lado em que estavam, um carro parou à direita, em plena rua, com a seta ligada. Os outros carros eram obrigados a invadir a pista de descida, em sentido contrário. A porta se abriu, uma mulher desceu em direção à calçada com a chave na mão. Não parecia comovida com o engarrafamento que se formava. O tailleur e os sapatos tinham o brilho negro do automóvel. Nada se via por trás do vidro fumê do carro e dos óculos escuros. Ela começou a vistoriar os baldes de flores do quiosque de dona Araci, cheirou e apalpou as gérberas, as rosas, os lírios, os girassóis, a orquídea solitária e modesta. Avaliou a textura do papel celofane, a transparência insuficiente, reprovou o desenho da barraca. Era mais jovem que a gravata de luto de Gabriel. A cada balde uma expressão de inconformidade. Voltou para o carro sem notar a florista encolhida em seu banquinho de madeira.

Eduardo despediu-se com um sorriso. Gabriel fechou a torneira, largou a vassoura e foi solidarizar-se com sua companheira de esbórnia.

Romário insistiu na ideia de que fossem a um parque de diversões. Voltou a falar da roda-gigante na Lagoa, de brinquedos que viu partir inteiros sobre uma carreta. As opções não eram boas, ou disso Eduardo tentou convencê-lo. Os parques mais novos eram aquáticos, com suas piscinas em queda, seus nomes lúbricos em crescendo, *wet, wild, water, world*. Apelos estrangeiros que nada diziam a um garoto hidrófobo. Já os parques secos não comportavam mais a inocência da roda-gigante.

Eduardo adiou o passeio enquanto pôde. Quando parecia ter convencido Romário de que os parques já não eram os mesmos, o garoto apareceu com a ideia de conhecer o Maracanã. Muniu-se de tantos argumentos e detalhes — a reabertura do estádio desde o desabamento das grades da arquibancada, a partida mais importante das eliminatórias, que definiria se o Brasil iria à Copa, a volta do herói Romário à seleção — que Eduardo não teve ânimo de demovê-lo.

O jogo contra o Uruguai no Maracanã não trazia boas lembranças, não tanto da derrota de 1950, nem era nascido, mas do curto período em que frequentou o estádio com amigos do colégio. Achava que não havia sonhado a cena em que um Rivelino apavorado fugia dos uruguaios pelas escadas do vestiário, como se o Maracanã fosse Montevidéu. Não era má a ideia de rever o estádio, a mistura de monumentalidade e decrepitude, voltar dez anos depois de ter sido convencido por um casal de amigos a assistir a uma final contra o Santos, do time que supostamente era o seu, o Flamengo, com o jogador que supostamente era seu ídolo, Zico, mas que teve a indelicadeza de marcar um gol antes que a partida começasse, ao menos para ele, que ainda procurava um lugar na arquibancada lotada.

Chegaram cedo, com os ingressos que Romário se encarregou de comprar. Havia algo de novo e artificial, o policiamento farto, as cores vivas e o cheiro de tinta, o reflexo do sol no teto forrado de alumínio. Camisas e bandeiras verde-amarelas pareciam fúnebres nas sombras da rampa e das escadas. Mais que os jogos, recordava o momento em que deixava para trás a escuridão dos corredores e adentrava, pelo portal que parecia um túnel, o espaço aberto, a luminosidade espraiada do estádio, no contraste entre a planície verde, a mistura de cores moventes no centro e a cúpula azul sobre o anel cinza, que projetava um ovo imenso, oblíquo e amarelo, sobre o gramado e o concreto. As cadeiras já não eram azuis, um azul-celeste e desbotado. Dividiam-se agora entre o vermelho, o laranja e o amarelo, como uma cesta de frutas. As arquibancadas, cheias àquela hora, continuavam excessivas, incomunicáveis de um lado ao outro, como se reunissem duas cidades. O que destoava era a geral ocupada esparsamente por policiais e carros de emergência, todo um anel vazio que ampliava a distância entre campo e torcedores e realçava o brilho imperturbado das placas de publicidade.

Romário mal escutava o que ele dizia. Na cadeira numerada ao lado da sua, parecia à vontade para cantar os gritos de guerra, o nome do país, de seu ídolo. Aprendeu a fazer a ola na segunda volta, erguendo os braços como numa saudação religiosa.

A seleção entrou em campo de mãos dadas, como uma turma da escola maternal. Quem mais chamava a atenção era o goleiro Taffarel, com o traje violeta-metálico e o cabelo dourado. O garoto logo identificou quem procurava, no meio de repórteres e câmeras. O ídolo Romário usava uma camisa igual à sua, o amarelo canário com a gola polo verde, o número 11 largo nas costas, a do menino também era oficial, um presente que Gilberto se dispôs a comprar para não ter que ir ao estádio. Olhava o herói assediado pelos microfones, via-o dar piques curtos no aquecimento. No momento do hino nacional, não arriscou nenhuma palavra, mas vaiou, com todas as forças, uma vaia de cem mil, o minuto em que os uruguaios tiveram a intenção de cantar.

Logo no começo do jogo, Romário deu um drible de corpo e o marcador foi ao chão. Em seguida, matou a bola no peito e, com um pequeno toque, deu um lençol em outro zagueiro. Sem recostar no respaldo de metal, o garoto narrava o jogo em voz baixa. Esmagava na palma da mão meia dúzia de bolas de gude:

— ... Ricardo Rocha num deixa sair. Num quer tiro de meta. Toca na área pra Ricardo Gomes, que acha Branco, livre pra avançar. O Uruguai continua atrás. Romário pede a bola. Mermo marcado recebe de Branco. Vira o corpo, se livra bonito do primeiro, do segundo, toca rápido pra Raí. Raí chega bem e mete de primeira, por cima do zagueiro. Lá vai Romário, no meio de dois, ganhou na corrida. Vai marcar, esticou a chuteira... Vai entrar.... Olha o gol... No travessão! No travessão, caralho! Romário! Com ele, até o Raí joga bem, Parreira!

Não desviava os olhos, sentado sobre as pernas, para olhar por cima das cabeças e braços à frente. As mãos comprimiam as bolas de gude e se juntavam para simular o microfone, perto da boca. Descrevia detalhes — a frieza do técnico no banco, a solidão do goleiro brasileiro, o modo como Romário trazia as mãos ao peito quando a bola passava rente à trave, a sorte dos meninos nos banquinhos de gandula. Eduardo não sabia onde ele aprendeu a narrar, caricato como um profissional. Talvez assistisse às partidas nas lojas e bares. Talvez ouvisse o rádio que Laura lhe deu. Ao longo dos quarenta e cinco minutos iniciais, só interrompeu a narração uma vez, para xingar o juiz peruano, que se limitou a levantar os braços, um gesto magnânimo, no momento em que Romário era puxado pela camisa e derrubado dentro da área.

A seleção desceu às pressas para o vestiário. O primeiro tempo terminou zero a zero.

— Sem o viado do Siboldi e o juiz filhadaputa, já tava goleada — Romário saiu para comprar refrigerante. Eduardo olhava a mancha que cobria o anel superior do estádio. Os torcedores se levantavam, cem mil flagelos que se contorciam contra a gravidade, como um animal encravado no fundo do oceano. Não entendia como tinha sido possível acomodar o dobro de torcedores, os duzentos mil dos jogos antigos. Uma conta que fazia lembrar os números de Gilberto, duzentos mil Kartagener espalhados pelo mundo, com o coração no lugar errado. Tentava imaginar o silêncio no momento do gol de Ghiggia, o corpo de Barbosa caído como um cadáver, as duzentas mil decepções. Outros tantos teriam visto Didi na hora da falta, a bola percorrendo a linha imaginária, o instante em que Pelé, trêmulo como um juvenil, corria para o pênalti, a última volta de Garrincha. Momentos em que o país parecia menos abstrato.

Só aos vinte e seis minutos do segundo tempo, Romário descarregou a tensão, com a voz rouca de tanto sussurrar sua oração doentiamente precisa.

— ... o Brasil pressiona, roubou a bola de novo, parte pro contra-ataque. Dunga gira o corpo no meio, olha pro lado, toca pra Jorginho, sem marcação. O lateral protege a bola e lança pra Bebeto. Bebeto avança livre pela ponta, livre. Bebeto deixa a bola correr, vai cruzar, cruza alto pra área, no segundo pau. Romário tá sozinho, pode marcar, subiu bonito, cabeceou pro chão, a bola vai entrar, ó o gol... Caralho! Gol! Golaaaaço do Brasil! Romário! O moleque da Penha! Romário, vai botar o Brasil na Copa!

Romário saiu comemorando com os braços abertos, como um avião. O gesto que o garoto tinha feito ao debochar de Eduardo e sua torta roubada. Com as mãos para o alto, livres das bolas de gude que lançou em direção ao campo, o garoto escutava seu nome, cem mil pessoas gritavam e se agitavam de pé,

229

repetindo a palavra. Estava parado, a atenção concentrada no grupo de jogadores de amarelo. Não pulava, não comemorava, apenas reproduzia o nome enquanto se curvava mais, com os braços quase a tocar os torcedores da frente. Reclinava a cabeça como se tivesse acabado de despertar. Não parecia compreender o que acontecia ao redor. Eduardo tentou ver seu rosto, que ele escondia entre os braços erguidos.

— ... um camburão o Mauro Silva... Roubou a bola, agora avança pelo meio, ninguém chega perto, vai lançar. Olha o Romário de novo! Partiu na corrida, num tá impedido, o Uruguai parou. Lá vai Romário, ele e o goleiro, Romário dá um toque pra direita, faz que vai correr pro outro lado, Siboldi se joga mas num consegue pegar o moleque! A bola vai sair, Romário chega, vai marcar, com um toquinho... Golaço! Golaaaaço do Brasil! Romário! Romário! O baixinho mais uma vez! Romário dois a zero!

Dessa vez a comemoração foi mais perto das cadeiras onde estavam. No embalo da corrida, Romário cruzou a linha de fundo pelo lado direito, pulou as placas de publicidade, o emaranhado de fios e câmeras, e só foi parar na grade do fosso da geral, ovacionado pela arquibancada e agarrado por um fotógrafo. Os outros jogadores vieram abraçá-lo. O estádio voltava a gritar seu nome, o concreto sob os pés oscilava suavemente, um tremor familiar. Eduardo esticava-se, virado para a direita, para acompanhar a comemoração no canto do campo. Sentiu algo em torno de seu tronco. Eram os braços do garoto envolvendo-o pelo lado esquerdo, o rosto pequeno que se aproximava e se afundava quase em suas costas, abaixo do ombro. Os caniços manchados e sem jeito mal o apertavam, as mãos toscas não sabiam onde pousar no abraço envergonhado. Eduardo permanecia imóvel, sem reação. Não sabia se aquilo era afeto ou vergonha. De pé, com os braços cruzados, continuava a observar a festa no canto do campo, era algo mais descomplicado e óbvio, os jogadores cercando o artilheiro na ponta do estádio. Devia retribuir o gesto, abraçá-lo também, mas não se movia. Não era indiferença, não era desprezo, não era asco, simplesmente não tinha uma ideia clara do que sentia ou devia fazer.

Na descida da rampa, no caos das ruas, em meio ao canto dos torcedores, ao sopro das trombetas de plástico e buzinas, eles caminhavam lado a lado, em silêncio. Os pedestres tomavam as calçadas e pistas, circulavam em correntes ligeiras entre os carros sitiados. Já era noite, as luzes baixas dos faróis iluminavam as pernas e os feixes de bandeiras transparentes, em liquidação.

Não tinham pressa, o carro estaria trancado por outros automóveis mal estacionados. Ficariam presos no trânsito até que o ritmo de domingo se restabelecesse. Não havia o que falar, bastava observar o movimento à volta. A multidão seguia compacta, sem espaço para brigas ou assaltos.

Tentava observar a expressão do garoto. Parecia neutra, simples, de quem tem de chegar a um ponto e não precisa pensar. A pele endurecida e morena do rosto, os olhos e os cabelos pretos, ambos foscos e secos como se feitos da mesma matéria, o nariz pequeno e levemente adunco, de um filhote de ave, a boca assimétrica, que nunca deixava de morder, expondo as gengivas, o olhar ao mesmo tempo intrigado e distante, um tanto precoce para a idade. Nada era novo, nada dizia o que estaria sentindo naquele momento. O uniforme oficial no corpo miúdo tinha algo de caricato. Caminhava com o estilo moleque de sempre, de quem não teme a rua. Erguia os ombros de leve, um lado de cada vez, um movimento ondular que marcava os passos, como a criança que curou a fratura, mas ainda tira prazer da maneira estranha de caminhar.

Levaram quase uma hora de carro para chegar à altura do Estácio, na Paulo de Frontin. A noite parecia mais fresca do alto do viaduto, entre as janelas e árvores debruçadas sobre o movimento lento dos veículos, que já não se interrompia. Era um conforto a pista reta e dupla, encapsulada no ar, sem saídas nem cruzamentos. Um nevoeiro cercava o morro adiante, a umidade da noite embaçava a cobertura verde e crespa da floresta e os pontos baixos de luz da favela, que subia aos poucos, em direção ao Corcovado. Era como se garoasse somente ali, em torno da pedra fértil. Olhava o diagrama de pequenos quadrados na base, que se encaixavam e fundiam por trás da névoa, com o efeito ligeiramente hipnótico de uma colagem cubista.

— Pelo jeito foi um erro ir ao jogo.

— Porra nenhuma.

— Te fez lembrar de coisas tristes.

— Deu gana de voltar pro túnel. Ver a Gorda. Preciso ver a Gorda.

Pareceu longo o caminho — as galerias extensas do Rebouças, o retorno na chegada à Lagoa, a subida pelo funil do Humaitá, o trânsito sempre lento em Botafogo. Era incômodo voltar a estacionar no São João Batista, uma vez mais caminhar até a boca do Túnel Velho. Já não havia curiosidade, a noite tornava tudo mais absurdo. O cemitério, concentrado entre a cabeceira do morro e as grades afiadas, lembrava um depósito, um acúmulo de mármores e inscrições antigas que ninguém se dava ao trabalho de ler, muito menos ele, que preferia não saber se os restos de Caio e Leila continuavam ali, sob a lápide de pedra com dois pequenos retratos na forma de ovos gêmeos, dois olhos sem vida. Era uma saturação de retângulos e arestas, como um pátio industrial abandonado e eternamente cinza, uma coleção de tonalidades do lugar impreciso entre o cinza e o ocre, da aparente ausência de cor, para onde convergem todos os seres. Não tinha como provocar espanto ou medo, no máximo um sentimento vago de desolação.

O garoto seguia à frente, no caminho de sua antiga casa, o mesmo que Eduardo tinha percorrido com a hesitação do invasor que não sabe o que quer. Não havia sol para turvar a vista, não havia o calor do fim da manhã. O túnel era ainda mais úmido e sombrio àquela hora, com metade dos holofotes amarelos queimados. A montanha parecia decompor-se por dentro, não era o talho suave do exterior. Podia ouvir mais uma vez o eco dos carros, o ronco na última curva, em descida. As carrocerias pareciam menos irreais, mas era a mesma vertigem e sensação de exposição do corpo na trilha estreita e sem grade protetora. A fumaça dos motores, que o deixara enjoado por toda uma tarde, impregnava-se do cheiro de urina e fezes, que atravessava as narinas como um ácido e queimava as paredes do crânio.

Andavam do lado esquerdo de quem olha do exterior, contra o fluxo que vinha de Copacabana, o mesmo lado em que esteve meses antes. O garoto que ele havia procurado caminhava à sua frente em direção ao centro da montanha, vestido com as cores reluzentes do país. Não desacelerava o passo nem olhava para trás, e Eduardo já não tinha a certeza de que devia acompanhá-lo.

Romário olhava os dois lados, como se inspecionasse uma vila de casas invisíveis, que habitavam sua memória. Não reagia ao que via. Talvez não passasse de um engano, de mais uma história que o menino inventou, ainda que inverossímil demais para ser produto da imaginação. Talvez a ilusão da clausura no interior da montanha tornasse mais tolerável o cansaço da exposição na rua, e o túnel fosse uma fantasia de recolhimento, o lugar onde o corpo deixava de ser público e se resguardava do céu aberto e dos olhos da cidade.

Romário parou a certa altura, em um ponto que Eduardo não saberia precisar se voltasse sozinho. Tinham percorrido uma boa extensão da galeria. Não era possível avistar as saídas do túnel, ocultas atrás das curvas. Em silêncio, o garoto apontou para duas reentrâncias na pedra. Não eram naturais, tinham sido escavadas toscamente. Correspondiam, em seu corpo de criança, à altura da barriga e do centro do rosto. Sem olhar para Eduardo, com a atenção fixa como se fosse golpear a rocha à frente, Romário levantou o joelho esquerdo, enfiou a ponta do pé na cavidade mais baixa e testou a firmeza do apoio. Com um impulso da perna erguida, alçou o corpo, enfiou o pé direito na cavidade de cima e, no embalo do movimento, deu um salto. Eduardo ergueu os braços de susto, como se pudesse escorá-lo para evitar que se chocasse contra a pedra e caísse na pista, mas Romário tinha agarrado com as duas mãos o que parecia ser o umbral da parede, a uma altura de quase três metros, imperceptível para quem olhava da calçada estreita. O salto foi perfeitamente paralelo à linha da parede, e ele aderia agora à pedra com a rapidez e a leveza de um inseto, mais membros do que tronco, como se fosse humano arrastar-se no plano vertical. Com dois ou três movimentos pendulares das pernas, atravessou a cabeça e o braço direito para o outro lado e, em seguida, o resto do corpo. Desapareceu como que por mágica, absorvido no interior do morro. Eduardo olhava para cima, sem compreender, certo de que ninguém seria capaz de repetir o movimento e desmaterializar-se com tanta naturalidade.

    Os carros passavam, sem parar, não havia rostos, não havia interação, apenas o ronco e a proximidade de uma luz que crescia e morria a cada instante. Podiam golpeá-lo como uma carcaça de animal à beira da estrada, mas algo o apaziguava no fluxo contínuo e próximo. Descansava os olhos na repetição, ao ritmo da lufada de ar morno, de gosto acre e metálico.

    Não sabia se devia plantar-se à espera de algo. Ou se partia imediatamente, para nunca mais rever o garoto, restituído ao mundo a que pertencia. Talvez fosse o momento de agir de maneira racional e admitir que tudo não passava de um erro, o capricho de um homem que se permite qualquer coisa na cidade e no tempo em que não há limites. Não estava convencido de nada, nem de erros nem de acertos. Parado no centro do túnel, em pé diante dos automóveis que zuniam, da parede que se fechava atrás de si e onde se recostava agora, o sentimento menos vago era de perda. Revia a cena no estádio, os pés presos no concreto, os braços cruzados e o corpo de costas, insensível à fraqueza. Estava concentrado no barulho e no tremor do estádio, que justificavam qualquer silêncio. Não havia afeto suficiente para abraçá-lo — fazia quantos anos que não abraçava alguém fora de uma cama? —, mas o que sentia agora era o receio de desfazer-se daquela aspereza que o intrigou como uma amostra bruta de vida e inteligência.

Talvez não fosse difícil acostumar-se aos cheiros e ao ar viciado do túnel. Era uma questão de tempo até que o corpo se adaptasse e cobrasse um preço. O coração do garoto batia do lado esquerdo, podia revê-lo embaixo da cicatriz, sob a pele que cobria as costelas. Não corria o risco de carregar um pulmão insalubre, um saco de lixo nas costas pronto a estourar no momento oportuno. Ele, sim, devia precaver-se, teimavam em classificá-lo como uma anomalia primária, até fazia parte de uma tríade de nome teutônico ou polonês, Kartagener, como se comungasse em uma sociedade secreta, de rituais tão vexatórios, que tinham de ser encenados no escuro, a venda bem ajustada aos olhos do neófito. Ao menos disso o garoto não precisaria sofrer ou reclamar. Aquele ar denso e rico era o que lhe cabia, condizente com seu passado e suas expectativas.

Eduardo ouviu seu nome no breve intervalo entre dois carros que passaram a seu lado. A voz parecia vir de fora do túnel, de tão remota. Virou-se e viu Romário em cima de sua cabeça, com meio rosto sobre o braço apoiado no limite da pedra. Fazia um sinal para que subisse, como se fosse algo factível.

— Faz que nem eu, porra. Pego teu braço aqui em cima.

A questão mais elementar era saber se tinha flexibilidade para abrir as pernas e encaixar os pés sem que o corpo adernasse para a esquerda. Se não permanecesse ereto, seria um esforço inútil, as cavidades não serviriam como degraus para o salto. Tinha pernas mais compridas que as do menino, era bem mais alto, mas não se tratava de tamanho e força. Mesmo que acertasse o pé direito no segundo buraco, a dificuldade maior seria dar impulso suficiente para agarrar o umbral com as mãos. Se falhasse, poderia cair de costas, com parte do corpo e a cabeça para fora da calçada estreita, ao alcance das rodas. Não se lembrava de nada parecido; em sua infância de prédios e carros, de clube e playground, não havia árvores e muros, trepar era um termo exclusivamente sexual.

Com a ponta do pé esquerdo enfiada no buraco mais baixo, tentava calcular, com pequenos saltos da perna direita apoiada no chão, a abertura e o impulso necessários para encaixar o pé direito na segunda cavidade. Tudo seria simples com uma escada apoiada na parede, ou uma corda amarrada no alto. Não era razoável que uma mulher a quem chamavam de Gorda morasse ali, pudesse subir apoiando os pés naqueles mesmos buracos, que pareciam levar a lugar nenhum. Gordos e velhos, como o homem da perna baleada que o menino mencionou na primeira noite, talvez subissem uma única vez, com ajuda de outros, sem ter de voltar.

Falhou na primeira tentativa, por excesso de cautela. O impulso não foi suficiente para que pudesse enfiar o pé direito, que chutou a parede logo abaixo da cavidade mais alta. Conseguiu descer de pé, sem se machucar, e o sapato de couro macio que ganhou de Laura tinha agora um arranhão longitudinal. Na segunda tentativa, acertou o buraco superior, mas parou a meio caminho, com medo de dar o salto. Romário ria, com o queixo apoiado nas mãos.

— Tá com medinho, porra? É só pular que nem homem. Eu te puxo.

Queria mandá-lo à merda e voltar ao estacionamento. Olhou para baixo, para as próprias pernas, era melhor que esperasse um pouco, nem era o caso de respirar melhor, se não havia o que respirar, mas apenas de afastar qualquer resquício de bom senso. No momento em que a distância entre dois carros que se aproximavam parecia maior, tomou coragem e conseguiu enfiar os pés na altura certa. O salto saiu um pouco de lado, mas foi suficiente para que alcançasse o alto da parede com a mão direita. Romário agarrou seu punho esquerdo, tentava puxá-lo. Eduardo evitava pensar na dor do choque, no impacto da testa e do joelho direito, que serviram de anteparo ao resto do corpo. Juntava forças para subir no umbral, que apertava agora como um ombro duro e indiferente, no centro da palma da mão direita. Era familiar a ardência na testa, na mesma altura do corte no acidente de carro. Pior era não enxergar muita coisa, sem a ajuda dos óculos, que voaram no momento do choque. Não soltaria a mão para procurá-los, o aro metálico e as lentes deviam estar quebrados entre os frisos de um pneu, havia orgulho suficiente para que não largasse o que tinha acabado de conseguir.

Teria sido mais fácil se Romário soltasse sua mão esquerda, e ele usasse ambos os braços para erguer o corpo. O menino não tinha força para puxá-lo, e a única maneira de subir era jogar as pernas para o lado e enganchar o pé direito no umbral, rolando pelo alto da pedra.

Romário ajudou-o a aparar o corpo do outro lado. Era baixa a altura interna, pouco mais de um metro. Estava alto em relação à pista, e o barulho dos carros soava distante. Não havia como ficar de pé. Mesmo sentado, Eduardo quase roçava a cabeça no teto crespo e escuro, ainda mais sinistro a um palmo do rosto. A luminosidade era mínima, os óculos faziam falta, mas ele pôde perceber que o espaço onde estava, retangular e alongado no sentido do túnel, era pouco maior que uma banheira. Mal via as quinas e os cantos, escondidos na sombra, era um alívio enxergar pouco.

A primeira impressão, pela forma cuboide, era de uma câmara mortuária escavada no alto de uma parede, um vão com espaço e conforto suficientes para um morto. Era como estar dentro de uma gaveta ligeiramente aberta. Não se viam os espaços vizinhos, adjacentes ou do outro lado do túnel, se é que existiam e estavam ocupados.

Sobre o piso, coberto com folhas de papel cartão que se decompunham pela umidade, havia dois potes de alumínio amassados, que mal se equilibravam no chão. Ao lado, alguns trapos que podiam ser roupas ou panos, um pequeno retângulo de madeira tosca, como um taco ou uma ratoeira, e um fogareiro apagado, sem vestígio de fumaça. Pôde perceber um par de sandálias, uma bacia de plástico que devia servir como latrina e empesteava o ambiente. Nada era nítido, mas tudo tinha o aspecto sórdido. Romário apontou para o canto oposto, onde se divisava um vulto, um ser sentado sobre o piso, com as mãos pousadas no colo. Não era possível ver seu rosto ou suas roupas, apenas a silhueta ampla, piramidal como a de um Buda. Os ombros, de tão fartos e arredondados, quase subiam à altura do queixo. Eduardo hesitou um pouco, mas esticou o braço. A mão inchada e áspera cumprimentou-o sem força, com a indolência de um mamífero colossal, em extinção. Passou-lhe um pedaço de pano, apontou para sua testa.

— Tudo bem, professô? Tá sangrando um pouco... Num demora, passa. Bom que arrumou lugar pro menino. É apertado pra dois.

A voz era pausada e rouca. O tom não era de conversa nem de monólogo, um meio-termo que soava misterioso no sotaque do interior. Eduardo tentou aproximar o rosto, queria ver algo dos traços e do corpo grande. Era forte o cheiro de suor e de mofo, a umidade impregnada nas paredes e naquela figura estática, que ocupava uma cabeceira inteira do cubículo. Ela virou o rosto, como se procurasse algo, e acendeu um pequeno lampião a querosene a seu lado. A face encardida de fuligem, como a face de um carvoeiro, começou a boiar na luz fraca, que a iluminava por baixo, realçando as formas redondas. A expressão não tinha nada de benevolente ou piedosa. Seus olhos estavam fechados, de cansaço ou doença, o nariz tinha o mesmo desenho aquilino do nariz de Romário, a boca parecia comodamente inerte. Sobre o corpo caía um vestido velho — não se distinguia o estampado original das manchas de sujeira, as mangas altas deixavam ver os braços grossos, intumescidos como dois balões. Tinha um lenço na cabeça que mal escondia a calvície, tufos negros e esparsos escapavam pela testa.

— Quem tá cuidando da Gorda? — A mão de Romário fazia um carinho rude em suas pernas, dava pequenas palmadas no centro das coxas esféricas, mal cobertas pelo vestido.

— Os menino aparece de vez em quando.

Ela acariciava os cabelos de Romário, separava os pelos como se catasse um pequeno animal em sua cabeça. Fazia tudo de olhos fechados, com o mesmo ar ausente.

— Já contei do jogo. Gorda num bota fé não.

— Cê sempre teve essa boca grande. Num gosto quando fala demais.

— Gorda num acredita que eu dei um abraço no Romário, lá no Maracanã. Foi ou num foi, Eduardo?

O diálogo em família e o afeto tosco, em meio à sordidez do ambiente, eram como um pesadelo.

— Foi sim. Abraçou no vestiário. Depois do jogo. Gorda ria aos poucos, em ondas que se interrompiam pela falta de ar. Respirava fundo para voltar a falar e sorrir.

— Foi nada, professô. Que cheiro ele tem? É bonito? Deve comer bem pra correr tanto...

— Que mané correr, Gorda? Romário num precisa. Só na hora de matar. Deu essa camisa pra mim. Número onze, o número dele.

Romário pegou a mão da Gorda e trouxe-a para perto de seu pescoço. Beijou-a duas vezes, frente e verso, e fez que ela sentisse a textura do tecido, que o acariciasse bem devagar. Conduziu seus dedos pela gola estilo polo, pelo contorno do escudo da seleção brasileira, pelas três estrelas sobre o escudo, pelo pequeno número onze na barriga, o número onze nas costas. Desceu sua mão e fez que sentisse o tecido do calção azul, um pouco mais e levou-a até os meiões brancos logo abaixo dos joelhos, com seu material elástico, colado à perna fina. Corria aqueles dedos em silêncio e sorria ao encarar os olhos mortos à sua frente, o sorriso flácido na boca aberta e vazia, sem dentes.

Para comemorar, Gorda tirou do bolso uma pequena lata. Levantou a tampa com um pedaço de ferro e passou-a a Romário. O garoto riu, trouxe-a ao nariz e aspirou fundo, muito lentamente. Com o cenho franzido, soltou um gemido mudo, e devolveu a lata à Gorda, antes de deitar-se sobre as pernas dela, com a barriga para cima. Os dois assim ficaram, de olhos fechados, como se tirassem um cochilo juntos, sonhando o mesmo sonho, ela com o corpo amparado entre três superfícies, ele com a cabeça em seu colo, as pernas esticadas quase a tocar o lado oposto. As mãos gordas pousavam sobre o peito magricelo, voltavam a sentir a textura macia da camisa. Parecia natural a maneira como se ajeitavam, como se pudessem dormir para sempre, o sono como talento e salvação.

Havia algo em comum, mais do que o nariz adunco, elegante a seu jeito, talvez a expressão de superioridade, era difícil sabê-lo. Não fosse a fuligem que cobria seu corpo, o tom de pele seria parecido com o do menino, ambos destoavam da população das ruas pela tez mais clara, o cabelo quase liso, de um preto uniforme, perfeitamente preto. O contraste da obesidade e da magreza não era crucial, a expressão comum no sono dizia algo mais. Devia ser um ultraje admitir que era a mãe natural, talvez nunca tenha tido a coragem de dizê-lo, talvez desconhecesse o pai da criança ou se envergonhasse da vida que deu ao menino. Era melhor ser a anfitriã de bom grado, a madrinha adotiva, que o acolhia em seu buraco modesto, em suas pernas hipertrofiadas.

Eduardo fechou os olhos e voltou a concentrar a atenção no ruído dos carros, no zunido recorrente de aproximação e fuga, era o que havia de seguro e familiar. O cheiro nauseante fazia a cabeça vaguear por dentro. Reconfortava-o saber que estava sentado, não tinha como cair naquele momento. Era uma dádiva baixar os olhos e esquecer o mundo ao redor. Ela sussurrava algo, como se falasse em pleno sono. Ele aproximou o ouvido, fez um esforço para entender o que ela procurava dizer, uma prece mal articulada, a cabeça pesava como um corpo em queda livre.

Um pouco mais jovem que Platão

O restaurante é bom. Um homem chupa com o canudo, varre o fundo do copo como se limpasse a própria casa. O rosto provoca insegurança. Não é feio, mas tem traços acentuadamente infantis, como se fosse a projeção do rosto de um desaparecido de décadas, a partir de uma fotografia de criança. Na mesa ao lado, um casal de velhos saudáveis, tomando uma sopa, comendo uma salada. Suas escolhas e seus movimentos sugerem o prazer de seguir o ritual previsto, a satisfação de fazer o que se deve, não o que se quer, quando afinal o que se deve é o que se quer. Os dois são enxutos como seus gestos. Não têm a vergonha do grisalho. Os cabelos dão um ar de autenticidade e contentamento. É bonito o colar artesanal sobre o peito magro, sem seios, há o cobre, o bronze, e um trabalho meticuloso de pequenos vidros coloridos, que se combinam na face circular que pende. Sobre a blusa de um celeste sutil, uma sugestão de azul, o conjunto da corrente e do círculo monopoliza o olhar. Mal se percebem os ossos salientes da face. Ele usa uma calça escura de vinco alto que alonga o perfil. Sua camisa tem botões demais. Dá-se ao trabalho de encasar todo e qualquer botão que lhe aparece sobre o corpo, do pescoço ao abdômen, da gola ao punho, e nem por isso tem um aspecto de velho frágil. Os traços do rosto são mais suaves que os dela, difíceis para quem o desenhasse. Percebe-se o véu cinza da face recém-escanhoada, as proporções equilibradas, apesar do começo de inchaço do nariz e das orelhas, sinal da senilidade. São cúmplices no casamento longevo, a união bem-sucedida, se não na prática, ao menos na aparência, o que não é pouco. Essa devia ser a mensagem, a de um casamento que atravessou o tempo e transgrediu o bom senso moderno.

As imagens tinham nitidez. Eduardo voltava a enxergar normalmente, embora com uma ligeira curvatura nas margens. A verdade é que as lentes nunca eram exatamente iguais, como deveriam ser. Fazia parte do desconforto dos objetos novos. Numa única semana, comprou carro e óculos novos, uma extravagância dupla, que agravava certo estado de autoconsciência. Não tinha disposição para consertar as coisas, reaver sua condição original. Tinha o gosto das ideias, o prazer da abstração e o desprezo dos objetos, a troca dos cilindros ou do motor inteiro, acetato ou alumínio na armação dos óculos... Não havia que insistir na sobrevida de nada, era um privilégio não pensar em dinheiro.

Laura e Sílvia chegaram juntas, lado a lado, sob o arco alto da entrada, irmãs óbvias, saídas do mesmo molde, mas que aparentavam uma diferença de idade maior do que realmente tinham. Não era um contraste físico, ambas saudáveis e bonitas, era a diferença de estilo, o corte de cabelo, a escolha de cores, a maneira de andar e olhar, o apetrecho no lugar imprevisto. Uma sozinha já chamaria a atenção, pela elegância na saúde e na afluência austera. As duas juntas, coleando em paralelo entre as mesas, causavam incômodo no observador.

Gilberto chegou em seguida, veio direto do consultório, com a imodéstia da roupa branca. Não era um arranjo para que Gilberto e Sílvia formassem um par. Até havia simpatia entre os dois, mas sabiam que não era uma possibilidade. Sílvia talvez fosse parecida demais com Marina, o gume verbal, a necessidade e a habilidade de ser o centro, e Gilberto, um tanto maduro para Sílvia, que nunca escondeu o gosto por garotos. Tampouco era uma forma de reencenar os jantares semanais a quatro, as noites que se alongavam na mesa depois do teatro ou do show, embora a ausência de Marina continuasse a ser o subtexto de todo reencontro. A presença de Sílvia, que andava entediada consigo mesma, talvez descontraísse o ambiente. Se o casal improvável acabasse a noite na cama, tanto melhor para os dois.

Tinha a perfeita lembrança da última vez que estiveram ali. A mesa do canto, perto da janela aberta, o tilintar dos chaveiros dos carros no quadro de madeira do lado de fora. Marina estava à sua frente, recriminava o programa, nem fodendo volto a encarar o bom e velho Hermeto Pascoal. Gilberto olhava perplexo para o garçom, que dizia, sem qualquer sinal de culpa, que não havia mexilhões, meia hora depois do pedido feito, os pratos de entrada já retirados, a segunda garrafa já aberta. Como um desejo irresistível de um homem de poucos caprichos, Gilberto disse que ir embora era um dever, cancelariam os outros pedidos, era a mais completa falta de respeito, levariam a garrafa na mão, havia mexilhões em um restaurante a duas quadras, não tão bom, mas bom a seu modo, ninguém o barraria por adentrar com uma garrafa aberta no punho se a expressão no rosto fosse de uma indignação sóbria. Laura tentaria contemporizar, como se não fosse um jogo de cena, Marina soltaria uma de suas frases, *"moules-au-vin"* é o caralho, Eduardo elogiaria o cheiro do curry da mesa ao lado, curry é o caralho, em português é caril, e os quatro continuariam onde estavam, conversando como se nada tivesse acontecido, Gilberto à espera do filé tardio enquanto os três começavam a comer.

— A mesma carroça barata. O mesmo modelo mil do filósofo marcha lenta. Devia fazer que nem o Gilberto. Não ter vergonha do egoísmo. Nenhuma vergonha de comprar o melhor carro. Os homens autocentrados têm mais charme, Eduardo. As meninas adoram.

Sílvia usava um decote médio, que mostrava o começo da fenda, o alto dos peitos claros e firmes, sem o constrangimento do sutiã de lunares coloridos. Embora não fosse tão atraente quanto a irmã, era mais deliberadamente sensual, com seus sinais de disposição e disponibilidade. O tremor dos lábios era uma distração, da qual não parecia consciente.

— Laura contou o seu feito. Um *detox* no spa do Romário. Ele vai voltar, afinal?

— Acho que sim.

— Verdade que você dormiu lá, agarradinho ao lúmpen?

— Desmaiei. Acordei com o engarrafamento de manhã.

— Vai acabar fundando uma igreja ou uma ONG. Vai ficar chatérrimo.

Havia mexilhões dessa vez, "*moules marinière*", "*moules farcies*". Gilberto não quis olhar o cardápio nem ouvir o garçom. Tinha decidido pelo lombinho à mineira a caminho do restaurante. A primeira garrafa de tinto esvaziou-se antes que os outros chegassem à conclusão do que comeriam.

— Que aconteceu ontem, Gilberto? — Laura mediava, não tinha ciúme de Sílvia, queria poupar a irmã. — Arminda disse que você desapareceu.

— Uma *desaventura* sexual.

— Pensei que já tivesse desistido de tudo.

— Foi um surto de caridade. Gerontofilia.

— Você não é disso. Dá cadeia.
— Menos que pedofilia.
— Onde foi? Um flerte no bingo?
— Numa farmácia.

Contou que esperava na fila do balcão de remédios, atrás de um senhor que explicava a dor de ouvido. Ia ajudá-lo, talvez tivessem um otoscópio ali mesmo, quando teve a atenção voltada para a porta da frente. Devia ter entre cinquenta e cinco e sessenta anos, uma antissílfide, e, apesar disso, uma das mulheres mais atraentes que já viu. Mais espontaneamente sensual do que a maioria das garotas que conhecia. O rosto não escondia nada, era autêntico, com as rugas da idade, sem sinais de retoques ou plásticas, mas havia uma aura travessa, a vulgaridade na medida exata, nem pouco nem demais. Era toda jovem de corpo, collant rosa-claro elevando como um corpete o busto e as costas empertigadas, calça justa de malha sobre os quadris, sobre os bonitos sartórios e gastrocnêmios, sobre a bunda pequena mas certa, colar-fita negro no pescoço, que realçava o dourado das sardas no colo, óculos de praia por cima dos cabelos curtos, e o olhar, sobretudo o olhar, ao mesmo tempo meigo e provocativo, de uma ninfômana natural.

— Me senti um adolescente. Quase tive uma ereção dentro da loja.

Começaram a conversar, na fila mesmo, ela conhecia poucas palavras de português, falava um inglês com sotaque próprio. Ele não tinha ideia de que continente ela tinha saído. Seus olhos se erguiam na cadência das frases, era perfeita a coordenação com o deboche no sorriso. Disse ser grega, *a bit younger than Plato*, falava do céu de Santorini, falava de Mykonos como se tivesse sido dona da ilha, convidou-o para a casa dela. *No, not there. Here, in Rio. Yes, now, why not? Are you busy now?* Uma casa na Joatinga, sobre as pedras, de frente para o Atlântico. A *piece of Greece in this marvelous city*. Foram em carros separados, dois carros alemães enfileirados no pôr do sol de São Conrado. Duas máquinas exatas, o brilho metálico e sincronizado contornando as montanhas lavadas pelo mar. Era a solução mais conveniente, não dependeria de ninguém ao fim. Chegaram à mansão já quase à noite, só havia uma faixa de luz parda sobre a linha do oceano, incomodamente familiar, interrompida por três manchas negras: Alfava-ca... Pontu-da... do Mei-o..., ela apontava para as ilhas com a chave e esticava as vogais.

A casa parecia abandonada. Aidê — dizia ser seu nome — não queria acender as lâmpadas, queria banhar-se em luz natural, como se ainda houvesse alguma. Caminharam por um corredor, ela começou a despi-lo em frente ao janelão voltado para o mar, acariciava-o com calma e destreza, toda a experiência acumulada ao longo de décadas, nenhum sinal de esquecimento. Faltava elasticidade à pele que ele apertava nas mãos, contra si, não faltava tônus muscular, faltava frescor, mas as formas eram generosas, Aidê tinha o orgulho das academias.

Já estavam nus sobre a cama que apareceu à altura dos joelhos. Ela se esmerava e ao mesmo tempo se divertia com as palavras, *fore-play*, pre-li-min-ar-és, *con-dom*, ca-mi-ssi-niá, *little-shirt...*, *looks more like a nightgown...* Ele também se divertia, mais excitado que encantado, quando sentiu algo em seu ombro, dedos a mais, uma terceira mão, mais lenta e mais fria, que acariciava sua nuca e suas costas. Num sobressalto, perguntou o que era aquilo. Ela ignorou a pergunta, trazia-o de volta, não respondia, continuava a gemer seu jogo bilíngue, suas mãos eram leves e hábeis. Ele insistiu, queria saber, desprendeu-se de seu corpo. Uma voz masculina, que fraquejava, disse-lhe que não se preocupasse.

Sentado na ponta da cama, afastado de Aidê, ele forçava os olhos no escuro, tentava vê-lo, não o encontrava em direção alguma. Mal via as paredes, apenas a moldura da janela em torno de um azul-marinho sem estrelas. Alguém acendeu o abajur da mesa de cabeceira. Era um homem bem mais velho que ela, além dos oitenta, completamente nu, o corpo alquebrado e triste da velhice havia muito assumida. A excitação estava somente no rosto, nenhuma outra fração do corpo parecia apta para o sexo. Perguntou a Aidê desde quando eles faziam aquilo. Ela disse que médicos viam de tudo, não tinham por que se surpreender. Começou a se vestir, não tinha raiva nem pena, a excitação se fora, não havia outro sentimento no lugar. Deitados, um ao lado do outro, o casal se pôs a falar de maneira amigável, com seu inglês fluente. Começaram a contar sua história. Provavelmente inventada, mas bonita. O começo difícil em Santorini, a fortuna na era Papadopoulos, a frota, o lugar-comum do armador grego com a alma e a vitalidade mediterrâneas, a ascensão longa e a queda mais longa ainda, a intervenção no Chipre e a crise, a impossibilidade de continuar, a paz no Brasil, o reencontro com a pedra e o mar do outro lado do mundo, sem frota nem poder, o refúgio e a resignação nos trópicos lenientes. O velho pediu-lhe que pelo menos transasse com ela, ele não faria nada, observaria apenas, de fora da cama. Bastava uma luz de cabeceira, ninguém precisaria saber. *Three consenting adults doing no harm to anybody, just like that,* uma frase escorreita, que deve ter repetido centenas de vezes, em vários continentes, em mansões escuras de frente para o mar. Respondeu que não teria nada contra o ato, não era uma questão de princípio, simplesmente não conseguiria. O velho retrucou que sim, conseguiria sim, bastaria que deixasse sua mulher fazer o que devia, não tinha dúvida do que ela era capaz. Aidê olhou para ele, o mesmo olhar oblíquo da farmácia, a inescrutável capacidade de saber a medida certa, nem mais nem menos, a malícia como uma ciência. Não havia súplica no olhar, nada além do convite seguro de si. Ele acabou cedendo, sob a atenção faminta do pequeno Onassis. Não teve por que e do que se arrepender.

— Coitado do outro, de fora... Conseguiu acompanhar pelo menos? — Sílvia perguntou em voz baixa, inclinando-se para o centro da mesa como se fosse tímida.
— Ela dava um jeito depois.
— Você não ficou deprimido?
— Tenho razões melhores pra me deprimir.
Laura tinha a mão no rosto, sobre os olhos. O riso começou aos poucos, primeiro para si, um crescendo suave, um pequeno riso nervoso que se alargou gradativamente, até se estabilizar na gargalhada cheia, mais prazer que escárnio. Punha a mão na boca, tentava beber água e não podia, secava os olhos no guardanapo, evitava os olhares. Engasgou, passou a rir e a tossir ao mesmo tempo.
— Devia ter dado uma chan... — Tentou algumas vezes, mas não completava a frase.
— Sempre se diverte às minhas custas. — Gilberto ria também, era óbvio o afeto entre os dois. — Sempre.
Eduardo tirou a mão esquerda das costas de Laura. As palmadas leves eram inúteis.
— E a anestesista? Não deu em nada? — Eduardo a conheceu no consultório de Gilberto, um contato rápido, uma mulher de rosto bonito, um par de olhos grandes e azuis envoltos em olheiras de médico.
— Acho que não. Carol. Carol Capeli. Gostava do humor dela. Levantava a bata dos pacientes na mesa de cirurgia e fazia comentários sobre o formato e o tamanho do órgão... Antes de anestesiá-los. Na cara deles, para descontrair o ambiente. Tinha um vocabulário e tanto. Parecia um sommelier. Elegante e sedoso, encorpado. Robusto, redondo, impactante. Tons de tabaco e violeta, austero, de curto efeito. Aveludado e muito prolongado, refrescante. Era sexy, dizendo aquelas besteiras atrás da máscara.
— Continuam saindo?

— Não ando bem. Implico com qualquer coisa. Outro dia ela foi agradecer o caixa na bilheteria do cinema. Disse "obrigadão". Não foi obrigada, foi "obrigadão". "Obrigadão" não dá. Tive vontade de voltar pra casa.

— Marina sempre disse que você é um neurastênico.

— Era boa de diagnóstico.

Eduardo sabia que Gilberto não voltaria a ter uma relação estável, não antes de uma longa ressaca. O espaço ocupado por Marina, o cansaço de uma relação intensa demais, nada era simples. Talvez tivesse o temperamento para um casamento de conveniência, uma relação em que não haveria muito a perder, o amor ou uma expectativa. Gilberto ficou viúvo aos trinta e sete, mas as boas causas foram perdidas antes. Agora era o momento das pequenas fruições, o cigarro à janela do consultório, a música sussurrada como um sedativo, o uísque para esquecer a frase do paciente, o sexo no horário do trabalho, do outro lado da cidade.

— Há uns dois meses, me senti bem. Muito bem. Era um dia bonito. Um sábado, com sol e vento. Eu corria na Lagoa, como sempre. Pistas cheias, gente civilizada. Tava acabando a primeira volta, quando reparei que o tempo tinha mudado. Vinha um breu do lado de Copa, por cima do Cantagalo. Continuei a correr. A luz foi baixando, e o céu foi tomado em poucos minutos. Não deu tempo de perceber nada, nem as primeiras gotas no chão. Começou como uma enxurrada. Não tinha intervalo entre raio e trovão, tudo era simultâneo e perfeito. Sentia o peso da água batendo nas pernas e no meio da cara, como se fosse uma surra. A chuva era uma parede. Continuei correndo, encharcado. O tênis pesava de tão ensopado, era bom pisar e esparramar a água. Tava correndo sozinho, em volta do espelho preto. Acelerei mais o passo, a chuva não parava, sempre com a mesma força. Não enxergava dois palmos na minha frente. Acabei a segunda volta e, em vez de parar, comecei uma terceira. Nunca fazia isso.

Eduardo observava os olhos arredondados demais, embaçados e marinhos como os de um peixe japonês, a boca descolorida e sem brilho, o gomo seco da laranja. Não tinha digerido bem as últimas conversas entre os dois. Faltava paciência para continuar a ouvir sua voz, mal reconhecia a amizade.

— ... senti que não tava bem quando voltei da visita ao meu pai. O avião sacudia, e eu não tinha medo. Só queria que o uísque não virasse. A única coisa que importava era o dedo de uísque no copo de plástico. Peguei um táxi no Galeão, uma mulher no volante. Não era feia nem bonita. Era pobre. Tinha a cara de uma vida de merda. Caía um chuvisco. Quase uma e meia da manhã. Nem se escutava a água. Era só o movimento do limpador de para-brisa, na cara dela. Eu olhava pelo retrovisor e via os olhos tristes da mulher. Mal ficavam abertos. Devia ser um biscate de madrugada no táxi emprestado. Eu não conseguia deixar de olhar o retrovisor. Via os olhos dela fechando, caíam devagar, só se ouvia o som dos limpadores. Até que ela arregalava os olhos e ficava piscando. Os olhos secos. Não falei nada. O carro seguia a oitenta, noventa. Quando começava a sair de leve da pista, ela voltava...

— Por que não se ofereceu para dirigir? — Laura já não ria.

Eduardo levantou-se. Enxaguava e olhava as mãos no banheiro. Pareciam pertencer a um homem com saúde. Mal se lembrava da dormência, da falta de sensibilidade no alto da mão direita, o anular e o mínimo sempre um pouco ausentes, insensíveis ao toque e à temperatura. Era difícil lembrar de uma parte do corpo que já não tinha, ela mesma, sensibilidade ou memória. Passou a mão no vidro da parede ao lado da pia, corrugado como se a água tivesse penetrado o interior e se cristalizasse em bolhas deformadas pela gravidade. Não sabia por que resistia a voltar.

— ... perdeu boa parte da memória. Já não era grande coisa, mesmo antes da doença. Levou um tempo para me reconhecer. Me encarava, até que deu um estalo, Gilbeeeerto... Ficou envergonhado até eu sair. Achou melhor culpar os óculos. Um dia inteiro falando do mesmo tema. Tinha que provar que perdia a lembrança de tudo, setenta e seis anos, não era só o rosto do filho. Dizia que há uma sabedoria na velhice. O trabalho da natureza de fazer esquecer a vida que é preciso largar. A melhor forma de se desprender e aceitar o fim. Não parava de repetir, "não é a morte que nos livra da memória, é a perda da memória que nos livra da morte". Repetiu a tarde inteira, como se tivesse achado a verdade.

— Tem coisa mais deprimente que um garçom encostado na parede de um restaurante?

A voz era de censura, Sílvia suspirava, com os olhos úmidos. Disse que o vinho caiu bem até certo momento — o *ménage* incompleto com os gregos, a anestesista boa de adjetivos. Depois, a conversa enveredou por um beco sem saída, a última coisa que poderia desejar numa noite de sexta-feira. Disse que Gilberto se enganou se, em algum momento, pensou que o papo deprê era uma maneira de levá-la para a cama. Aquele era o caminho da frigidez. Ameaçou citar um trecho de sua autobiografia, o capítulo da troca do balé pela capoeira, da dança conformista pela libertária, mas chamou Laura para acompanhá-la ao banheiro. Se Gilberto não mudasse de tema quando voltassem — nada sobre a memória, a velhice, o sono ou a pobreza —, nunca mais sairia com eles.

Ficaram os dois, Eduardo e Gilberto.

— Tudo isso é saudade dela?

— Ela faz falta, mas não é o que você imagina. O que mais intriga é que, depois de tudo, todas as merdas e crises, a imagem que volta é a melhor possível. Ela encostada na amurada do navio, no meio da claridade, rindo de maneira saudável. Os dentes perfeitos, a cabeça bonita contra o vento. A blusa rosa caía bem no pescoço e no colo branco. Sempre se vestiu bem. Dizia que podiam criticá-la por tudo, todos os defeitos e desequilíbrios. Só não podiam dizer que não era elegante.

Eduardo levantou o braço e pediu a conta.

— Preciso te falar uma coisa.

— Chega de confissões, Gilberto.

— Carrego há muito tempo. Não dá mais. Me sinto um merda quando saio com vocês.

— Guarda a culpa contigo. Cada um carrega a sua.

— Fui um grande filho da puta, Eduardo. Um grandessíssimo filho da puta. Com você e com a Laura. Nunca tive coragem de falar. Mas não significou nada. Nada, nada, nada.

— Você fica insuportável quando bebe — Eduardo voltou a pedir a conta, com um gesto impaciente. — Chega uma hora que a franqueza cansa.

— Aquele dia. Você propôs a troca, em Búzios. Na volta do restaurante. Você soltou aquela, sem mais nem menos. Marina te deu um fora. Subiu espantada, meio puta, meio perdida. Eu não reagi, não defendi a minha mulher. Você foi pra rede, deprimido com a história toda. Continuei na sala, não entendia bem aquilo. Eduardo queria comer a Marina. Eduardo e Marina... O homem que vivia numa torre queria comer a minha mulher... E pra isso propôs a troca, na minha frente, na frente das duas, como se fosse de outro planeta... Laura chorava no sofá. Não parava de chorar, muito decepcionada. Que merda você fez. A verdade é que você foi muito mais honesto que eu.

— Não quero ouvir sobre isso, Gilberto. Foi um erro, acabou.

— Ela adorava você. Adora você. Levou um soco no estômago. Não conseguia levantar do sofá. Tão simples, tão perto, deitada na minha frente, com o rosto enfiado nas almofadas. Eu queria que ela parasse de chorar. Eu não sabia direito, não era fácil resistir. Também era afeto. Também era afeto, sim, mas não

253

era só isso. Tem sempre um filho da puta para se aproveitar de um choro. Ela me atraía, você devia saber. A diferença é que eu não tinha coragem de abrir o jogo como você fez. Nem com todos os uísques. Não seria ingênuo a ponto de ser transparente. Mas o que aconteceu não significou nada pra ela. Foi tudo um silêncio. Nenhuma palavra, nenhum gemido. Era como se eu não estivesse ali. Fez por você, contra você. Eu não existia naquele momento.

Não sabia se o esmurrava ou se ia embora. Fechou os olhos, queria estar longe. Diziam que respirar fundo e contar devagar, até dez, costumava ajudar. Como se, na situação extrema, alguém preservasse as faculdades, pudesse contar sem embaralhar números e ideias. Chegou a desconfiar de algo, naquele mesmo fim de semana, o desconforto do dia seguinte, que não era só dele, o mal-estar na casa ia além da indignação de Marina. O perdão de Laura, imediato e completo, como se nada de grave tivesse acontecido. O desaparecimento de Gilberto, atarefado o dia inteiro, as compras, o conserto de algum aparelho na rua das Pedras. Na época, preferiu não pensar mais, tinha que sofrer a pena de seus erros.

Não conseguia olhá-lo agora. Era uma mistura de fúria e desprezo. Não bastou o ato. Gilberto teve que sucumbir à fraqueza de não conseguir carregá-lo consigo. Não teve a dignidade de calar o que só faria destruir.

— Fui eu que provoquei a merda toda. Vai embora. Não precisa estragar ainda mais a noite.

Memória da pedra

Colocou o cartão de crédito na boca enquanto abria a porta do carro. O lábio tocava-o de leve, voltava-se para dentro. Lembrou-se de tirar a carteira do bolso para guardá-lo. Era óbvio que o cartão voltava para a carteira, nada parecia mais simples. Não olhava o que fazia, talvez tenha levado tempo demais para enfiar a chave na abertura. Os carros de luxo que desprezava já se abriam com controle remoto. Os ricos e os trêmulos agradeciam. Ela tinha o direito. Direito ao ato e ao silêncio que se seguiu. Por tanto tempo, um ano e meio, quase dois. Direito, e talvez o dever. Foi ele quem, de uma maneira ou de outra, a ofereceu naquela noite. Era prematuro convencer-se, como estava convencido naquele instante, de que era o fim. Não queria mais nada, nem com um nem com outro. Talvez não devesse concluir, no calor do momento, que uma troca de frases ao final de um jantar que nunca deveria ter acontecido fosse suficiente para jogar por terra uma longa relação de amizade e uma relação amorosa ainda mais longa. Não sabia o que o indignava mais, a inconfidência

emasculada de Gilberto ou o silêncio viril de Laura. A indiscrição e o segredo eram igualmente odiáveis.
   Girou a chave na ignição. Sentia o cheiro do carro recém-comprado e do perfume discreto de Laura. Ela movia o pescoço no sentido horário e anti-horário, como se saísse da aula de ioga. Talvez fosse hereditário. Os dedos roliços de Hélio alternavam o sentido, para um lado e para o outro, na borda estridente do copo. Um pêndulo sobre o cilindro de vidro, um cilindro exato como o pescoço de Laura.
   — Algum problema? Tá abatido.
   — Não. Nenhum problema.
   — Gilberto te deprimiu?
   — Não é a primeira vez.
   As palavras remetiam a uma única visão. Tentava olhar as marcas no asfalto, fazia o esforço de ver apenas o traço branco e intermitente na linha central da pista negra, a pista suave da orla. Pediu que ela abrisse a janela, não havia vento suficiente com uma das janelas fechadas.
   — Pelo menos ele voltou a falar. Sílvia me perguntou no banheiro se devia dar uma chance. Calado era outra coisa, ficava até sexy.
   — Se completam. Um bom par.
   — Um bom par para uma noite só. A combinação é um desastre.
   — Uma noite basta.

   O corpo dela está encolhido no canto da cama, sem vontade de continuar. Tem o receio de ser chamado novamente, o receio de uma rispidez pouco usual. Ela sabe a diferença entre a rispidez lúdica do desejo e a rispidez do rancor. Sabe a diferença entre a intimidade e a distância, por isso não tem como compreender. Fazia muito tempo que não se vestia para dormir depois do sexo.

* * *

Anita, a bibliotecária, lembrava-se das faíscas e dos estrondos em crescendo, como a celebração de uma larga vitória, nem vencedores nem vencidos. A praia não ficava tão cheia na época, mas já era uma multidão e tanto, não havia espaço para girar o corpo de braços abertos, a menina fascinada pelos pontos de luz que se abriam e inchavam como cogumelos nucleares, próximos e inofensivos. Espaço ela tinha para sentar na areia, sobre a folha improvisada, as páginas grandes em ofsete da revista de fatos e fotos eram convenientes, impermeáveis até. Podia esticar as pernas, cuidando apenas para não sujar os pés, as sandálias penduradas nos dedos das mãos, a calça branca de linho, afinal ninguém usava roupa de banho à meia-noite nem abria mão de uma peça nova. Seus pais não queriam acompanhá-las, tanto melhor, ela e a amiga já não eram adolescentes, mas ele se dispunha a levar o táxi até o começo da Princesa Isabel, no limite das ruas interditadas. Estava sempre disposto a sair com o táxi, a mobilidade era o sonho de aposentadoria de um funcionário público. Só não deviam pedir-lhe que circulasse na orla. Quantas vezes terá dito, a quantos passageiros distraídos no banco de trás, que a vida ficava mais confusa perto da praia.

Naquele tempo nasceram algumas imagens, a vida futura, a casa suspensa no meio do verde, o valor do dinheiro, o parceiro certo, ainda havia a promessa do trabalho como realização, do sexo como descoberta. Uma época em que não teria sido fácil conquistá-la, os garotos não lhe interessavam, os homens, se ainda não eram casados, não tinham sido feitos para algo sério. Ao cair da noite, ao som da música nos novos

257

discos brilhantes e compactos, os rostos fundiam-se na silhueta perfeita e sem traços. Ela mesma parecia feita de outra matéria, quase não se reconhecia, o ser em aberto, uma euforia à espera de uma identidade. Dizer que ainda era virgem à época era ignorar algo mais singelo. Apesar da exuberância nos gestos e na cor da pele, do corpo e do andar de quem parecia já ter aprendido de tudo um pouco, ainda esperaria um par de anos antes do primeiro beijo longo. Como se circulasse despercebida em outro país, em outro tempo. Naturalmente, nem um nem outro — o beijo inicial, o sexo inicial — aconteceria com o homem imaginado nas noites de enlevo. Ao intuir que o encontro tardaria, tomou a decisão de familiarizar-se, como uma aluna disciplinada, com os ritos e os procedimentos a dois, para que pudesse usufruí-los de modo pleno no momento da verdade. Escondeu como pôde a dor e o sangue, para que o parceiro pouco especial não tivesse a ilusão de que mereceu iniciá-la na vida adulta.

De que modo exato a cor da pele, aquela pele que era sempre um tema subjacente, se misturava à afetividade, ela não sabia bem, o que tornava tudo mais complexo. O pai dizia que, para aqueles que trabalhavam direito, não existia o preconceito ou, se existia, não tinha tanta importância. Era preciso aprender a avaliar a si mesmo. Sua mãe nada comentava, apenas ouvia com o ar resignado, o ar de quem supõe que cada um tem o direito de repetir, num esforço de autoconvencimento, duas ou três frases ao longo da vida. Nada do que os dois dissessem mudaria, no entanto, o que ela já sentia. A cada encontro, a cada suspeita de algo novo, a revelação podia não ser instantânea mas era certa, pairava sobre o momento como ameaça, ao longo dos minutos e das horas, o comentário iminente, que irromperia no meio da conversa ingênua ou durante o carinho no corpo, por mais terno e elogioso que parecesse.

Se havia algo no corpo que provocava um desconforto maior do que a própria relação ambígua com a pele escura, eram os cabelos encarapinhados, que caíam sobre a cabeça como uma sentença. Não compreendia a aspereza, a aparência lanosa, como se aquilo pudesse ser um símbolo. A imagem dos fios grossos em espiral roubava a convicção da beleza. De quem teria herdado? Por que só ela, se o toque dos fios já grisalhos dos pais parecia suave aos dedos? Não conseguia esquecer a frase já tão antiga e ainda tão fresca, aquelas palavras lançadas ao ar na rua da infância como uma declaração de guerra. Havia altivez pelo tom da pele, havia a indignação ante o preconceito, mas tudo parecia menor no momento em que enfiava os dedos pelos cachos crespos e confirmava a resistência, ali tão próxima do rosto e das mãos. Até a revolta por assimilar o preconceito perdia-se no medo.

Ninguém podia tocá-los. Prendia-os em coques, em fitas e grampos, escondia-os sob chapéus e lenços, refazia-os em tranças, reganhava a confiança ao esquecer sua existência. Não pensaria em alisá-los, o absurdo de placas e chapas, era inteligente e moderna demais. Mas a forma e a textura haveriam de ser sempre um tabu, uma refutação da feminilidade, que não se atenuava com a maneira ligeiramente vulgar de remexê-los na intimidade do quarto, de testar modos e ângulos, de desenroscar e reenroscar cada fio como quem procura pequenos acertos. Ansiava o momento em que já não teria o sonho, recorrente desde a infância, de que despertaria completamente calva, os cachos espalhados pelo chão como conchas negras, a pele mulata e fresca brilhando sobre o crânio como uma bola de cristal.

Foi naquela época de imagens futuras, de hesitações de identidade, que Anita conheceu "Felipe". Philippus Lansbergen soava antigo e estrangeiro demais. O primeiro contato foi na mesa simples do restaurante, com o grupo que fazia trabalho voluntário na universidade — a educação, sempre a educação, nada da caridade burguesa e alienante. O encontro improvável entre a graduanda de biblioteconomia e o mestrando de informática. Teve o olhar atraído pela maneira como ele tirou de sua mão o saleiro que não funcionava, a destreza com que desenroscou a tampa, bateu-a contra a lateral da mesa e declarou que não tinha jeito, melhor servir-se diretamente do pote aberto, com os dedos ou um palito. Nada chegou a comovê-la muito, a aparência, os movimentos, nem havia tanto charme e beleza, mas teve a impressão súbita de que o rapaz de nome e aspecto estrangeiro era indiferente ao tema da pele. Que ele se encantasse não foi uma surpresa. Já estava acostumada aos interesses repentinos, nada imparciais. Não era difícil que se impressionassem com a aparência um tanto incomum — a vivacidade nos grandes olhos escuros, a graça negra sob o uniforme da classe média. A autenticidade tinha seus encantos, e ela não sabia dissimular. O que mais chamava a atenção era o sorriso de entendimento, que provocava no interlocutor o desejo de dizer algo. Como se fosse um apelo à confissão, a garantia de que tudo era remediável.

Talvez nada daquilo importasse. Ele disse que foi o beijo no rosto, na hora da despedida, que deflagrou tudo. Um beijo que não era mero roçar, mera cortesia e formalidade. Ela, que adiara tanto o primeiro beijo na boca, girava o rosto como uma tarefa, um compromisso de perfeição, pressionava e estalava os lábios contra a face alheia como se precisasse comprovar o afeto, e era irrelevante se aquilo podia ser interpretado como um convite a comunhões mais completas.

* * *

A cortina fechada descia sobre o palco, uma cachoeira opaca, bordô, quase ao alcance da primeira fila. As colunas de madeira tinham uma elegância desnecessária. O teatro estava cheio, pais, irmãos, amigos, as pequenas câmeras, a excitação pelo outro, o ambiente familiar. Os mais extrovertidos assobiavam com as duas mãos na boca, gritavam os nomes. A professora, com os mesmos brincos de pérola e os braços cruzados sobre o tronco robusto, estava de pé no começo do corredor lateral, um ar de que nada era novo.

Romário não estava plenamente alfabetizado, mas tinha perdido o medo do papel escrito. Não era difícil deduzir algumas palavras que não conseguia ler. Laura falava da necessidade de progressos com encontros consonantais e hiatos. Nos ensaios da peça, ela o ajudou em casa com a primeira leitura. Fizeram toda uma série de encenações a dois. Eduardo ouvia agora, na cadeira ao lado, o sussurro das frases tantas vezes recitadas no conforto do apartamento, como se, ao dublar o garoto, Laura aliviasse sua própria angústia.

Ele fazia o noviço Carlos, um dos papéis principais, e vê-lo desembaraçado com o hábito marrom, à vontade com a franja de catecúmeno sobre o alto da testa, dava a Eduardo vontade de rir. Quase não o reconhecia, era outro ser, ainda mais estranho na mentira do palco. A dicção não era perfeita, não havia um sotaque novo, cada plural parecia um esforço, mas os gestos eram contidos, eclesiais. A bata larga escondia o corpo esquálido, dava-lhe a magreza franciscana. Não se viam as marcas da rua, somente o pescoço um tanto galináceo sugeria uma origem suspeita. O resto do grupo parecia à vontade também, meia dúzia de garotas e garotos bonitos, corretos na interpretação. Eduardo não identificava os rostos, talvez fosse o mesmo grupo que Romário comandou um dia no cruzamento de uma cidade imaginária.

— "E que culpa tenho eu, se tenho a cabeça esquentada? Pra que querem violentar minhas inclinações? Num nasci pra frade, num tenho jeito nenhum pra estar horas inteiras no coro a rezar com os braços cruzados. Num me vai o gosto praí... Num posso jejuar: tenho, pelo menos três vezes ao dia, uma fome de todos os diabos... Gosto de teatro, e de lá ninguém vai ao teatro, à exceção de frei Maurício, que frequenta a plateia de casaca e cabeleira, pra esconder a coroa."

Pensava no sonho que ele lhe contou. Romário pendurado no balão, os braços esticados, o corpo pendente, as mãos segurando a boca fina de metal, perto do fogo. Apesar do vento frio nas pernas, o calor tomava o corpo, as gotas de suor desciam do alto das mãos até a ponta dos pés, percorriam os braços tesos, o pescoço, as costas, as pernas magras, para caírem no vazio. Dependia somente de sua força, um esforço sobre-humano para não se soltar na queda definitiva. Até quando poderia manter o controle sobre os braços e o corpo, resistir ao descanso que o mataria? Até onde deveria subir para que o corpo flutuasse no espaço, solto como a roda no centro da lagoa negra?

Eduardo já tinha visto o bastante. Temia voltar os olhos para o palco. Se pudesse, congelaria o tempo e aquela satisfação tola no olhar do garoto.

Ao sair do elevador, em seu andar, escutou a melodia que vinha de longe. Entrou pela porta da frente. Na sala a música era reconhecível, ele identificava uma palavra ou outra, a canção vinha do fundo do apartamento.

Eduardo abriu a porta do quarto e encontrou Laura dançando de maneira lenta. Seus braços, como os cabelos, caíam soltos ao lado do corpo, os pés descalços descolavam-se sem pressa do chão, alternando-se devagar. Os movimentos mal acompanhavam o ritmo da música, eram mais suaves, um giro cadenciado de pernas que retardava a canção. Dançava apenas com as pernas. Os olhos também pareciam largados, era depri-

mente o abandono do corpo, como se quisesse desprender-se de si. Se já não era, passava a ser uma música triste. Nunca a viu dançar, nem sozinha nem acompanhada, nunca dançavam juntos, completavam-se na inépcia austera, mas aquilo não era exatamente uma dança. Ela notou a chegada de Eduardo. Continuou seu movimento solitário, sob o efeito do som alto e da melancolia da luz do sol que batia no rosto.
Ele estava na cozinha quando ela veio conversar. Ao dizer o nome dele, a entonação pareceu solene.
— Por que você tem agido dessa maneira?
— Que maneira?
— Não banque o ingênuo, Eduardo. Toda essa frieza.
— Pensei que fosse uma questão de estilo. Não é o que você diz?
— Você sabe do que estou falando.
Não queria conversar sobre aquilo. Dessa vez, nada de remoer o detalhe.
— Não entendo o que aconteceu, de repente. Você me evita, não fala direito. Por que transou comigo daquela maneira, na noite do jantar?
— Deve ser um fase. Casais atravessam fases.
— Bom saber que somos um casal. Você esquece às vezes.
— Não é o mais importante.
— Não é. Não é disso que eu me queixo.
Laura ajeitava-se na cadeira, os braços apoiados na mesa redonda, o pé nu e nervoso contra a perna da mesa, ela que sempre sentava de modo perfeito, como um exemplo a seguir. Sabia que insistiria. Laura e a necessidade da certeza. Podia acomodar-se com seus segredos de anos, mas não com a opacidade do outro.
— Gilberto contou sobre Búzios, não foi?
— Não sei do que você está falando.

— O que é então, Eduardo?

Era tolo o que fazia, mas não resistia ao ressentimento.

— O que aconteceu em Búzios? O que Gilberto sabe que eu não deveria saber?

— Nada que importe.

— Como nada? Você parece tão aflita com isso.

— Você sabe e não quer dizer que sabe.

— Não sei porra nenhuma. Fala então.

— Fiz aquilo por tua causa. Por tua culpa.

— Você é madura e inteligente demais para se esconder atrás dos outros.

— Você me entregou como um objeto de troca. Eu ia transar com o Gilberto, e isso não tinha a menor importância pra você. Tudo em nome do *teu* desejo. Da *tua* liberdade de não se apegar a outra pessoa.

— Não entreguei ninguém. Ninguém faria nada contra a vontade. Fui franco. Não escondi o que eu senti naquela noite. Quatro adultos que decidem fazer ou não uma coisa que não fere ninguém.

— Você quer transar com outra mulher e me oferecer a outro cara, e isso não me fere...

— Uma traição menos maliciosa que a tua.

— Não melhora nada, Eduardo. Só prova o desapego. Fiz pelo teu egoísmo. Não tinha vontade de transar com o Gilberto.

O sexo como lição. Não era difícil acreditar. Difícil era rever a imagem nunca vista e aceitar como fato, mesmo partindo de Laura, para quem o corpo e o sexo tinham um sentido particular. Mais uma vez sentia-se reconfortantemente inferior a ela. Ele nem podia se arrogar o monopólio de uma infância arruinada, ela também tinha sofrido. Era tão assídua na generosidade, que ele mal reconhecia os momentos de mesquinhez. Lembrava-se de pequenos ressentimentos, o silêncio de Laura ante os olhares que ele lançava em direção a Marina ou a outras mulheres, ela calada como quem nada percebe. Não era por medo da reação dele, mas por não aceitar o papel da mulher possessiva. Eduardo não sentia inveja. Naquelas horas, apenas desfrutava o prazer de ser mais humano e abjeto, dispensado da grandeza.

— Por que você não disse nada esse tempo todo? Você não transou para me punir? Quase dois anos de um segredo a dois. Na minha cara, a cada encontro nosso.

— Foi uma reação de momento, Eduardo. Não planejei nada. Como é que eu podia imaginar que você faria aquilo? Queria que você visse, tomasse um susto ali, no meio da sala. Você não voltou. Passou a noite na varanda. Você e sua decepção. Eu não tinha que falar depois.

— O prazer e a culpa.

— Não foi exatamente prazer o que eu senti.

— Não exatamente.

— Não se finja de ciumento. Teu problema não sou eu. Pra você, não faz diferença. O que te fere é a ignorância. Não ter desconfiado de nada. Isso é orgulho, não é amor nem ciúme. Antes fosse ciúme.

— Você me superestima.

— Não fiz nada por prazer nem desejo. Senti culpa, sim, muita culpa depois. Mas não por você. Pela Marina. Você não merecia a minha fidelidade. A única pessoa inocente naquela noite foi ela. Todo mundo errou, menos ela. Aquela noite foi um erro. Deve ter ajudado a empurrar a Marina ladeira abaixo.

Não demorou muito e a Niemeyer foi reaberta. Alguns homens tinham simulado uma blitz e roubado os carros. Não havia marcas de violência no asfalto, e o fluxo se restabelecia normalmente, com o vagar de sempre.

265

O táxi deixou-o no ponto indicado. Não teria como estacionar se estivesse com o carro. Era a primeira curva depois do motel, no sentido São Conrado. Alguém havia dito que ali era o lugar do acidente, já não se lembrava se foi Vicente ou Berta, ou se sonhou que alguém apontava o lugar. Sempre que passava pela Niemeyer tinha a impressão de que não havia melhor ponto para um desastre daquele tipo, a forma da curva e o ângulo da pedra asseguravam o mergulho no mar. À época, a Niemeyer devia ser outra, sem hotéis, sem letreiros luminosos nem barracos, apenas o traçado sinuoso da estrada.

Sentou-se na mureta larga, de concreto, as pernas voltadas para o mato que crescia entre as rochas. Ao inclinar o tronco para a frente, tinha a visão das ondas que batiam contra a base quase lisa da montanha, lavavam e davam um brilho efervescente à pedra. Era uma queda e tanto, trinta ou quarenta metros, os automóveis não eram feitos para resistir àquilo. Sob o crepúsculo, o oceano tinha uma coloração nova, um azul jeans, o marinho de uma textura áspera que só se interrompia nas poucas ilhas ao longe, ou no barco solitário e remoto, que ele mal divisava ao tirar os óculos e limpar o sal e a maresia. Atrás de si, os carros e o motel começavam a mostrar luzes discretas, havia algum charme no motel, uma aura de dor e mistério pelo crime passional. Não o conhecia, não conhecia motel algum, nem os mais baratos. Os colegas na escola e na faculdade sempre diziam que ele era um homem de sorte, que não se dava conta das enormes vantagens da orfandade. Ter um apartamento só seu, sem nenhum parente por perto, o único da turma que nunca precisou de um quarto de motel ou do banco de trás de um carro emprestado.

À esquerda, na direção da Zona Sul, começava a se avistar uma lua partida e óssea, um tanto frágil ao lado da face negra da montanha. Se havia algo que o prendia ao Rio, além do apartamento, eram as pedras cravadas na cidade. Olhava-as e se sentia maior, como se ganhasse algo da imunidade da rocha. Do quarto que havia sido o seu, sempre parava para rever a Pedra da Gávea, a face carrancuda, o aspecto simiesco, que contrastavam com a forma neutra e retangular de quando a via do outro lado, vindo da Barra. Quando se detinha na cidade, era para observar, entre as brechas, a queda abrupta na parede sul do Corcovado, sob o braço direito do Cristo, o desenho simples e imponente da Catacumba, a deselegância dos cocurutos do Dois Irmãos, as formas arredondadas pelo tempo, quase eróticas, dos morros da Urca e da Babilônia. A perfeita imobilidade diante da história breve dos homens, o silêncio em meio à espuma da cidade. A magnitude era a forma tosca e pura da beleza, o que havia de mais permanente, os lastros de uma cidade à espera de mais mansões e favelas, mais hotéis e estradas sinuosas para cobrir o rosto da pedra.

Eduardo olhava a superfície lavada, perguntava o que ela teria a dizer. Era um lugar aparentemente comum. Algumas poucas árvores equilibravam-se na parede inclinada, o mato expandia-se nos interstícios, o registro da vida ao longe, na passagem dos carros sobre o asfalto desgastado. Nada parece singularizar o pedaço de terra. Um automóvel se afasta, o silêncio se renova mais uma vez. De um momento para o outro, um carro poderia perder o controle, capotar ou bater contra a árvore ou a mureta, não há como explicar o que faz de um lugar ordinário o centro de um corte no tempo. Naquelas águas em frente, exatamente naquele ponto entre a pedra que efervescia no recuo da onda e a linha de espuma que marcava o começo do oceano, Caio encontrou a saída que buscava, mergulhou em seu desejo de descanso, ele e Leila, dois personagens que saíram de sua vida por aquela porta inexplicável. Era a linha móvel da maré, o fluxo e o refluxo, as rochas afogavam-se por um instante e reemergiam ainda mais limpas. Não havia outras testemunhas, somente a montanha presenciara o momento em que o carro se desprendia da pista e começava seu voo solto até o impacto, a entrega e o medo no rosto de Caio, o pavor em Leila, os corpos cedendo ao choque, às águas tão envolventes em seu trabalho sem pausa. Só a pedra guardava aquela lembrança, a memória da pedra. Sempre seletiva, com o testemunho de séculos, milênios, uma serenidade de quem tem a dimensão correta do tempo. Era um pedaço de universo mais sólido e confiável que a matéria anômala da vida. A mudez na face escura da montanha era tudo o que ele podia ouvir.

Recordava a figura de Caio, a silhueta na poltrona, um bom pai e, como todo bom pai, um homem de objetivos modestos. Um homem pronto para ser desprezado pela mulher, não fosse o fato de que Leila era ainda mais vulnerável e não tinha a disposição e o talento para desprezar quem quer que fosse. Ao menos na morte, não faltou ousadia a Caio, uma vida comum que se encerra de modo espetacular, a queda da montanha, uma equipe de resgate, os corpos inchados no mar, um segredo que sobreviveria por décadas. Eduardo pensava no casal, no acerto da combinação. Olhava a luz que faiscava por trás da cortina, a casa na dobra da encosta. Esperava que fosse um sinal, parecia uma chama azul de maçarico ou de solda, um azul entre o azul e o branco, uma luz quase sobrenatural por trás da ligeira transparência da cortina. O começo da noite cercava de sombras o pequeno foco, a chama era fria, por um momento teve a esperança tola de que fosse uma mensagem do passado, o pai explicando tudo — a partida, Leila, o garoto para trás — ou apenas dizendo que o conhece, sabe quem ele é, apesar de tudo. Eduardo tinha o pudor da ingenuidade, mas, por um lapso, um brevíssimo descuido, imaginou que fosse um sinal da vida que não é mais.

Sobre aquelas mesmas águas em frente, o mesmo oceano, milhas e milhas adiante, Marina também tomou a decisão de se matar ou, ao menos, de começar o suicídio. Como Caio, também partiu ao embalo do mar, do vento salgado. Sua testemunha não era tão silenciosa, um cúmplice na verdade, que preferiu acreditar que aquele era o desejo dela. Um homem que a ele, Eduardo, parecia cada vez menor. As duas mortes continuariam insondáveis para o resto de sua vida, mas ele já não podia invocar nenhuma parcela de responsabilidade. Os resquícios da culpa, em ambos os casos, pareciam agora devaneios da criança que não cresceu, incapaz de suspeitar que há sempre outros motivos. Seus pecadilhos — o brilho metálico em um cesto de brinquedos, o desejo de testar a intimidade de uma mulher — revelaram-se, no fim das contas, gestos inocentes.

Sempre evitou a Niemeyer, suas curvas e vistas. Nunca antes teve a coragem de descer do carro e defrontar-se com a fenda que partiu sua vida ao meio. Talvez voltasse a sentar-se um dia sobre aquela mesma mureta para rever o trabalho das águas sobre a parede, para rever a rocha que era o que restava dos pais.

Nem tudo que um bêbado diz é besteira

Eram dezoito ao todo. Todos quadrados perfeitos com noventa centímetros de lado, uma moldura leve de alumínio que realçava a simetria. Pendiam por toda a sala, sustentados no ar por fios finos de aço que desciam de trilhos fixados no teto. A sala era ampla, magnificada pelo branco típico das galerias. A visão dos quadrados distribuídos de modo uniforme, a boa distância um do outro, agradava aos olhos, sugeria o desenho de um tabuleiro. Não chegou a ver a exposição anterior, quase dez anos antes, não conhecia Laura na época, mas todos diziam, com a convicção de leigos, que ela ganhava agora, finalmente, um espaço e um tratamento à altura da obra. Eduardo gostava das telas. As formas intumescidas, que ele um dia havia comparado às de Tarsila, com o tempo ganharam em leveza, os traços econômicos, otimistas, ganharam em precisão. Era um tanto místico o efeito provocado por variações de transparência, era bonita a impressão de movimento e profundidade, Laura sempre acertava ao pintar entre o figurativo e o abstrato. Continuava a questionar-se pela falta de espontaneidade, pelo trabalho cerebral de busca do equilíbrio, quase uma investigação lógica, mas era justamente isso, a impressão de intenção e escolha, que mais dava prazer a Eduardo. A reunião de tantos quadros já conhecidos, dispostos de maneira elegante em fileiras paralelas, aparecia-lhe como uma retrospectiva dos momentos em que os viu pela primeira vez, Laura à espera de seu parecer, ele cada vez mais convencido de que gostava do que via. Romário orgulhava-se. Sua opinião também tinha sido ouvida na seleção das telas. Parecia aflito com a possibilidade de que os fios não resistissem e algum quadro viesse ao chão. Antes da abertura, improvisou uma corrida pela sala, com o propósito aparente de verificar, diante de cada quadro, se o movimento no ar bulia-os de sua suspensão perfeitamente imóvel. Estavam todos. Hélio, de gravata e lenço de seda no bolso do paletó, tinha um ar de conhecedor, esmerava-se nos comentários e inclinações do pescoço. Os padrões e as cores sóbrias de suas gravatas eram uma concessão, o que havia de austero na aparência. Falava agora de modo pausado, como se as qualidades da filha fossem um dado da natureza, uma herança paterna. Clarice, a seu lado, agitava-se um pouco, a tensão pela filha, ou recordações do primeiro vernissage, do choque pela cena da bofetada no marido. Eduardo gostava de reencontrá-la, tinha sempre a expectativa de que um abraço ou uma palavra rompesse a casca de constrangimento. Não sabia o motivo, mas ela o fazia sentir-se amestradamente bom e terno. Também gostava de rever Sílvia, pelas razões opostas, a exuberância e a incontinência, a irresponsabilidade com humor, ela que, nesse momento, gesticulava de modo discreto, fantasiada com um vestido antiquado para seus padrões mais joviais. Não havia o decote, o jeito de falar com o rosto muito próximo do interlocutor, como se quisesse debruçar-se sobre o pensamento alheio. Apenas uma saudável indiferença, pela ausência de qualquer traço de inveja da irmã.

— Feliz, cunhado? Dois artistas em casa... Só você não tem talento.

E lá estava o mesmo sorriso, os dentes amarelos e bonitos, quase uma insinuação. Certa solenidade da família contrastava com a informalidade geral, a fauna de costume, presente em bom número. Laura, com o rosto brando de sempre, parecia feliz com os comentários, transitava com desembaraço entre círculos de conhecidos e desconhecidos. Conversava agora com um homem muito alto, que Eduardo conheceu em uma exposição coletiva, um nome hispânico, uma barba cheia e virgem, uma bonita instalação de doze metros cúbicos feita de flocos de almofada e fitas do Bonfim. Apesar da altura, envolvia-se com os demais, não parecia dado à autoabsorção, comum a seu tipo. Junto aos dois estava a dona da galeria, um ar sábio que vinha dos óculos minúsculos pendurados no pescoço. A fisionomia parecia familiar. Eduardo se perguntava se não era a senhora que viu por trás do vidro fechado no sinal da Lagoa, os olhos tristes de adolescente diante do apelo choroso do garoto. Romário disse que não se lembrava dela.

Entreouviam-se diálogos inteligentes, ligeiramente alcoolizados, o uísque era bom, os canapés, leves e raros. Não conhecia a história da menina que morreu em Buenos Aires golpeada pela escultura de ferro, sob o peso de duzentos e setenta quilos. A arte como arma, um escultor e uma dona de galeria processados por homicídio. Tampouco tinha ideia da diferença entre a morte de Casagemas e a de Lantier, entre uma morte real e uma ficcional, ou entre uma morte pictórica e uma literária, nada como um público culto e interessado em desfechos trágicos. Os quadros pendentes de fios de aço talvez induzissem a conversa, sugerissem imprevidência e acidente.

Eduardo olhava o verso de um quadro, a caligrafia madura de Laura sobre o tecido. Ao fundo, no canto do salão, por trás de outro quadro, reconheceu de relance o corpo de Romário, ao lado de alguém, de uma mulher, também oculta atrás do quadrado da tela. Via a calça nova que Laura tinha dado a ele, o par de tênis, o corpo apenas da cintura para baixo. As pernas femininas ao lado eram mais altas, o vestido batia na altura do joelho, ele as conhecia, a lembrança tinha a nitidez de uma aparição. Não havia rosto, tórax, cintura, braços, tudo oculto pelo quadrado; via apenas a ponta do vestido creme, os joelhos e as canelas mulatas sobre os sapatos de salto médio. Laura não conhecia Anita. Não fazia sentido que estivesse ali. Somente Romário poderia ter tomado a iniciativa de convidá-la. Melhor que Anita não o tivesse visto, não era assunto seu, mas do garoto. Seria cortês ir em sua direção, cumprimentá-la, mas preferiu não fazê-lo. Era difícil desviar o rosto, não espreitar as pernas conhecidas, à espera do movimento que o comoveu. A imagem era delimitada pela linha de base do quadrado, as telas cortavam os visitantes ao meio, uma moldura para as partes baixas do corpo. Tinha o bom ângulo, poderia continuar despercebido, a observar pela fresta que se abria em diagonal por entre as fileiras de quadrados.

Vagou em sentido oposto. Revia outras telas, rostos menos ou mais previsíveis, tinha a sensação de que conhecia de tudo e a todos. A exposição começava a mudar, já não era exatamente a mesma. Os quadros perdiam um pouco de profundidade, de evanescência, as conversas entreouvidas tornavam-se confessionais, o uísque, indispensável:

— ... você sonha mais do que vive. Como se as grandes experiências da sua vida fossem sonhos. Também, com os sonhos que você tem, nem precisa de uma vida...

A resposta era igualmente séria, igualmente enfática, os dois — rostos também familiares, camisas leves de pai de santo — pareciam decidir o destino de todos, davam peso e cerimônia a cada palavra.

273

Gilberto chegou tarde, de branco como sempre, como se acabasse de descolar-se de uma das paredes. Parecia bem, nada cansado, um caminhar de quem dormiu o sono dos justos, não havia obstáculo ou hesitação, só a consciência límpida de um bebê. Perdera algo, sua imagem aparecia-lhe como a de um personagem por completar, uma figura inacabada. Não queria voltar a conversar com ele, como se nada tivesse acontecido. Não se falavam desde o jantar, mas sabia que não era uma opção. Gilberto olhava ao redor, devia buscar a pintora, os anfitriões, os quadros eram uma inconveniência a atrapalhar sua vista. Eduardo não gostou de vê-lo ao lado de Anita, enquanto abraçava Romário, duas palavras simpáticas, algum gracejo que obriga ao riso a três. Tampouco gostou de vê-lo ao lado de Laura, um abraço longo de amigos íntimos, elogios a tudo com as mãos espalmadas, mãos de admiração e bondade. Examinava-o agora com lentes morais, algo impensável ao longo de tantos anos de convívio. A frieza ante os doentes terminais, o cinismo nas tardes de Búzios, a transa com Laura, a morte de Marina, tudo voltava e era banhado em luz nova.

— Tá com cara de quem já bebeu metade do uísque da festa. Tudo isso por minha causa?

— Você se acha importante demais.

— Hora de esquecer, Eduardo. Você sabe que me arrependi.

— Arrependimento não me interessa. Não sou pastor.

Cada um olhava uma tela, lado a lado, não viam nada. Eram praticamente da mesma altura e tinham plena consciência da distância. Certa semelhança física e a simetria da posição tornavam o reencontro mais tenso e patético.

— Aproveita a vontade de confessar e conta pra polícia que você deixou a Marina morrer porque ela tinha te corneado.

Eduardo pegou mais um copo, deixou o outro, só gelo. O garçom se aproximou como se o conhecesse de décadas, como se ele fosse seu melhor cliente.

Um senhor com as mãos manchadas de tinta sobre a tez albina tentou entrar no meio dos dois, para ver os quadros que eles monopolizavam.

— Devia parar, Eduardo. Já bebeu demais.

— Tem medo de que a coisa acabe mal mais uma vez? De que eu vá dormir e você tenha que comer a Laura de novo?

— Posso te levar pra casa.

— Vai à merda. Quem é você pra falar comigo desse jeito?

Talvez Gilberto estivesse certo, e ele devesse ir embora. Adoravam dizer que ele tinha uma resistência peculiar ao álcool, uma sobriedade sem fim até o fim trágico. Ele não podia ser o melhor juiz. Mas Gilberto tinha perdido o direito à palavra, qualquer possibilidade de estar com a razão. Já não reconhecia a credibilidade na voz, a sabedoria lacônica de um pajé. Restava apenas o discurso paternal, do médico-burocrata fiel ao juramento, uma verdade sem caráter.

— Por que não vai olhar os quadros e me deixa em paz?

Desvencilhou-se sem dificuldade, o corpo parecia lépido, versátil, o copo estava vazio novamente, não havia risco de derramar. Por um breve momento, no estado de leveza que o tomava, lamentou não ter levado a conversa com um pouco de humor, lamentou a falta de altivez para ignorá-lo ou mesmo perdoá-lo, uma palavra que soava bem no calor da garganta. Perambulou em busca do que ansiava rever, não estava no lugar de antes, no canto do salão, entre as frestas do tabuleiro. Bastou desviar o olhar por um minuto para perder de vista o que interessava no momento. Já não tinha olhos para muitos personagens, mal reparava nos visitantes de última hora, os artistas, a família da pintora, só buscava o meio corpo de Anita e o garçom com o sorriso de esfinge e a bandeja providencial.

Durante aquele lapso de compaixão, do calor agradável do corpo e da base do pescoço, chegou a pressentir que estava prestes a estragar o segundo vernissage de Laura. A cena de Hélio e da amante raivosa, a traição dupla dez anos antes, não teria sido o bastante. Agora ele mesmo iria pôr tudo a perder, chamar a atenção para suas misérias, nem sabia bem que misérias tinha, sabia apenas que os homens eram uma espécie de maldição na vida de Laura, como se não suportassem a mulher superiormente generosa e capaz.

Chegou a ver Romário ao lado de Laura, um menino-objeto admirado pelas almas vastas dos artistas que o rodeavam como um cardume. Não parecia sem graça. Romário nunca se acanhava se não estivesse na presença de uma mulher com quem queria transar, uma mulher por quem se apaixonaria de modo instantâneo como um gozo adolescente.

Anita não estava no salão. Eduardo só foi encontrá-la no corredor externo que levava aos banheiros. Ela falava ao telefone de parede, um aparelho vermelho entre duas portas, a meia distância entre o desenho de uma cartola e o de uma bolsa enlaçada a um escarpin. Ela estava de costas, ouvia mais do que falava, não notou sua aproximação.

— Me apaixonei por você. — Pensou em dizer a frase. Nem bêbado aquilo soava bem, nem no calor da bebida podia acreditar naquelas palavras. Limitou-se a olhá-la, o corpo agora inteiro e tão próximo: a pele jovem do pescoço alto, retesada como se a erguessem pelos cabelos, os ombros ligeiramente ascendentes, que caíam de forma abrupta em direção aos braços magros, nus sob o vestido sem mangas, os cotovelos pontiagudos, puramente ósseos, em guarda como se protegessem o côncavo das costas, que se elevavam sem esforço, a esfericidade suave da cintura e do quadril, a curva ainda mais agradável, também convidativa e tridimensional da bunda, forrada pelo tecido creme, insignificante, a panturrilha de tom café que ele reexaminara um par de vezes, mentalmente, de memória, o tornozelo exposto sob a alça escura do sapato. De perto e de costas, parecia-lhe menor e mais serena. Tragou o cheiro forte de colônia e esticou a mão devagar, para tocar-lhe os cabelos densos, puxados para trás com uma bandana que cruzava o alto da cabeça. Anita virou-se de repente. As íris espessas tomaram o centro do rosto, duas bolas negras com um brilho de medo. O espanto foi maior ao reconhecê-lo, quase um sobressalto no momento em que percebeu quem era. Virou o rosto de volta, na direção do aparelho, enquanto deixava cair o fone no gancho sem dizer uma palavra, como se não houvesse interlocutor do outro lado. Voltou a olhá-lo por um segundo, ele pensou detectar uma pitada de satisfação, devia ser a visão generosa do álcool.

Continuaram mudos, ele por uma apatia benévola, ela por não ter ideia do que acontecia. A mão já estava recolhida, ele mal reteve a memória tátil dos cabelos cacheados.

— Não fui eu que te convidei, fui?
— Romário.
— Será que foi uma boa ideia? Por pouco não te agarro.
— Laura é uma das mulheres mais bonitas e inteligentes que já vi.
— Não preciso que me lembrem.
— Talvez tenha esquecido.

O rosto de Eduardo boiava a dois palmos do rosto de Anita. Ela quase não tinha como se mover sem tocar o corpo dele, curvado sobre o seu. Ele gesticulava de leve com o copo na mão direita, o indicador descolado sublinhava o fim das frases; a mão esquerda se apoiava na caixa vermelha do telefone, na altura da testa de Anita.

— Se ela fosse feia ou burra, eu teria mais direitos?
— Você estaria sendo um pouco menos idiota.
— É idiota sentir tesão?

— Não fala isso. Vai se arrepender quando ficar sóbrio.
A porta com o desenho da bolsa e do sapato feminino estava aberta. Uma senhora sem rosto, sem traços, seguia em direção ao salão.

— Não disse nem fiz nada de errado até agora.

— Parece uma questão de tempo.

— O que há de errado em gostar de alguém, se encantar por alguém?

— Você está bêbado, Eduardo. No teu estado tudo é encantador.

— Bêbado, provavelmente. Mas nem tudo que um bêbado diz é besteira.

Falou com alguma ênfase, mais com a esperança do que com a certeza de ser sincero. Imagens embaralhavam-se na cabeça e no ar, a planta imaculada do pé sobre a calçada cinza de Botafogo, o rosto do garoto ao perguntar por que não a olhava, o ônibus que se afastava no momento do choque, a imagem — que começava a ganhar todo um arco de detalhes — de Laura e Gilberto abraçados no sofá de Búzios.

— Não seja inconveniente. Você sabe que sou casada.

— Seu marido é o mais perfeito e acabado de todos os babacas que eu conheci. Como você aguenta levantar todo dia e esconder isso?

— Você não sabe o que tá dizendo, Eduardo. Precisa sair daqui antes que seja tarde.

— Saio agora se disser que não sente nada por mim.

— Pelo amor de Deus. Você não faz o estilo do homem carente.

— Só precisa dizer isso.

— Não interessa o que eu sinto por você. Não faz diferença. Posso ser casada com o mais perfeito dos babacas, mas tenho meus sentimentos.

Fazia uma ideia vaga do significado de cada frase. Tudo se encadeava e se desencadeava, *sequitur, non sequitur*, tudo se perdia na sonoridade de um diálogo que ganhava vida própria, fluía como uma voz aveludada e paralela à sua. Tinha a impressão de ouvir-se por dentro e por fora, espectador sempre. A única certeza era o desejo de beijá-la ali mesmo, ou onde fosse, um beijo de boas-vindas a uma noite longa. Aquela decência toda, aquela sobriedade e sensatez tornavam-na mais atraente, era uma urgência tocar seu corpo negro e morno. Ela esticou os braços para afastá-lo. Não o encarou ao desprender-se nem exibiu sentimento algum além de um decoro absoluto, quase abstrato. Saiu caminhando pelo corredor, de volta ao salão, o caminhar da serenidade. Ele acompanhou o movimento de Anita, mesmo à distância o corpo continuava a sugar sua atenção como um redemoinho. Perguntou algo, se ela partia de verdade, ela já não ouvia, invisível no corredor.

Na imagem que viu refletida no espelho do banheiro, não podia notar a vontade de vomitar nem a de continuar a beber. Tinha diante de si, curvado sobre a pia, apenas um homem cansado e triste, um homem de olhos avermelhados que vivia com a pintora bonita e inteligente. A água fria o despertava, renovava a consciência e a identidade, como se fosse necessário lavá-las a cada minuto. Era um enjoo doce, e uma revolta que não sabia definir.

Alguém entrou. Eduardo fechou os olhos.
— Que que aconteceu? Anita falou que tu tá mal.
— Vai embora.
— Tá com cara de fudido... Parece que tu vai morrer.
— Morrer porra nenhuma. Vai embora.
— Num vou. Num vou te deixar aqui.

Romário tentou pegá-lo pelo braço, para erguê-lo um pouco. Eduardo o empurrou, a mão esquerda no centro do peito magro lançou-o contra a parede lateral. O menino caiu no chão. Começou a chorar, sentado no canto.

— Que cara é essa de fudido?

— Bebi demais.

O garoto tinha os olhos de quem via uma assombração. Podia ser um fantasma do passado, o personagem bêbado e violento. Eduardo mandou que saísse.

— Tu surtou geral... Anita te sacaneou?

— Fez nada. Eu quis comer a Anita.

— Tu quis o quê? Comer a Anita? Tu num gosta dela. Nem olha direito.

— Você acha que sabe das coisas. Devia calar a boca.

— Que merda... Num tinha nada que chamar ela. Minha culpa, caralho. Tu gosta da Anita... Tentou comer ela... Ela num quis dar?

Era difícil manter o corpo de pé, mesmo com as mãos apoiadas sobre o metal frio das torneiras, as pernas contra o mármore da bancada. Vomitaria a qualquer momento, o enjoo era doce e certo, subia em ondas cada vez mais altas, mais completas. O garoto não tinha culpa de nada, mas era grande a vontade de xingá-lo, chutá-lo porta afora.

— Por que ela num dá, caralho? Pra mim eu entendo. Um moleque pobre, feio. É foda mermo. Mas tu, professor, boa--pinta, fala bonito, tem carro, apartamento...

— Você acha que toda mulher aceita isso, caralho? Dá pro primeiro filho da puta que aparece? Você acha que uma mulher decente trai a porra do marido? Trepa com o melhor amigo do marido? Trepa com um professor, só porque ele quer comer ela?

— Num entendo, Eduardo. Num entendo porra nenhuma. Minha vida é uma merda, mas eu entendo...

— Um homem pode ser um babaca completo. Mas parece até digno se tem uma mulher que o respeita.

— Tu tá falando de quê? Daquele escroto, noivo dela?
— Marido. Ela disse que é casada.
— Porra nenhuma. É noivo. Num decidiu nem se vai ser na igreja.
— Não faz diferença. A fidelidade é a mesma.
— Tu acha que ela num dá por causa daquele babaca? O gringo folgado que ficou zoando pra cima de mim?

A onda de enjoo subiu o bastante para que ele se aliviasse. Era como na memória da infância, o corpo no meio da arrebentação, o mar dentro e fora da cabeça, um aquário chacoalhado no crânio, a água e o sal lavavam os pulmões incapazes. Tossia como se fosse abrir o peito, esvaziar-se de tudo, o álcool, a bílis, as lembranças, o desejo, a indignação. O sangue era pouco, prova do esforço interno, não chegou a ficar impressionado. Não tinha força suficiente para lavar a boca, deixar a sopa fétida escorrer pelo ralo. Seu corpo escorregou lentamente pela bancada. Pousou de joelhos no chão, como um penitente. Romário tentou se aproximar de novo, Eduardo fez uma cara de que iria esmurrá-lo se ousasse chegar mais perto.

— Num sabia que tu gostava dela. Achei que tu num olha porque ela é preta. Num guento te ver assim, Eduardo. Num consigo entender. Tu me deu tudo que eu tenho. Num consigo...

— Vai embora, porra. Não fiz nada por você. Nada, entendeu?

Nunca usaria um terno folgado no peito

Olhava pela janela do apartamento. Era como ver um corredor estreito, comprido, sem luz nem horizonte, apesar da vista desimpedida e de toda a luminosidade da manhã. O amargo do sangue ainda queimava um pouco a boca. Lembrava-se do jazz no carro, a música de que gostava e que soava remota, como um ruído de pássaros sobrevoando a cidade. Na distância, tornava-se insípida, incapaz de emocioná-lo. Taxistas não escutam jazz. Talvez tenha sido o carro de Gilberto, melhor não pensar.

Estava sóbrio, finalmente, sóbrio do álcool, não de si mesmo. Vinham os estados raros, impressões disformes, não eram lembranças nem pensamentos, mas sensações curtas e desestabilizadoras, como pequenas alucinações coloridas. Flashes indecifráveis com o poder de suspender a realidade. Havia o aspecto sensorial, as cores translúcidas, a artificialidade e o brilho de vitrais, a transparência de pequenos balões ou balas de frutas nadando no fundo preguiçoso de uma piscina sem margem aparente, quase um oceano, só superfície e profundidade. Bem no centro de seu campo visual. A ligeira sugestão de prazer não vinha da visão, nem do paladar e do olfato, mas de uma região indefinida, na interseção dos sentidos. Havia também a aparência da memória, o formato de recordação, apesar do conteúdo espúrio, que não se viveu nem se poderia ter vivido. A estranheza na forma da familiaridade, o engano como consequência da lucidez extrema. Não sabia se os sentidos falhavam ou fundiam-se, era necessário um esforço de autocontrole para não ser tragado pela corrente de lampejos, uma coleção de circunstâncias, fatos e objetos que nunca conheceu, traumas alheios e mentiras flutuando em um mundo aquático e luminoso.

Deitou-se no sofá. Era a maneira de afastar a sensação de que cairia a qualquer momento. Estirado, queria saber de si, ouvir o corpo com sensores internos, a pulsação que batia na garganta e nas têmporas, os músculos esticando-se como elásticos, os ossos estalando como catracas. Esperava o movimento do músculo que pulsava à revelia. Sentia a pressão do sangue, era a vantagem de ter bebido demais, a pressão subia, mais viva e forte do que nunca, o corpo era um relógio acelerado. Queria convencer-se da complexidade do ser. Tentava pensar naquela carcaça complexa e autossuficiente, o corpo como vitória, mas não conseguia fugir dos fantasmas que o rondavam.

Melhor seria pensar nos outros, certificar-se de lembranças verdadeiras, e nada mais verdadeiro do que a recordação de um ser visto uma única vez. Um ser do qual a memória não podia combinar diferentes circunstâncias, trajes, estados de espírito, do qual a memória dispunha tão somente de um único registro, um tiro apenas para acertar a cor, a forma. Lembrava-se do meio-irmão de Gabriel, a pele índia e grossa como um lodo vermelho, o feio sotaque chileno. Um homem real, apesar da expressão inverossímil, do sorriso imenso, que parecia rasgar o rosto. Lembrava-se da cabeleireira de quem não chegou a saber o nome, ela que se dizia tímida para cobrar dos clientes, para falar inglês na sala do curso noturno, para comer na frente de desconhecidos na praça de alimentação. Enquanto falava da timidez, enxaguava seus cabelos da forma mais desavergonhada e erótica, massageava-os como se o seduzisse pelo pescoço e pela base de cada fio, como se masturbasse seu crânio cilíndrico e mostrasse a ele, com as mãos escorregadias de espuma e o movimento lânguido e circular, o que toda aquela timidez faria com o resto de seu corpo. Outra imagem única, inequívoca, outro ser real, que não destoava de si mesmo.

Ouviu os passos de Laura, a sandália elegante, de andar em casa, o som do pequeno salto de couro nos tacos de madeira do corredor. Era o que desejava, uma presença familiar que afastasse todo pensamento.

— Onde você estava?
— Parabéns. As pessoas elogiaram.
— Mal te vi na galeria.
— Não parece feliz com o sucesso.
— Fiquei feliz, sim. Não imaginava que você fosse desaparecer.
— Deve ter sido o uísque.

Laura sentou-se no braço do sofá. Ele continuava deitado, observava-a de perfil, quase encostada a seus pés. Ela olhava para fora, o rosto amassado da cama, até assim era bonito.

— Não é sempre que você passa da conta.
— Deve ter sido inveja.
— Você tem muitos defeitos. Mas não sente inveja de ninguém.
— Mais um defeito.
— Ou talvez não tivesse o que invejar ali.
— Não diga isso. Cada vez gosto mais do que você pinta.

Ele não tinha uma ideia clara do que ela representava naquele momento. Não sabia o que aparecia diante de si, a figura intangível na pista da Hípica, sobre o cavalo amendoado, a menina violentada pelos olhos do pai, a iogue envergonhada do corpo, a pintora cerebral a montar seu quebra-cabeça, a mulher que chorava enquanto transava com outro. Era a pessoa mais próxima e íntima que conhecia, o ser que podia compreender melhor, a quem mais amou e de quem mais recebeu amor e afeto. Ainda assim, era uma coleção de rostos, conciliáveis, talvez, mas incompletos, não sabia qual deles observava naquele momento.

— Por que você não disse que ia sair com outra mulher?
— Não sei do que você está falando.
— A moça que saiu com você e Romário.
— Não lembro quando saí de lá. A última imagem é do banheiro. Uma poça no chão, Romário chorando no canto. Alguém deve ter me carregado.
— Ela dirigia. Você estava no banco de trás. Uma negra bonita.
— Deve ter sentido pena de um bêbado.
— Por que Romário não me chamou?
— Estava orgulhoso demais para estragar sua festa.

Os pequenos balões continuavam a vagar na luminosidade. Móbiles de cores e formas vivas em águas profundas, um mar de lembranças de afogado. O rosto de Laura aparecia e desaparecia, sabia que era belo, que estava à sua frente, mas a beleza era um conceito, uma abstração, a presença não era suficiente nem confiável. Olhava o rosto e via muitas coisas, a generosidade, a lucidez, a inteligência, todas tão abstratas quanto as medusas coloridas que flutuavam na atmosfera aquosa. Não lhe vinha uma imagem sequer das últimas horas.

— Quem é ela?
— Trabalha na faculdade.
— Romário também a conhece.

— Conheceu no departamento. Ele que convidou. Mais uma que ele quer comer.
— Ainda bem que só ele tem libido.
Laura ficava bem no papel de mulher ciumenta. Mantinha a compostura, o mesmo tom de voz, como se qualquer sentimento a mais fosse um vício. Até no ciúme havia disciplina.
— O porre foi por causa dela ou do que aconteceu em Búzios?
— Nunca precisei de motivo para beber.
— Essa frieza toda... Você agora nesse estado... Espero que seja uma pequena vingança.
— Já não importa, Laura.
— Se não importa, o que está acontecendo, Eduardo? Se não é para acertar as contas, qual o significado disso tudo?

Afonso trajava uma casaca preta, a cartola lustrosa perfeitamente ajustada à testa, a bengala comprida balançando-se de modo elegante na ponta dos dedos. Daniela tinha um estilo mais informal, revolucionário pop, boina caindo sobre o lado da cabeça, camiseta folgada em favor da coletivização das terras, bermuda de camuflagem, tênis cano longo. O rosto de Afonso era o mesmo da fotografia antiga, um rosto jovem sobre o corpo velho mas ainda ágil, as pernas moviam-se com desembaraço na dança, quase não pesavam sobre o chão, os passos curtos e rápidos de uma oriental. O rosto de Daniela já não era o mesmo, não era a menina que ele conheceu, havia os traços agressivos dos jovens, o olhar pesado e decidido, só as sardas da mãe sugeriam inocência.
Com o cigarro aceso no canto da boca, as pernas ainda em seu ritmo alegre, Afonso jogava para o alto as folhas soltas dos cadernos de viagem. Jogava-as com a mão esquerda e as rebatia com a bengala na mão direita, o humor de um palhaço e o movi-

mento de quadril de um jogador de beisebol. "Elevo as ideias e zapt", a bengala varava o papel e o ar, o som de um chicote rasgando o couro de um animal. Eduardo procurava catar as folhas, juntar os pedaços, cuidando para não entrar no raio de ação da bengala. Mal conseguia ler, a caligrafia era mais obscura do que o sentido do que se queria dizer, hesitava entre concentrar-se nos textos ou colher o máximo de folhas para decifrá-las depois. Em vez de ajudá-lo, Daniela ria a plenos pulmões e declamava palavras absurdas que não correspondiam aos rabiscos, soprava as folhas para longe, chutava-as com o tênis de cano longo quando Eduardo se aproximava. Daniela não dançava propriamente, caminhava rápido como se percorresse o corredor estreito de um trem ou avião, girava as cadeiras a cada passo, os braços semierguidos, como que apoiados num corrimão alto, a cabeça para um lado e para o outro. A prima atuava em parceria com o avô, apesar das diferenças de sapateado e estilo.

Uma noite destas, vindo de Hamburgo a Baden-Baden, encontrei no trem um soldado perdido, ignorante do fim da Guerra, fardado mas de chapéu. Não me cumprimentou, sentou-se ao pé de mim, começou a falar das batalhas e dos generais, e acabou cantando-me hinos. A viagem era longa, e os hinos pode ser que não fossem inteiramente maus. Sucedeu, porém, que, como eu estava cansado, fechei os olhos três ou quatro vezes; tanto bastou para que ele interrompesse o canto e metesse as mãos nos bolsos.

— Continue — disse eu, mal acordando.
— Já acabei — murmurou ele.
— São muito bonitos.

Vi-lhe fazer um gesto para recomeçar, uma nota apenas, mas não passou do gesto; estava amuado. Entrou a dizer de mim nomes feios que eu não conhecia, acabou alcunhando-me "diabo breve e preciso". Os passageiros vizinhos, que não pareciam gostar de seus hábitos ruidosos, pouco riram da anedota.

Os dois tiraram o papel de sua mão e chamaram-no para dançar. Por que não? Ali tudo era possível, tinha finalmente a oportunidade de revê-los e mesmo de tocá-los.

Aconteceu no momento em que o portão se fechava e as luzes dos faróis ganhavam nitidez contra a parede do fundo da garagem. Laura soltou o pé do pedal e, enquanto o carro se imobilizava mansamente, ela já não tinha o menor poder sobre o corpo. O líquido quente começou a sair e a tomar seu púbis, suas pernas, a escorrer por entre as duas coxas paralelas, molhou primeiro a calcinha, depois o vestido, o assento do motorista, da motorista na verdade, era sempre a motorista de si mesma, alcançou o interior dos sapatos, a cavidade interna dos pés. Laura apagou os faróis, desligou o motor do carro, o rádio calou-se, a mão direita caiu ao lado da cintura. Era constante o fluxo que vinha do corpo, constante e demorado, já não tinha o que deter. Ao interromper-se, o calor de origem logo deu lugar ao frio da roupa molhada. As lágrimas também eram quentes. Talvez estivesse com um pouco de febre, tudo rebentava do corpo incontinente e morno. Permaneceu como estava, olhando o próprio colo.

Havia acontecido antes, uma única vez. Ela tinha oito ou nove anos, não mais. Foi quando descobriu a verdadeira escuridão, dentro de um quarto de fazenda no interior. Quando apagaram a lâmpada, a cegueira foi imediata. Não via nenhum resquício de luz e perdia a noção de profundidade, como se o espaço se comprimisse em uma película negra em torno de sua cabeça. Não tinha como respirar direito, o ar faltava, havia que mexer a cabeça para encontrá-lo, agitar as mãos nervosamente, tatear a cabeceira ou a parede áspera para certificar-se de que o mundo ainda existia. Devia ser algo impraticável na cidade. Nunca tinha experimentado aquilo em casa, nem quando apertava os olhos. A luz dos bairros sempre borrava as pálpebras. Mas ali, no quarto fechado no meio do nada, talvez fosse a própria forma da noite nas noites sem céu. A escuridão completa que se fechava em torno dela como uma mortalha.

Tinha agora trinta e três anos e conseguia ver o que a cercava. Olhava a pilastra cinza e crespa à frente, os três algarismos do número do apartamento mal pintados na parede, a moldura do para-brisa, o painel morto, o volante em que a mão esquerda continuava agarrada, o carro de Eduardo à direita. O que havia em comum era a perplexidade diante do colo molhado, o espanto — mais do que a decepção — consigo mesma. Melhor não pensar em razões. Não era uma doença. Sabia muito bem que era a mesma insegurança, talvez soubesse até sua fonte imediata, havia o arrependimento, o medo da perda, havia limite para todo o esforço de racionalidade e mansidão.

Pelo pequeno espelho à frente, via um pedaço da porta do elevador. Um caminho conhecido para um lugar que não era exatamente seu, para algo que desejava mas que sempre parecia incompleto, provisório e, pela primeira vez, mais próximo de desfazer-se do que de completar-se. Além do frio da roupa pegada ao corpo, sentia a grande fadiga, não podia nem queria mover-se. Já era noite, talvez não conseguisse dormir sentada, mas permaneceria ali mesmo, sem coragem para subir ao apartamento ou sair em busca de outro lugar. Abraçaria o que houvesse, talvez o assento do banco, quando recuperasse um pouco de força.

O barulho dos metais e vidros estraçalhados foi tão violento, que Eduardo acordou num sobressalto, ainda de óculos, com o corpo oblíquo na metade do sofá. O abajur estava aceso, era a sala de estar do apartamento. Levantou-se, tropeçou ao tentar passar por cima da mesa de centro, abriu a outra metade da janela. Na frente do prédio ao lado, à direita, um carro pequeno tinha acabado de enfiar-se por baixo da traseira de um ônibus, até a altura das rodas. O automóvel era um rabo preto e curto do ônibus, mal se via o que restava da frente. O trocador desceu, também o motorista. Os poucos passageiros seguiram-nos calmamente, pelas escadas da frente e de trás. Ninguém no ônibus parecia ter sofrido o impacto. Um deles conseguiu destravar a porta emperrada do carro. Retiraram um corpo trêmulo, demolido, não mais que um estudante. O rapaz pôs-se de pé com a ajuda dos outros. Tentou apoiar-se sozinho no carro, largou a caminhar e caiu em seguida. Parecia ferido no ombro e na cintura, mas continuava consciente. O trocador agachou-se e inspecionou os metais emaranhados por baixo do ônibus. Entrou no carro como se fosse o dono e ligou o pisca-alerta. Saiu com um pequeno cachorro na mão, a coleira pendente, abriu o porta-malas, retirou o triângulo e montou-o sobre o asfalto, dois prédios mais atrás, o cachorro assustado na mão. Passageiros conversavam com o trocador e o motorista, talvez fosse longa a espera do ônibus seguinte, alguns apalpavam o rapaz ferido, queriam assegurar-se de que sobreviveria. Tocavam também o pequeno cachorro, como um amuleto. Outros sentaram-se no meio-fio, os braços sobre os joelhos, a luz vermelha a acender e a apagar cada rosto. Um porteiro aproximou-se, um fantasma em seu pijama azul bebê surrado que vinha de um prédio mais acima. Gabriel devia dormir o sono longo da garrafa noturna de tinto. Um casal de passageiros resolveu subir a Marquês de São Vicente a pé.

    Passava das três da madrugada. Era uma noite fria e clara na Gávea. Eduardo foi ao quarto ver se Laura tinha voltado. Sabia que não, ela o teria acordado e insistido que fosse dormir na cama. Não era hora de ligar para a casa dos sogros, ele nunca telefonava, talvez nem achasse o número. Não imaginava outro lugar onde ela poderia estar, nada além da casa dos pais, não era de passar a madrugada com amigos, não era de abandonar rotinas, muito menos a noturna. Estava ali, próxima, paralisada na garagem, trinta metros abaixo de seus pés, e ele não tinha como suspeitar de sua presença. Voltou a sentar-se no sofá, encarou os losangos empoeirados que pendiam do teto. Era desnecessário o barulho da sirene; já havia perdido o sono.

* * *

A fotografia não saía de sua cabeça. Ficava ao lado da escada, no corredor principal, já perto da rua. O terno largo era o que mais o impressionava toda vez que passava por ali, o terno bege, folgado como a roupa de quem acaba de deixar o hospital. O sax-tenor estava na mão direita, como sempre, mas quem nunca o ouviu, ao observar a figura ressequida, o rosto derrotado de um velho alcoólatra, não acreditaria que tivesse sido um dos grandes, o maior talvez. Deprimia ver o cenho franzido como se tivesse uma faca apontada para o centro da testa. A cabeça pendia baixa na entrega, era o contorno de um corpo ao mesmo tempo magro e convexo, a gola que se dobrava de tão larga no pescoço, a gravata que atravessava o peito escavado e acompanhava a barriga um tanto protuberante, doentia. Felipe prometeu que nunca passaria de uma garrafa, nunca usaria um terno folgado no peito.

Tinham em comum o saxofone na mão, o dele já guardado, na caixa dura, elegante, ninguém tinha uma igual entre os alunos. Combinava com os rostos exóticos e tristes da Domingos Ferreira, da Santa Clara, o brilho negro e homogêneo da caixa de propileno metálico percorrendo a calçada cinza, a combinação de frutas e camelôs, de produtos eletroeletrônicos e operários perfumados na saída do trabalho. Gostava de parar o carro na praia e caminhar sem pressa na volta para restaurar o fôlego perdido, respirar o ar viciado. Gostava do contraste entre a decadência das fachadas das ruas internas e a amplidão da praia, a visão irreal do mar de Copacabana. Um país, uma cidade e o privilégio do belo, tão corriqueiro que tornava amena a degradação ao redor.

Não conseguia progredir, e a ideia de tocar durante a festa de casamento agora lhe parecia absurda. Ainda bem que não tinha se comprometido, nem com Anita nem com os amigos. A embocadura continuava a atormentá-lo. Cristiano fustigava, apoia os dentes na porra da boquilha, meu filho. De cristão Cristiano não tinha muita coisa. Ele assentia, não produzia uma nota decente, sempre voltava ao apoio dos lábios, tão óbvio e simples. Você não é banguela, Rensenbrink, não usa dentadura, tem que apoiar. Também não precisa morder, só apoia a merda dos dentes na boquilha. Vai ter que limar os incisivos, meu filho, não dá pra ser dentuço e tocar que nem Lester Young. *God gloeiend godverdomme*. A sonoridade continuava pequena, um sopro anão, faltavam os graves, não conseguia projetar direito os harmônicos, a resistência era baixa, não aprendia a embocadura nova e ainda perdia a velha, *godverdomme*, nem as músicas bregas que Cristiano empurrava saíam inteiras.

Já não estranhava a presença daquele céu infantil. Tinha perdido o sentimento de nudez no país adotado. Um azul insistente mas diluído, o anil esbranquiçado dos dias e o marinho pobre das noites, sem meio-termo, um guache diurno e noturno, sempre lavado, as constelações inéditas, líquidas também. Mal via agora a cruz tombada do Cruzeiro do Sul, que subia torta sob os holofotes de presídio, luzes de multivapor de uma altura inumana sob a névoa da maresia. A dissipação no ar e em tudo o mais, aquela montanha de asneiras que diziam sobre os trópicos devia esconder alguma verdade.

A lembrança mais forte do começo também era da praia, mas da outra praia, em outras circunstâncias. Não houve o prazer de olhar o mar aberto. Recordava-se da imagem da babá estirada no chão, chacoalhando sobre as pedras portuguesas, o mar oculto atrás da ligeira elevação da areia, onde um coqueiro solitário permanecia perfeitamente imóvel, como a condenar a indiscrição da moça. Loreta era seu nome. Nunca mais ouviu falar daquela ou de outra Loreta, não sabia se tinha sido um ataque fatal ou se os pais a mandaram embora por julgarem inconveniente deixar o filho com uma babá epiléptica. Naturalmente não soube o que fazer, não havia muito que uma criança que ainda cabia num carro de bebê pudesse fazer, mas Loreta teve sorte, um surto em pleno calçadão de Ipanema garantia ao menos uma audiência de qualidade.

Deve ter sido quase uma manhã inteira na praia. Entediava-se sob a sombra de uma guarda-sol em um quiosque forrado de cocos e empesteado de um cheiro desconhecido, que fazia enjoar. Seus pais contavam, anos depois, que uma assembleia informal de porteiros da Vieira Souto decretou, após horas de deliberação, que o menino viera de um prédio na Prudente de Moraes. Ele mal lembrava que foi escoltado pela Prudente inteira por dois porteiros emissários que faziam a consulta a cada edifício, mostrando o rosto perfeitamente pacífico, acomodado no assento do carrinho. Mal lembrava que ele mesmo acabaria por identificar o prédio certo, com um pequeno grito risonho, que acompanhava o movimento do dedo gordo, alimentado a farinha láctea e calcigenol.

Copacabana era mais complexa, não tanto pela decadência, mas pela vastidão, com a distância de um mar que parecia recuar sempre. Caminhava agora em direção à Atlântica e tinha a impressão de adentrar, mais uma vez, um grande aterro, toda uma terra conquistada ao oceano. A imagem mítica de seu próprio país construído sobre as águas e que ele nunca chegou a rever. Se é que o viu um dia com olhos de quatro anos. A faixa larga de areia era como um deserto que avançava sobre o mar e cansava os olhos.

Abriu a porta do carro e mal pôde reagir. Sentiu apenas o golpe no meio das costas e a mão que o empurrava contra o assento. A porta à direita se abriu em seguida e ele viu o primeiro rosto. A caixa com o saxofone já não estava na mão esquerda, não sabia se havia caído na rua ou se lhe tomaram da mão.

Imobilizado no banco do motorista, ele sentia a frieza do cilindro metálico no lado direito do pescoço. Olhava para a frente, guiado pelo metal na base do maxilar. Não queria olhar pelo retrovisor para não rever o rosto. A mão que segurava a arma vinha de trás, era o que mais o assustava. Mandaram que ligasse o carro e partisse. Não havia ninguém por perto. Dessa vez não estava o flanelinha para recolher o seu, nessas horas não havia flanelinha.

A dor nas costas era muito forte. Achava que eles tinham usado a coronha do revólver para golpeá-lo. Até onde podia saber, eram dois, o que estava ao lado, no assento do carona, e outro atrás, com a arma. O silêncio e certa economia de gestos intrigavam-no, não imaginava que assaltantes pudessem ser tão lacônicos. Não compreendia por que havia sido escolhido, o carro nada tinha de especial, nem luxo nem bom motor, ele se vestia da forma mais neutra e carioca, nunca chegou a trajar roupas de turista. Não era um turista, e sempre teve a impressão de que não se vestir como turista lhe dava certa imunidade. Um estrangeiro com vinte e dois anos de Brasil era tudo menos estrangeiro. Não merecia ser assaltado.

Tentou convencê-los de que não reagiria, faria o que mandassem. A voz saiu trêmula, pôde perceber um fio de desespero desprender-se da garganta. Era impossível dirigir com uma arma no pescoço. Disse que não podia se concentrar, não podia olhar os espelhos, tinha medo de que a arma disparasse a qualquer movimento seu, a uma freada, uma batida. Eles não respondiam, mas Felipe sentiu a arma desprender-se da sua pele. Olhou de relance e viu-a ainda próxima, apoiada no alto do assento, ao lado do encosto da cabeça. Estavam já no Leme, o garoto a seu lado aproximou-se, enfiou a mão no bolso de sua calça e tirou a carteira. Examinou os cartões, contou o que havia de dinheiro, dividiu-o com o outro, a equanimidade no crime. Mostrou a Felipe o cartão prateado do banco e mandou que achasse o caixa eletrônico mais próximo. Ele respondeu que não conhecia nenhum por ali. O garoto disse que ele tinha que se virar, o carro tinha gasolina suficiente para visitar todos os caixas da cidade.

Decidiu ir ao que conhecia, na Francisco Otaviano. Teria de fazer o retorno e percorrer novamente toda a extensão da praia, em direção a Ipanema. A Atlântica pareceu-lhe ainda mais longa e triste. A cada sinal vinha a angústia de que um movimento em falso faria a arma disparar. Fernanda, a ex, dizia que ele falava demais, que não tinha tempo para pensar direito, como todo ser excessivamente vaidoso e autocentrado. Vaidoso demais, a sugerir certa fraqueza de caráter, certa flexibilidade moral, uma boa frase para sepultar de vez um namoro. Se aquilo era verdade, nada lhe parecia mais injusto no momento. Não conseguia dizer nada, nem para implorar que o deixassem. Toda a sua atenção estava concentrada em um único objeto, aquela arma ao lado, a meio palmo de seu pescoço. Que a arma se mantivesse estável e muda, que ele pudesse controlar o pânico, era tudo o que conseguia pensar.

Deu a volta no Arpoador e estacionou o carro um pouco antes do caixa, como eles mandaram. O garoto ao lado pediu sua camisa e sapato. Disse que precisava de roupas melhores para tirar dinheiro. Enquanto falava, tirou sua própria camiseta, o tênis, e passou-os a Felipe, e só então Felipe entendeu que se tratava de uma troca. Tirou a camisa por cima, sem desabotoá-la, e vestiu a camiseta. O garoto era mais magro, mas usava um número folgado, o cheiro de suor é que incomodava. O par de tênis mal entrou em seus pés, teve de afrouxar os cadarços e assim os deixou, sem amarrá-los, embora já soubesse que a troca era definitiva. Ainda bem que estava de meia.

Sentiu-se aliviado ao dizer a senha do cartão. Nunca a esqueceu, mas que lembrasse agora, que pudesse dizer número por número, sem pular nem repetir, era sinal de que começava a acalmar-se. O carro já estava parado, a rua não tinha tanto movimento, tudo estava por se resolver com a visita ao caixa eletrônico. Olhou o garoto ao lado e teve a impressão de que nem a melhor das roupas faria diferença. Continuava a parecer um assaltante, não havia profissão mais adequada. O garoto tentava memorizar os seis números, repetia-os mas errava sempre, o outro zombava, dizia que ele não conseguia decorar nem o nome dos irmãos. Mandou Felipe anotar os números num pedaço de papel.

Felipe ficou no carro enquanto o garoto foi ao caixa. Pensou que iria acompanhá-lo, sair do carro seria uma forma de afastar-se do pior. A arma continuava apontada em sua direção, apoiada no alto do assento. O garoto de trás disse que o revólver estava ali para ele não arrancar com o carro. Com a outra mão, mexia em algo, devia ser a caixa com o saxofone, era possível ouvir o barulho das unhas sobre o tubo de latão. Os carros passavam à esquerda, o sinal mais próximo ficava muito à frente. Eram poucos os pedestres que circulavam na calçada, a iluminação não era boa, não tinham como ver o que acontecia.

Quando o garoto voltou, Felipe pediu para ser liberado ali mesmo, com ou sem o carro. Não tinha mais o que dar a eles, sua voz era quase um choro, continuava a quebrar-se no meio da frase. O garoto respondeu que era cedo. Eles não sabiam dirigir, e ele precisava deixar os dois mais perto de casa. Iam para os lados de Nova Iguaçu, antes um pouco, Vilar dos Teles. Felipe disse que não sabia como chegar lá. O garoto disse que era mole, avenida Brasil, depois a Dutra, não tinha erro. Antes passariam no mercado para comprar umas coisas. Felipe implorou que o deixassem ali. O garoto de trás encostou a arma em seu pescoço. O corpo voltava a tremer no momento em que o carro se desprendia da calçada. Era uma viagem longa. Não sabia a intenção dos garotos, o pavor era maior pelo enigma, continuavam calados, quase sem falar entre si. Não entendia o silêncio, um sinal de premeditação e frieza, como se soubessem onde tudo terminaria. Conseguiu ao menos que baixassem um pouco a arma. Fora do assento, saía de sua visão lateral.

Enquanto o carro avançava — Copacabana, Botafogo, Humaitá, Rebouças — ele procurava desviar o pensamento, pensar em Anita. Ela adorava dizer que era preciso ver o lado bom das coisas. Não era fácil ver o lado bom das coisas com um revólver apontado para a cabeça. Não era fácil ver o lado bom de qualquer combinação entre um revólver e uma cabeça. Precisava fazer algo, era enorme o esforço para dirigir com todo o cuidado, parecia carregar um carro-bomba sensível ao menor contato. Começava a achar que morreria antes mesmo de receber um tiro. Vinha o pavor de que, se não conseguisse afastar a imagem do disparo iminente, desmaiaria ao volante ou sofreria um ataque.

Tentava, sim, pensar em Anita, no lado bom das coisas, *godverdomme*, puta que pariu, ela, o lado bom de sua vida, embora não tivesse o hábito de raciocinar nesses termos. Não era difícil rever o corpo de Anita, aquela visão generosa e completa, Anita de pé, nua como um cacto no deserto, não sabia por que lhe vinha a imagem de um cacto no deserto, qualquer coisa era melhor que a imagem de um cano de revólver. Nua dos cabelos negros aos dedos dos pés, os dedos espalmados na ardósia do quarto de casal na dona Mariana, no apartamento recém-alugado, Anita resistindo à ideia de morarem juntos antes da palavra do padre, Anita dizendo que acabaram se casando antes de pisar na igreja, morar junto era casar, Anita em frente e verso, vertical, nua e lustrosa como o cano de um revólver. Pensava naquele corpo e tinha vontade de chorar. Qualquer coisa dava vontade de chorar. Como se tudo o que viesse à mente fosse um inventário de coisas perdidas, o balanço de histórias encerradas naquele exato momento em que levou um golpe nas costas, sem possibilidade de reação, sem choramingos nem recurso a instâncias superiores. Ali tudo era decisivo e final, ele e o pequeno objeto mágico, um instrumento maior que qualquer ser e, ao mesmo tempo, do tamanho de uma Bíblia de bolso, de uma nota de dez, de um pau cansado e flácido. Uma arma que poderia fazer sua consciência evaporar-se como uma frase que se quebra, uma voz que treme e esganiça, como se a vida fosse uma piada de mau gosto, armadilha para incautos, e ele tivesse tido a ilusão, por vinte e seis anos, de que foi premiado com um lote maior que o de todos os vizinhos, um batavo-brasileiro que nasceu com o cu virado para a lua.

Esforçava-se por pensar em Anita, conseguia vê-la a intervalos. Pensava no começo, na maneira como foi tomado de surpresa pela admiração e pelo amor do outro. Leu em alguma revista ou jornal que um italiano importante, um marxista, tinha se apaixonado pela paixão de sua mulher. Leu aquilo e ficou impressionado, não conhecia marxistas, não conhecia intelectuais italianos, não sabia que ser marxista e italiano eram características compatíveis, já não conseguia lembrar o nome do sujeito, o mais adorado dos marxistas italianos, sua memória para nomes era um buraco negro, tudo era sugado para um universo paralelo, ainda bem que sua memória para algoritmos e números era melhor, um instrumento de trabalho, ainda bem que não esqueceu a senha do cartão, era o que importava, mas a verdade é que ficou impressionado com aquela ideia da paixão pela paixão do outro, a capacidade de um homem de se apaixonar por uma mulher justamente por ela ter se apaixonado por ele, e se perguntava se não era isso que o levou a apaixonar-se por Anita, uma paixão por todo aquele amor que ela lhe dedicava.

Curioso é que não havia os sinais externos da paixão, dele ou dela, nada de arrebatamento. Era antes a cumplicidade dos casais que viveram uma tragédia juntos e não têm alternativa senão a separação mais completa ou o vínculo total. Dois seres que se distinguem dos demais por compartilharem algo mais traumático que o amor. A diferença é que eles não tinham enfrentado tragédia alguma, nem juntos nem separados. Tinham apenas aquela misteriosa cumplicidade que parecia nascer do nada, como se ele tivesse dado a ela algo simples e raro, algo que nem ele suspeitava, e tivesse recebido em troca uma atenção inusitada, desproporcional a qualquer afeto que poderia oferecer.

Ela devia pensar que tinha encontrado sua missão, dar uma dimensão nova à vida dele, tornar-se imprescindível. Talvez achasse que precisava salvá-lo, ele não sabia bem de quê, imaginava que nunca lhe faltou nada. Mas talvez aquilo — dar sentido à vida dele — tivesse dado sentido à vida dela, um aspecto de indispensabilidade, tornar-se central na ordem do mundo ou, ao menos, de outro ser.

Já tinham deixado a avenida Brasil. Estavam na Dutra, a estrada feia e fosca em plena noite, a sordidez de postos e restaurantes sonolentos, indiferentes ao martírio. Limitava-se a fazer o que o garoto mandava, já não implorava que o largassem no meio da rua. Continuava a seguir pela faixa da direita, como um motorista iniciante, os caminhões longos ultrapassavam lentamente pela esquerda, caminhões sem fim, não sabia se aquela maneira de dirigir era o medo de um movimento brusco do carro ou uma forma de adiar a chegada, aonde quer que fosse. Já não achava que iria desmaiar. Deixar de ver a arma dava-lhe a sensação de que não estava apontada para sua cabeça.

Pararam a uns cinquenta metros de um posto de gasolina. O garoto abriu a porta e caminhou na direção do mercado escuro atrás das bombas. Seguia com a camisa e os sapatos que não eram seus. Felipe não tinha como reconhecer-se naquela figura, nem nas sombras de uma estrada suja podia ver-se naquela silhueta, com roupas tão familiares. Fechou os olhos. Precisava descansar. Estar parado mais uma vez devolvia-lhe um pouco de calma, permitia relaxar a tensão das mãos pegadas ao volante com o punho de um estrangulador. O suor impregnado na camiseta fazia enjoar, misturava-se ao cheiro da gasolina e dos motores. O enjoo, a exaustão, o começo de febre, a dor nas costas, nada importava no fundo.

O garoto voltava, o andar traía o orgulho. Em cada braço, uma garrafa e, quando ele passou debaixo do poste de luz, Felipe pôde ver melhor seu rosto, as orelhas destacadas da cabeça. Cada mão com uma garrafa, ambas iguais, a luz morta da estrada atravessava as etiquetas do uísque nacional e o amarelo cor de urina. Quase sorria o moleque, como se aquele fosse o propósito de todo o imenso pesadelo. Entrou, deixou uma garrafa entre as pernas e abriu a outra, lentamente. Aproveitava cada segundo do gesto. Tomou um gole pelo gargalo, passou-a ao garoto de trás e depois a Felipe, que sorveu o uísque como se nunca tivesse bebido, um gole longo quase sem respirar, que o fez mais ofegante. Abaixou a cabeça, comprimiu a garganta, o gosto amargo, e reviu, por um breve momento, o rosto de Lester Young, o homem da fotografia com o aspecto de uma falsa convalescência, o corpo minado do alcoólatra arrependido, e não sentiu compaixão alguma, apenas inveja de tudo o que ele bebeu e tocou, uma tristeza sem fim pelo fato de que aquele homem bebeu e tocou até morrer, e ele mesmo não teria a chance de beber nem tocar uma fração daquilo. Já não era uma questão de talento, o abismo mais evidente, era tão somente uma questão de tempo e justiça: aquele corpo comido pelo álcool tinha tocado e bebido todas e nem por isso lhe enfiaram um revólver na cabeça. O carro estava em marcha de novo. Era ele quem dirigia, ele mesmo, Philippus Lansbergen segundo a certidão de Leeuwarden, "Felipe" conforme ele aprendeu a chamar a si, a conversar consigo mesmo, mentalmente de preferência. A estrada era a mesma, sempre a estrada marrom e fosca como um pântano. Nada era mais feio e repugnante, nada podia associar-se de modo mais natural à ideia de fatalidade. Entraram à direita, um caminho secundário, um asfalto gasto, a carcaça de dois tratores sobre uma vala, o mato largado em ambos os lados. Não tinha visto placa indicando aquela entrada, a verdade é que talvez nem conseguisse ler, não estava em condições. Rodaram mais e mais quilômetros, o desamparo à direita e à esquerda, um ou outro barraco à beira do caminho, um ponto de ônibus vazio, poucos carros no sentido oposto ou à sua frente, apenas os sinais de uma vida periférica, quase rural. O garoto passou a garrafa mais uma vez. Ele não desacelerou ao tomar outro gole longo.

Deixaram a pista asfaltada e entraram por uma trilha de terra. Precisava dos faróis altos, mal conseguia distinguir o caminho do resto, o barro irregular misturado ao mato. Procurava seguir as linhas de pneus que sobreviveram às chuvas. O carro ia aos solavancos, e o tumulto dentro do corpo — as descargas do medo, o álcool quente no estômago vazio, os cheiros que o cobriam — era ainda maior. Não acreditava que ainda tinha algum controle sobre o automóvel.

O garoto mandou que parasse em frente à parede branca. Não era mais que um barraco, no centro de um terreno virgem, cercado de capim alto e arbustos desfolhados. Não havia sinais de uma presença recente, o barraco estava escuro, não havia objetos ao redor. O que chamou a atenção foi a forma da janela, a pequena janela quadrada, com uma portinhola de guichê. Felipe apagou os faróis, desligou o carro, como lhe disseram. Parecia o cativeiro de um sequestro, não encontrava outra explicação para parar ali. Eles não moravam no barraco, ninguém morava naquele lugar. A ideia do sequestro, de entrar no casebre sem perspectiva de sair, correu-lhe o corpo como um fio gelado, era intolerável estender o suplício por um minuto que fosse, e seriam dias e dias sem saber como tudo terminaria. O garoto ao lado tirou a chave da ignição, desceu com a segunda garrafa. O outro veio abrir a porta para Felipe sair. Quase não tinha forças, suas pernas tremiam sobre os joelhos, a respiração era curta e rasa como num choro.

O garoto estava a seu lado, fora do carro, de pé diante da janela, a caixa do saxofone numa mão, o revólver na outra. Felipe abriu a porta, começou a levantar-se devagar e, quando estava quase de pé, empurrou-a com força, contra o corpo do garoto. Não correu mais do que cinco ou seis metros até ouvir o disparo. O barulho do tiro e a dor aguda na parte de trás do joelho direito pareceram perfeitamente sincronizados. Ao cair, não pensou na dor que o derrubava, tudo o que queria era proteger-se de um novo tiro, não ouvir mais, tinha a mão no rosto e implorava clemência.

Pegaram-no pelos braços e começaram a arrastá-lo em direção ao barraco. Não entendia por que não o xingavam, por que não o chutavam, nem uma palavra de repreensão. A dor era insuportável. Nunca tinha experimentado aquilo, mal conseguia elevar um pouco a perna para poupar-se do choque com as saliências do chão. Não deixava uma trilha contínua de sangue. Via manchas grossas em pontos do caminho, embora mal enxergasse. Era um alívio ser carregado. Deixar-se levar desviava o pensamento, a impressão de que tinha perdido a perna e de que só havia uma dor em seu lugar.

Largaram-no a um canto do único cômodo do casebre. Nenhum dos dois se sensibilizou com o apelo para que o levassem a um hospital. Disseram que alguém estava por chegar, teriam de esperar um pouco. Felipe tirou a camiseta fétida e amarrou-a em torno da coxa direita, pediu uma cadeira para elevar a perna. Concentrava-se na dor, a dor absoluta que quase o fazia desfalecer, mas não deixava de ser um consolo. Era mais intensa que o medo, fazia-o perder o pavor. O tiro na perna devolvia-lhe um pouco de dignidade. Sempre foi um leitor do corpo, sempre teve o orgulho da hipocondria. Lia os sinais como promessas de condenação. As pintas regulares que proliferavam sobre os ombros, as erupções, as dores, as fraquezas, tudo carregava um sentido e um motivo final, compunham uma linguagem perfeita. Uma vez, cortando as unhas da mão, uma se quebrou de maneira incomum, uma linha picotada e torta. Era o código de uma doença que começava a miná-lo pelas extremidades ou já corria do centro para a superfície. Fez os exames necessários, não havia exame desnecessário, mas não encontrou o motivo do corpo em degeneração, a medicina apenas engatinhava.

Não tinha agora uma unha quebradiça à espera de um significado. Tinha uma cratera de um vermelho negro na parte posterior da perna e uma bala perdida no corpo. Havia a dor e a impossibilidade de mover-se, um sentido autoevidente, não precisava decifrar nada. Não conseguia tirar os olhos da ferida que entrevia pela calça rasgada ao meio, sob a luz pequena da noite que entrava pelo guichê quadrado, como um tijolo que faltava à parede. Ouviu o barulho do fósforo ardendo, viu a vela acender-se. Os garotos estavam sentados na parede oposta, com os braços sobre os joelhos. Imobilizado pela dor, sentia-se agora mais forte diante dos dois. Tinha sobrevivido à arma. Apesar do sangue perdido, parecia mais lúcido do que antes, tinha algo de estoico e viril ao encarar a dupla.

O moleque menor segurava o saxofone como se quisesse tocá-lo. Pela primeira vez Felipe via seu rosto de frente. Tinha a impressão de conhecer aquela face esquálida e feia, não lembrava de onde. Duas tentativas de produzir uma nota decente foram inúteis. Poucas coisas eram mais patéticas do que um assoprador de saxofone, um rosto anguloso, escavado, a produzir saliva e ruído no instrumento impiedoso. Teve vontade de rir das novas tentativas, rir com o sarcasmo demente de Cristiano, o mesmo riso diabólico que censurava sua embocadura equivocada, mais carne que osso, Rensenbrink. Ria para si, e não deixou de ser uma surpresa ouvir a nota límpida, o fá longo e perfeito que o menino largou a repetir com um olhar de desprezo, como se não fosse algo extraordinário. Olhava aquele rosto, os traços familiares, e reconhecia a soberba, a insolência nos olhos.

Ouviu o barulho de um carro que se aproximava. Uma nesga de luz atravessou o pequeno quadrado da parede, desapareceu quando o motor silenciou. O garoto maior levantou-se, olhou pelo quadrado, abriu a porta. Continuou com a mão na maçaneta, como se ainda houvesse dúvida. Primeiro entrou um velho arqueado, tinha uma capanga pendurada no punho e movia-se como quem pesa muito e enxerga pouco. Em seguida, uma mulher com uma saia longa, amarfanhada, a saia de uma velha lavadeira sobre um corpo não tão antigo. Era improvável que não percebessem sua presença, mas nenhum dos dois o olhava. Tinham o silêncio triste dos garotos.

— É ele mermo?
— Ele mermo, seu Ernâni. O senhor tem todo o direito. Ele que apagou o Marcinho.

Felipe não entendeu, não teve tempo de espantar-se. A última imagem foi a do velho abrindo a capanga, o revólver trêmulo apontado em sua direção.

As partes insensíveis do corpo

Talvez não fosse exatamente naquele ponto da praia. As barracas e os bancos de concreto eram sempre parecidos. Mesmo quando ele estava sentado, o calçadão parecia mover-se sob seus pés, não era fácil fixar referências. Ao menos naquele momento, era clara a sensação de que aconteceu ali, ao lado do poste, sob a luz alta do sol, em meio ao ruído dos carros. Eduardo lembrava-se da maneira como se irritou com a indiferença do dono, a imagem do cachorro que avançava sobre a menina, que a encurralava no poste, o olhar quase morto, ausente, do dono, a mão frouxa a segurar a coleira. Lembrava-se do modo como pegou o pedaço de pau ao lado da lixeira da barraca, a vontade de atacar o cachorro covarde, o dono indiferente, nem se lembrava da cara da menina, pouco importava a menina. Se não tivesse voltado a si, à visão do absurdo do momento, teria matado o animal a pauladas, o próprio dono, como se mergulhasse subitamente em uma fonte que não conhecia.

Podia estar ali a origem do enternecimento com os cachorros, na culpa de haver assassinado um a pauladas, uma morte nítida na memória do desejo, embora somente na memória ele o tenha ferido e matado. Achava-os cada vez mais tristes, olhava-os, amava-os cada vez mais. Nunca viu animal tão plural, raças tão dissímiles. No passado, teria sido inadmissível. Não gostava da carência e do cheiro. Agora poderia ter um de cada. Devia ser a suscetibilidade da tristeza, as mortes acumuladas, talvez isso explicasse o súbito sentimentalismo diante do animal. Caio, Leila, Marina, Vicente, agora Felipe, todos pareciam morrer prematuramente. Como se houvesse outra morte: madura, tardia. Todas as mortes eram prematuras, todos os nascimentos, prematuros, todos os gozos, precoces.

Não deixava de ser um dia especial, um calor que paralisava, um mar e um céu que davam a sensação de que o mundo era bom, de que ainda havia muito por fazer. O irreal da paisagem tornava menos patético o casal que caminhava cantando em voz alta, como andarilhos no país congelado dos contos de fadas. Não eram afinados e arrogantes como os assobiadores.

Romário vinha pelo lado de Ipanema. Usava uma bermuda preta de surfista, larga nas pernas finas, uma camiseta branca e surrada. Reconhecia de longe aquele andar, a maneira de mover-se quase na ponta dos pés, elevando o calcanhar num espasmo breve ao final de cada passo. Caminhava agora um pouco arrastado, tinha um ar de ressaca. Sentou-se e esticou o corpo, quase deitado no banco de concreto. Fechou um olho e traçou a linha do mar com a ponta do dedo.

— Verdade que é uma bola? Tudo isso é uma bola?
— Tão grande que não se percebe.
— Solta no ar, sem pisar no chão?
— O sol segura, não deixa fugir.
— Sem corda, sem prender?
— Nada.

Tinha no colo dois sacos de limão, duas fileiras de limões verdes na rede amarela e elástica de nylon. Dessa vez não parecia animado a atirá-los, teria que pagar do próprio bolso. Não gostava do mar, tinha medo, lançar meia dúzia de limões sobre o alto das ondas não ajudaria.

— Uma bola gigante que num cai. Um mar que num escorre pra trás. Uma porrada de gente de cabeça pra baixo. Ninguém acredita nessa porra, Eduardo.

Já era possível olhar na direção do morro, o sol perdera o brilho, havia só a cor, uma gema laranja e fosca. Pensou em outros tempos, o sol mais jovem de Confúcio, o sábio ao lado do garoto de rua, observando o céu aberto, um menino curioso por saber o que estava mais próximo, o sol largo da aurora ou o sol quente do meio-dia.

— Tenho nojo de mar. Num deixa chegar perto. Já vi o rio também. Num é bonito. Mas num estoura.

— Você lembra onde era?

— Foi com a Gorda, longe pra caralho. Fui atrás no caminhão. Tinha que entrar debaixo da lona no posto de polícia. O puto batia no vidro, eu me escondia na caixa. Num sei o que era pior, o sol ou a lona. Ainda tinha que andar a pé na beira do trilho. Nunca passava trem, mas a Gorda dizia pra sair de cima. Lembro da manga podre no pé, um cheiro forte. Num era fazenda. Num tinha porta. Ficava olhando a água passar. Água escura que num acabava mais. Gorda dizia pra num chegar perto do caminhão. Ficava lá com o cara, fudendo direto. Num tinha tanta doença. Ele falava com uma voz fina, se você entrar no rio, deixar a água te levar, vai parar no Santíssimo, Senador Camará, lados de Realengo, chega antes da gente. Tava querendo fuder tranquilo. Nunca mais vi o filhadaputa. Eu num era bobo. Num subia no caminhão nem entrava no rio.

— Você conheceu a Gorda nessa época?

— Primeira vez foi no sinal da Cruzada. Passei um tempo lá. Era só pedir, tinha nada pra vender. Até melhor, ninguém controla. Mas ali é foda, nego num abre o vidro. Tava de noite, ouvi um latido bem longe. Cachorro brigando feio, num podia ser coisa boa. Olhei pra trás, a cachorrada vinha na direção do sinal, uns cinco ou seis, latindo alto. Levei um tempo pra ver que tinha outro bicho na frente. Tudo atrás do gato, um gato escuro. Passou no meu pé, o olhão verde do gato, bem aberto. Sabia que ia dançar. Só tinha cachorro ruim, de rua. Era latido de raiva, quase pegando. O gato jogou pro lado, pra atravessar. Sinal tava aberto, veio o ônibus, num deve ter visto. Passou, nem freou. O bicho sumiu na mágica. Num tava no meio-fio, num voou nem nada. Tinha parado debaixo da roda. Um misto--quente, na prensa. De repente, que nem Robertinho. A cachorrada num entendia. Ficou tudo na beira da calçada, respirando rápido. Pra cheirar o que sobrou. Num era pena. Era susto. Nem cheguei perto. Deu uma canseira. Encostei pra dormir. Ficava rolando no papelão, buscando o fresco da parede. Uma hora num guentei e fui lá. Parecia um tapete rasgado. Aquilo pedia pra descolar. Toquei de leve com o pé e senti o macio do pelo. Comecei a levantar na ponta, num sabia se era pata ou rabo. Saía direitinho, uma roupa de gato. Foi nessa hora que senti o pescoço queimar. Bem aqui, um estalo que doeu lá dentro. A mulher apareceu do nada e me deu um tapa no pescoço. Virei o rosto e ela tava com uma cara que eu tava fazendo a coisa mais filhadaputa do mundo.

— Ela morava ali perto?

— Num sei. Gorda num fala disso. Num é de falar. A gente sabe o que ela quer. O tapa doeu pra caralho. Eu entendi que num podia. Num sei se era doença, mandinga, num devia descolar o bicho. Lavei a mão no posto. Fiquei olhando o Vidigal um tempo. Só voltei a ver a Gorda muito depois. Passava de vez em quando na Cruzada. Nego diz que ela andou no Talavera, papelote. Ninguém sabe porra nenhuma. Quanto mais ela fica calada, mais nego fala mal. Ela é assim mermo. Ela que me chamou pra dormir no túnel.

Um homem de terno marinho atravessou a rua correndo, com a pasta de couro na mão direita, um sorvete alto na esquerda, que escorria pela extensão do cone, a mesma mistura do amarelo e do rosa pálidos por trás da subida da Niemeyer.

— Tu já pode sair com a Anita, Eduardo.

Pela ciclovia, um senhor de chapéu-panamá e olhos de um cinza aquoso, cinza ostra, passava de bicicleta, lentamente.

— Como assim?

— Já pode comer a Anita. Ela é tua agora.

A moça na garupa da bicicleta estava sentada de lado, com as costas para a praia, equilibrada e serena, os pés apoiados de leve na proteção da roda traseira, as duas mãos sob a revista aberta, suspensa no ar, como se fosse um capricho segurar o assento à frente. Os cabelos estavam presos na altura da nuca, e escorriam lisos e muito compridos, como uma gravata negra nas costas.

— Quem te disse que ele morreu?

— Tomou um teco na perna. Outro no meio da cara. Tentaram queimar no pneu, começou a chover. Se tivesse torrado na borracha, num dava pra descobrir quem era. Nego num ia saber do sequestro.

— Sequestro não faz sentido. Não tinha parentes aqui, não tinha dinheiro.

— Num era grana. Morreu porque tinha que morrer. Tava na hora de pagar.

— Pagar o quê, Romário? Você fala como se fosse justo o que aconteceu. Como se fosse uma boa notícia.

— Num é boa, Eduardo? O babaca morreu. Saiu da vida dela. E num foi tu que matou.

Uma mulher de uniforme rosa seguia um menino que se equilibrava no skate com os pés pequenos. Ele não deixava que ela o tocasse. Ela o olhava como se ao menor corte ele pudesse sangrar até o fim.

— Como você sabe da morte dele? Dos detalhes?

— Um cagão. O puto tava todo mijado. Anita tá livre agora.

— Como você sabe o que aconteceu, Romário?

— Tava na hora do otário, Eduardo.

O azul no alto era um lago transparente, um enorme vazio. Talvez tivesse perdido a dimensão das coisas, o sentido de profundidade, aquele que olha a própria mão cobrindo o rosto e não sabe se ela é menor do que o homem em frente, o homem que passa por entre os dedos que esfregam os olhos. Olhava para cima, era como estar de bruços no centro daquele lago azul e congelado, a camada fina de gelo prestes a ceder a seu peso.

— Como você sabe o que aconteceu, Romário?

— Tu me deu tudo, Eduardo. Tudo que eu tenho.

— Como você sabe, Romário?

— Tu me deu tudo, Eduardo.

Um frio súbito corria pelo tronco e queimava no meio do peito. A sensação era de que logo sofreria o golpe, o impacto na pele, nos braços, no rosto, o tronco frio mergulhado na água gelada. Sentia que o corpo iria fugir, aquele corpo que nunca o abandonava, preso a si mesmo, o lugar do ser. Seria bom escapar do azul, da superfície lisa e brilhante, só não queria deixar o corpo no momento da vertigem. Seria bom escapar do choro do garoto a seu lado, do rosto desfigurado pela careta do choro. Se pudesse, desfaleceria no ar, no espaço, sem tocar em nada, sem decompor-se, imóvel mas solto, descolado das superfícies como o corpo na queda permanente.

* * *

Eduardo nunca se vestia de preto. Pareceu natural no meio de tantos outros, embora nem fossem tantos, de preto ou não.

A capela era uma sala escura, austera, havia um pôster antigo com a imagem de um Cristo moreno, quase mulato, mal centralizado na parede principal. O cheiro de vela e o teto baixo, que oprimia, eram adequados à ocasião.

Anita estava em um canto, distante dos poucos familiares, rostos que pareciam estrangeiros. Não devia ser íntima a relação com a família dele. Ela conversava com uma mulher que Eduardo já tinha visto, secretária em outro departamento. O corpo no centro da sala não atraía muito a atenção. Um ou outro se aproximava, estavam todos em grupos reunidos nas cadeiras encostadas às paredes. Quem mais chamava a atenção era uma senhora ligeiramente curvada, em pé, que mantinha sobre a cabeça uma sombrinha aberta, de plástico transparente. Segurava-a com firmeza, com um par de luvas pretas.

Eduardo não quis cumprimentá-los. Sentou-se em uma cadeira ao lado da porta, a boa distância do grupo maior, que, pelo tamanho, poderia considerar-se anfitrião do velório. Preferiu não se aproximar de Anita. Fixava os olhos no Cristo mulato e na mão enluvada que segurava a sombrinha como um estandarte.

Quando entrou o funcionário, as pessoas levantaram-se para o início do cortejo. Eduardo agarrou as alças laterais do caixão, junto com outros dois homens. Era mais leve do que imaginava, não foi difícil colocá-lo sobre a maca com rodinhas. Felipe trajava um terno marinho, cercado de uma espessa moldura de pétalas brancas, como se tivesse caído em uma banheira de flores. Pareceu-lhe bem menor, como se a morte tornasse o corpo mais compacto. O único sinal do assassinato era a marca na face esquerda. O rosto parecia sereno, quase infantil.

Ninguém se pronunciou durante o enterro. Acompanharam os movimentos do caixão em silêncio, não parecia haver choro, apenas a sobriedade por trás dos óculos escuros. Esperaram pacientemente enquanto o funcionário cimentava a tampa do jazigo com uma espátula pequena demais para a tarefa. Muito longe, ouvia-se o ruído dos carros, que se confundia com o movimento leve dos arbustos e das folhas.

Anita foi das primeiras a caminhar em direção à saída. Não se despediu dos outros.

— Lamento o que aconteceu. — Eduardo resolveu acompanhá-la. Não encontrou algo melhor para dizer.

Não parecia grata nem surpresa pela presença dele. Continuou a andar, sem virar o rosto.

— Lamenta por quê?

— Foi uma morte triste.

— Não costumam ser alegres.

O rosto não tinha humor, mas parecia distendido, não inspirava pena. Anita guardou os óculos escuros. Os olhos pretos, grandes, estavam secos, já deviam ter chorado o bastante.

Ela parou para comprar uma garrafa d'água. Apoiou a bolsa sobre a perna e procurou o dinheiro. Pagou com duas moedas e esperou o troco.

— Não quero ficar sozinha hoje. Você me acompanha?

Passaram por um anjo velho e barbudo, de pedra branca, por anjos jovens e tristes, de asas rígidas. Atravessaram a frente das capelas e o pátio do estacionamento. Anita abriu as portas de um pequeno carro prateado, sujo de terra.

— Era dele. Deixaram comigo.

Abaixaram os vidros para deixar o calor sair. No banco de trás, havia uma caixa metálica e uma mochila. Ela ligou o rádio e escolheu uma estação de notícias.

— Foi aqui na Voluntários que eu te vi uma vez. Entrando no ônibus. Segui com meu carro até a praia.

— Pensei que você só perseguisse as pessoas em vernissages.

Percorreram quase toda a extensão da Voluntários sem falar. Não havia humor nas notícias do país e da cidade. Entraram na rua Dona Mariana. Ela parou o carro na frente da garagem e deixou a chave com o porteiro. O apartamento era pequeno, a janela, pouco maior que um diploma. Dava para a janela do prédio seguinte. Um sofá branco de três lugares ocupava uma parede inteira. Mal cabia no ambiente, difícil imaginar como teria entrado por aquela porta ou janela, era como se tivesse se materializado ali mesmo. A estante e a vitrola antiga estavam encostadas ao sofá, a sala parecia um depósito. No alto de uma pilha de discos de vinil e de livros, havia um saxofone amassado.

Anita desapareceu no interior do apartamento. Eduardo tirou o paletó e sentou-se no sofá. Olhava o pequeno buraco de luminária no centro do teto, os dois arames pendentes lembravam as garras de uma ave. Cochilou com o queixo apoiado no peito.

Eduardo acordou com o rosto de Anita próximo ao seu, a sensação de que dormiu a tarde inteira. Os cabelos dela estavam soltos, os cachos eram densos e negros, era a primeira vez que a via sem coque ou rabo de cavalo. Ela deitou no sofá, estava de sutiã e calcinha.

O corpo ao lado parecia tímido e lânguido. Eduardo não se moveu de início. Olhava a linha bonita da circunferência que subia da cintura ao quadril, sobre o fundo branco do estofado, a forma triangular no centro do corpo, sob o tecido transparente. Os seios pequenos, escondidos no sutiã, contrastavam com as coxas adultas. Já não buscava a planta imaculada do pé rosa que roçara de leve a perna, sobre o meio-fio.

Ele hesitou antes de tirar os sapatos, as meias. Soltou o cinto, tirou a calça do terno, desabotoou devagar a camisa azul. Voltou a sentar-se ao lado de Anita, que apoiou a face esquerda sobre sua perna, como se fosse dormir. Eduardo olhava o corpo suave que se espalhava no sofá e o que lhe vinha à mente era a imagem de Romário dizendo que ele já podia comer Anita.

Romário fugia da pergunta, chorava e balançava a cabeça, como se lhe devesse a vida. A mão de Anita estava sobre sua cueca, acariciava-o sem pressa, os dedos enfiavam-se entre o tecido e a pele. Era magra a mão, bonita, sem vincos, a mão vulnerável ao fio do papel. Retinha-o e continuava a acariciá-lo, destra e doce.

Eduardo concentrava o olhar no centro da barriga lisa de Anita, o umbigo como o arco de um olho sonolento. Aquele ponto do corpo apoiado de lado permitia afastar o rosto de desespero do garoto. A pergunta não podia ser respondida, e Romário olhava-o com o terror de quem está disposto a fazer tudo pelo outro, de quem pode ir até o fim. Tão óbvio e trágico, era melhor que não respondesse. Concentrava-se no pequeno arco no centro da barriga enxuta de Anita, o arco de um olho espiral que tragava as imagens do choro.

Ele sabia que não seria capaz. Fechou os olhos, era como se estivesse em um quarto esférico, sem entrada nem saída, sem linhas ou paredes que se apoiavam entre si, somente o movimento suave e circular das mãos sobre seu corpo inerte, conheci vocês dois no mesmo dia, o impulso de dizer aquela frase, que ironia ter encontrado vocês dois pela primeira vez no mesmo dia, a impossibilidade de dizê-lo, de compartilhar a dúvida e a certeza com Anita, a esperança de que aquela carícia perfeita e inútil continuasse para sempre e por todas as partes insensíveis de seu corpo.

Devia haver um dia na vida de cada um que estabelece um futuro e explica o passado. Talvez um rosto, dois rostos que aparecem pela primeira vez no mesmo dia e passam despercebidos, um dia ordinário, que se esquece na manhã seguinte. O significado virá mais tarde, com a ironia do tempo e das coisas, ou nem será reconhecido. Não devia fazer muita diferença ter a consciência de que é este ou aquele o dia que dá ou retira sentido de uma vida.

— É meu cabelo ou a cor da minha pele?
Eram olhos intensos demais para serem bonitos.
— Os dois.
Ela parou de acariciá-lo. Reteve o órgão morto, sem mover a mão. Ele se levantou, vestiu a calça, a camisa. Calçou os sapatos, jogou o paletó sobre as costas. Pôs as meias nos bolsos. Abriu a porta, desceu pela escada e, na frente do prédio, encostou-se ao carro prateado, enquanto aguardava o táxi que o levaria de volta.

ESTA OBRA FOI COMPOSTA POR OSMANE GARCIA FILHO EM ELECTRA E
IMPRESSA PELA RR DONNELLEY EM OFSETE SOBRE PAPEL PÓLEN SOFT
DA SUZANO PAPEL E CELULOSE PARA A EDITORA SCHWARCZ
EM ABRIL DE 2013